燕歌行

卷1
帝國壓頂

酒徒 著

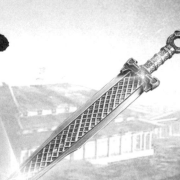

目錄
CONTENTS

序言

西元一二七九年，宋亡。
陸秀夫負少帝蹈海，士民十數萬隨之。
自此，華夏文明進入了最黑暗時代……

西元一三五一年秋，芝麻小販李二不願繼續為奴，揭桿而起。
一舉攻破蕭縣縣城，聚饑民數萬。
蕭縣城小民窮，四下無險可憑。
蒙元大兵旦夕即至，而義軍糧草已盡。
不得已，芝麻李二將所有軍糧集中起來，做了幾筐燒餅。

對所有將士宣布：

即將向軍事重鎮徐州發起進攻，死中求活。

願意跟自己一同去者，上前取兩個燒餅充當戰飯。

願意苟活者，取一個燒餅自行離開。

「俺彭大肚子大，一個燒餅不夠吃！」話音剛落，有壯漢上前，一手抓起一個燒餅，狼吞虎嚥。

「不就是死麼，這世道，誰能活到四十歲？」窮酸秀才趙君用笑了笑，拿起兩個燒餅跟在了彭大身後。

「俺，俺不會說，俺，俺怕餓。」村中無賴潘禿子嘻皮笑臉上前，搶了兩個燒餅牢牢揣進懷裡生怕被人搶走。

「俺長這麼大，就這幾天覺得自己是個人樣子！」腳力漢毛貴想了想，用盡全身力氣喊道。

「去死！死出個人樣子來！」抬棺材的張氏三兄弟揮動著胳膊上前搶了燒餅，流著淚，大口大口往肚子裡填。

「去死！去死！死出個人樣子來！」群情洶湧，無數漢子流著淚，把手伸向燒餅筐。

轉眼，芝麻李身邊的將士由八人變成八百、八千、乃至更多。筐中燒餅早已散盡，芝麻李身後的漢子卻越聚越多。

儘管，他們當中大多數人手裡只有木棍和石頭。

他們知道此行九死一生，他們去了。

此後數十年，他們的熱血灑遍華夏大地。

他們當中大多數人，都沒能親眼看到勝利的到來。

他們卻用熱血和生命，在天地間寫下了一個挺立的「人」字。

一撇，一捺！

第一章

鬼上身

身後一連串刺耳的銅鑼響，
衙門裡一名小幫，氣喘吁吁地追了上來，大聲喊道：
「蘇先生，蘇先生，了不得了，你趕緊去騾馬巷，
趕緊，朱，朱老蔫兒被鬼附身了！」

「各坊各里，菜刀從速上繳，有私藏寸鐵者，與謀逆等罪，闔里連坐啊——！」弓手蘇先生帶著七名小牢子大聲宣告，所過之處，雞飛狗跳，遍地狼藉。

他是個滿腹經綸的讀書人，眼下雖然為生計所迫做了小吏，但像這等沿街吆喝的事情，還是不屑親自去幹的。因此，自管倒背著雙手，在污水橫流的小巷子裡做閒庭信步狀。

麾下幾個小牢子也體諒自家師父的臉皮，故意拖後幾十步距離，將手中銅鑼敲得震天般響，「鐺——鐺——，各坊各里，菜刀從速上繳，有私藏寸鐵者，與謀逆等罪，闔里連坐啊——！鐺——鐺——」

話已經撂得很明白了，然而總有一兩個不開眼的黔首，從又髒又破的柴門後小心翼翼地探出半顆腦袋陪著笑臉打聽，「蘇先生，蘇先生！前天不剛交完磨刀錢麼？怎麼又要把菜刀收上去？」

遇到這些沒眼力的東西，蘇先生則立刻皺起眉頭，眼睛看著天邊的晚霞大聲回應：「這話你跟我說不著，有本事跟州尹大人問去！說不準，他看你直言敢諫的分上，特許你個持刀的牌子，以後連磨刀錢都一併省了呢！」

被罵的人則立刻紅了臉，低聲下氣地補充：「咱，咱不是隨便問問麼？您老何必這麼大火氣?!行，行，您老別瞪眼睛。菜刀已經給您拿出來了!您看看上面的編號!」

「交給孫三十一和吳二十二!」蘇先生依舊不肯拿正眼看對方，甩了下衣袖，繼續邁動四方步昂首前行。

跟在後邊的七名小牢子中，立刻跑出滿臉橫肉的兩個，劈手從挨罵的百姓手中奪過菜刀，看都不看就朝麻袋裡頭一丟，隨即一腳將對方踹回門內。

「哪那麼多廢話，沒見我家先生正忙著麼?天黑前梳理不完城西南這二十幾個坊子，劉判官追究下來你給擔著?!」

尋常百姓平素見了蘇先生這種無品無級的弓手都得哈著腰，哪有跟正七品判官說話的福分?登時被嚇得臉色煞白，躲在柴門後拼命作揖。直到蘇先生和他的小徒弟走得遠了，才狠狠地朝地上吐了口吐沫，低聲罵道：

「德行!不就是個弓手麼，還是賣了自家妹子換回來的!裝什麼大頭蒜?等哪天老子發達了……」

罵到一半，抬頭看看眼前東倒西歪的茅屋，忍不住又低聲長嘆：

「唉——，這世道啊——」

這世道啊，可真是不讓人活!大元朝先出了個叫伯顏的丞相，倒行逆施，橫徵暴斂，將老百姓家裡頭搜刮得留不下隔夜口糧。好不容易盼到伯顏倒臺，換了他的侄兒脫脫輔政，天天變著法的印鈔票。面值越印越大，能買的東西卻越來越少。三年前一貫鈔可換米二十斗，現在連一斗都換不到，而朝廷卻對民間的悲聲充耳不聞，印完了舊鈔印新鈔。

想那尋常百姓家，拼死拼活幹上一整年，才能攢下幾個錢啊？被朝廷這麼來回回一折騰，立刻家徒四壁。可那當官的，為吏的，還有像蘇先生這種扒了門子混進官府的弓手、白員、小牢子，卻個個利用朝廷的一次次折騰，撈了個膘肥體壯，滿肚子流油。

難怪有人說，到衙門裡隨便拉出一個人來嘴巴中塞根草芯，就能點著了當火炬使，再朝屁股上插根棍子豎在這徐州城的十字路口，至少能讓全城百姓亮堂三四個月！這話雖然損了點，卻也基本符合事實。

至於官吏們那些撈錢的法子，更是花樣百出，什麼追節錢，撒花錢，生辰錢，常例錢，人情錢，齎發錢，公事錢……**鷺鷥腿上劈肉，蚊子腹內刮油**。

就拿這尋常老百姓家裡頭的菜刀來說吧！伯顏丞相當政時，嚴禁漢人百姓家中擁有寸鐵，可老百姓家總得切菜做飯吧，怎麼辦呢？

「好心」的孔目麻哈麻大人就「替」百姓想了個通融法子，將全城的刀具都收歸官府所有，銘上編號，准許老百姓租回家中使用，按照刀的新舊程度和大小長短，明碼標價，童叟無欺。租金每月收一次，曰：磨刀錢。

只准用零散銅錢繳納，不收大額的至正紙鈔！光是這一項，徐州城內七萬多戶人家，每月就能給官府貢獻銅錢一千四五百吊。

一州之長，蒙古人達魯花赤分走三成、州尹、同知、判官等諸位大人再分走三成，再拿出兩成去給諸位同僚和幫閒們分潤，最後落到麻哈麻孔目手裡，還能剩下兩百八十多吊。比七品判官大人在帳面上的俸祿都高！並且全是不會貶值的銅錢，絕非廢紙都不如的交鈔。

只要身在公門就能撈到充足的油水，所以像蘇先生這種落魄讀書人，雖然覺得有辱斯文，卻也幹勁兒十足。

但也不是家家戶戶都任其搜刮，街巷口倒數第二家一處青磚院落，就走出一名身穿長袍的門房來，衝著蘇先生把眼睛一瞪，大聲呵斥道：

「吵什麼吵，就不知道小點兒聲麼？嚇著我家三少爺，有你好看！」

「二爺，這話怎麼說的，我怎麼有膽子故意嚇唬三公子！」蘇先生立刻換了一副眉眼，像哈巴狗一般晃著屁股湊上前，滿臉堆笑。

「這不是都是芝麻李那窮鬼給鬧的麼？不在家好好等死，居然敢煽動一群餓殍造反！判官大人這才命令小的……」

「我不管你是什麼原因，也不管是誰下的命令！」門房用眼皮夾了蘇先生一下，撇著嘴吩咐：「動靜給我小點兒，三少爺剛剛睡下，如果被誰吵醒了……」

「不敢，不敢！」沒等門房說完，蘇先生已經變戲法般，從袖子裡掏出了一顆亮晶晶的銀豆子，快速塞進門房手裡，「三公子的滿月酒，我等俗人是沒資格喝的，但這份心意，還請二爺幫忙帶給張老爺，就說……」

「行了，行了，行了！」門房俐落地一抬手腕，銀豆子立刻不見了蹤影，「你們也都不容易，以後注意點就是了！趕緊去下一坊吧，我這邊還忙著呢！」說罷，轉身就朝大門裡頭邁。

蘇先生見狀，趕緊伸手輕輕拉住了對方的一點衣角，「二爺——」

「怎麼著，我們家的菜刀你也要收上去麼？」門房扭過頭來，怒目而視。

蘇先生渾身上下的勇氣登時被抽了乾乾淨淨，矮下身去，大聲解釋：「沒有，沒有，絕對沒那個意思！二爺誤會，誤會了，我只是想問問，府上還有什麼需要我等效勞的，比如說找人清清街道，通通下水渠什麼的，只要二爺您一句話……」

「你倒是個聰明人！」門房上上下下重新打量蘇先生，滿臉不屑。「弓手蘇明哲是吧?!我記下了!需要時一定會派人知會你。趕緊忙你的去吧，別在這裡瞎耽誤功夫！」

「唉，二爺您慢走，二爺您慢走！」

蘇先生又做了兩個揖，倒退著走開，一直退出街巷口外，才抹了一把頭上的油汗，喃喃地罵道：「德行！不就鹽販子家的一個門房麼？充什麼大老爺！有本事你去衙門裡跟麻孔目支棱一下翅膀去，生撕了你！」

罵罷，繼續邁起四方步，施施然向下一條巷子巡去了。

才走了三五步，忽然聽到背後一串刺耳的銅鑼響，緊跟著，衙門裡一名喚作李四狗的小幫閒氣喘吁吁地追了上來。

離著老遠，就躬下了身子，單手扶著自家膝蓋大聲喊道：

「蘇先生，蘇先生，了不得了。你趕緊去騾馬巷，趕緊，朱，朱老蔫兒被鬼附身了！」

「胡說！」蘇先生迅速向臨近的高牆大院看了看，小聲斥責，「這太陽剛落山，哪裡來的鬼？到底是怎麼回事？騾馬巷那邊不是歸你二叔負責麼，哪用得著我去！」

「二叔……二叔被朱老蔫給劫持了，刀子就頂在這兒！」小幫閒李四狗用手朝自己咽喉處比了比，帶著哭腔回應，「都見了血了！朱老蔫現在操著一口北方腔，我們誰都聽不懂。所以才請您老出馬！」

「孽障！」蘇先生低低罵了一句，不知道是罵那個惹禍的朱老蔫，還是在罵拉自己下水的小幫閒，「報告給孔目大人了麼？他怎麼說？」

小幫閒李四狗跪了下去，用腦袋將銅鑼撞得噹噹響，「已經向麻哈麻大人彙報了！他老人家正在調集人手，命令我來找您！您老會北方話，跟朱老蔫也認識，麻煩您老先去跟朱老蔫套套關係，穩住此人，別讓他害了我二叔的性命！求求您，救救我二叔吧！我這裡給您磕頭了！」

「起來起來，你這是幹什麼！」蘇先生無路可退，只好硬著頭皮上前，從地上攙扶起李四狗，「我跟老李也是過命的交情，肯定不能看著他落難不管。可你得跟我說說，這到底是怎麼回事？那殺豬的朱老蔫是個有名的窩囊廢，三棍子都敲不出個屁來，怎麼被你們叔侄兩個逼到那個份上？」

「是……是因為一把殺豬刀！嗚嗚，嗚嗚！」

小幫閒李四狗一邊哭訴，一邊拉著蘇先生，大步流星朝騾馬巷趕。

「前天二叔手頭緊，就一口氣收了他三個月的磨刀錢！誰料想今天知州大人就下令收繳刀具。朱老蔫跟二叔討人情，二叔沒功夫搭理他，就用鐵尺在他腦袋上輕輕敲了一下，然後他就昏了過去，嗚嗚。然後二叔就讓孫師兄去把刀子撿起來！還沒等孫師兄彎下腰，他突然就被鬼給上了身，跳起來，一腳就把孫師兄給踹飛了，然後又是一把將二叔掠在身前，用刀子直接架在了咽喉上！」

「孽障！」蘇先生輕輕皺了一下眉，再度低聲喝罵。

什麼鬼上身？分明是自己的同行，負責城東那一片的李四十七把朱老蔫給逼到了絕路上！

殺豬刀不比尋常百姓用的切菜刀，按照麻哈麻孔目給定下的規矩，每月的磨刀錢要整整六十文，那李先生一次收朱老蔫三個月磨刀錢，就是一百八十文，結果才用了三天就要把刀收回去。

租金肯定不會退不說，這場風波過後，想繼續租刀子還得重新再交一筆，也難怪朱老蔫要跟他拼命！換了任何人，恐怕也得跟李先生好好說道說道，不能讓這麼大一筆錢平白地打了水漂！

小幫閒李四狗被罵得一個激靈，哭聲小了下去，紅著眼睛辯解：「我二叔也不是存心想打暈他。是，是他死活拖著不肯交出刀子，我⋯我二叔才⋯⋯才輕輕在他頭上敲了一下！」

「是啊，輕輕敲了一下，就敲出了一個瘋子來！」蘇先生狠狠瞪了小幫閒一眼，又是好氣又是好笑。

對方口裡的二叔李先生，在混進衙門口之前，是個遠近聞名的潑皮，身手極為強悍，一鐵戒尺敲下去，換個不結實點的，腦漿子都能給人打出來，還說什麼只是輕輕敲了一下！那朱老蔫要不是被敲成了傻子，才不會冒著被株連九族的風險搶了刀子，跟給官府幹活的人拼命！

「真的，真的只是輕輕一下，我當時就站在我二叔旁邊，親眼看著的！」小幫閒也算良心未泯，紅著臉，解釋的聲音越來越低。

「現在說這些有啥用！看看怎麼才能救你二叔吧！」蘇先生又看了他一眼，輕輕搖頭。「唉，這事難辦了，按照大元律例，只要朱老蔫把刀子拿了起來，結果就都是一樣的。好在他家裡只剩下他一個，牽連不到旁人！」

小幫閒聞聽此言，對自家叔叔的擔憂也有幾分轉成了對肇事者的同情，一邊小跑著，一邊輕輕搖頭。「這——，我叔叔沒想害他，真的，真的沒想！蘇先生，你辦法多，能……能留他一命麼？」

「留，怎麼留？你也不是不知道現在是什麼時候，唉，這都是命啊！別說了，趕緊去救你二叔吧！」

想到朱老蔫最終難逃一死，蘇先生的書呆子氣又犯了，忍不住低聲嘆氣。

拒不交出刀具，還挾持前來收繳刀具的差役，這都是實打實的罪名啊！在芝麻李帶領反賊大兵壓境的節骨眼兒上，幾位官老爺們怎麼可能不把刺頭兒提前抓出來，殺雞儆猴?!

更何況這朱老蔫上無父母，下無妻兒，孤零零光棍一條，即便被冤枉了，也沒人替他出頭鳴不平，更沒人會拿著錢去上一級衙門裡頭疏通打點，這節骨眼上，不拿他立威還要拿誰?!

總之，**這全都是命。在這大元朝，漢人命賤，南方漢人尤甚**！沒辦法，只能求早死早托生罷了！

正鬱鬱地想著，騾馬巷已經到了。

只見十多名衙門裡的白員和幫閒，像準備撲食的野狗般，將一個半露天的豬肉鋪子圍了個水泄不通。而鋪子裡，靠牆則站著一名滿臉油漬的彪形大漢，手裡緊握著一把尺半長的殺豬刀。

刀刃所對，正是徐州城另外一名弓手李老小的喉嚨。

「朱老蔫，你趕緊把李先生放了，念在你是初犯的分上，咱們向判官老爺求情，饒你不死！」一眾白員和幫閒都是本地人，操著不南不北的徐州話，翻來覆去地喝令。

「稅死朱老蔫&&……%？泥煤哲屑銀管沙漠，癟繞勒，栽繞若季勒&&%……！」朱老蔫則一改眾人記憶中的窩囊模樣，瞪圓了一雙猩紅色的眼睛，大聲回應。

他操著明顯的北方腔調，口齒非常含糊，彷彿舌頭不聽使喚一般，令圍著他的那些白員和小牢子們滿頭霧水，連號稱博學多聞的蘇先生，也沒能聽懂一個字！

但此時蘇先生者無論如何都不能袖手旁觀，仗著跟朱老蔫已經去世的姐夫有過數面之緣的分上，擠到人群之後，探出半個腦袋，大聲勸解道：

「朱，朱小舍，你別這麼衝動，有話好好說。你再鬧下去，就不是你一個人的事了，整個坊子的鄰居少不得都被你牽連！」

話音剛落，四下登時哭聲一片。

鄰居們紛紛走出來，隔著幫閒們，衝朱老蔫跪倒，不斷地磕頭，「朱小舍，你行行好，放過李先生吧！大夥都是看著你長大的，您真的忍心拉大夥一塊給你陪葬麼？」

「朱校社？陪葬？」朱老蔫顯然沒聽懂鄰居們的哀求，瞪圓了猩紅色的眼睛四面張望，目光中充滿了困惑。

「小舍就是大戶人家的少爺！」猜出朱老蔫沒聽懂，卻沒猜到此人聽不懂的原因，小幫閒李四狗大聲解釋，「按照咱們大元律例，一人謀逆，坊里連坐，這些都是從小看著你長大的街坊鄰居，你殺官造反，不是活活害死了他們麼?!」

「做飯？」朱老蔫好像又聽懂了幾個字，目光中露出了幾絲憤怒。「泥煤票呢，這都神墓飾帶勒，&……%嗨高築廉？」

又是一串怪異的北方腔，比先前稍微清晰了點兒，但大夥還是聽不懂。

正惶急間，耳畔忽聞一串清脆的馬蹄聲響，有名橫豎差不多長短的色目人帶著十幾名官府的兵丁殺到，先指揮著兵丁們用鐵蒺藜和木柵欄將巷子口封了，然後用刀尖朝朱老蔫戟指：

「兀那彌勒教的妖人，還不趕緊將李四十七放了，否則休怪本官下手無情！」

「完了！」聞聽此言，蘇先生立刻將眼睛一閉，默默退到了一旁。

其餘白員和幫閒們聞聽，也慢慢地退開十幾步，緊握著手中的鐵尺、皮鞭和水火棍，與手持弓箭、利刃的兵丁們一道，重新組成一個大包圍圈，將朱老蔫圍得插翅難逃。

周圍的百姓們見狀，跪在地上，哭得愈發大聲。

整個徐州城裡誰不知道，最會摟錢，也最心黑手狠的，就是騎在馬背上的這位孔目麻哈麻大人。

他沒帶差役，而是直接從軍營裡請了兵丁幫忙，擺明了是要把這件案子當作謀逆要案來抓。再加上那句無中生有的「彌勒教妖人」，恐怕今天騾馬巷裡非但朱老蔫本人難逃一死，其他左鄰右舍也免不了要傾家蕩產的下場。

唯獨沒什麼變化是朱老蔫自己，兩隻眼睛繼續茫然地看著眾人，彷彿他自己根本不屬於這個世界般。

直到被他劫持的李先生已經尿了褲子，才抽了抽鼻子，皺著眉頭問道：「難倒布斯筵席？田迪夏娜油咋麼黃湯德式&%$#?啊!我命敗了，握在嘬朦！」

這一回，他的口齒更加清晰，彷彿舌頭已經慢慢適應了嘴巴。

蘇先生也終於聽懂了他所說的最後幾個字，急得直拍自家大腿，「不是在做夢，這是真的，真的！朱老蔫，你真的被打傻了不成？趕緊放下刀子自首，免得連累別人！我會儘量跟牢頭安排，讓你上路之前不受任何苦楚！」

說完這句話，又鼓足勇氣跑到孔目大人麻哈麻的坐騎前，連連作揖：

「大人，大人，這廝被李先生一戒尺打傻了，根本不知道自己在幹什麼！周圍的街坊鄰里平素也跟他沒啥來往！」

「真的，你敢替他擔保麼？我怎麼聽消息說，他是彌勒教大智分堂的副堂主，準備與芝麻李裡應外合攻打徐州呢？」孔目麻哈麻的眼神像刀子一樣，直戳蘇先生心底。

蘇先生被戳得亡魂直冒，顫抖著身體連連後退，結結巴巴道：

「屬下只是……只是覺得老李挺可憐的，他為您鞍前馬後忙活了那麼多……，如果不想辦法將朱老蔫穩住，老李這回恐怕就……就在劫難逃了！」

「大人開恩！」被朱老蔫劫持在手裡的弓手李四十七仰起頭，衝著麻哈麻大聲哭嚎。

「大人開恩！」小幫閒李四狗也跪了下去，請求麻哈麻高抬貴手。

周圍百姓更是恐慌，跪在地上，頭如搗蒜，甘願獻出家中一切，只求麻哈麻別把朱老蔫當彌勒教的妖人來抓，免得自己遭受池魚之殃。

「既然你們都是有家有產之人，想必跟那彌勒教沒太大牽扯！」見眾人態度「誠懇」，孔目麻哈麻也不願意涸澤而漁，摸著頷下捲曲的黃鬍子，大聲宣布，

「那就煩勞爾等自己去把他給我抓過來吧！抓了他們，自然就證明了爾等的清白。」

隨即，又迅速將鍋蓋大的面孔轉向朱老蔫，「你要是不想讓他們死的話，就趕緊放了李四十七！本官念在你年少無知的分上，只取你一人性命，絕不會株連

你的家人。」

眾百姓聞聽，先是愣然，然後個個臉上露出了不忍的表情，但是不忍歸不忍，如果不想自己全家受到牽連，只能遵照麻哈麻的命令行事。

有一名老漢帶頭，其餘鄰居哆哆嗦嗦地跟上，從幫閒們手中接過鐵尺、皮鞭和棍棒，咋咋呼呼朝朱老蔫身前湊。一邊湊，一邊還哭喊著解釋道：

「老蔫，別怪大夥！孔目大人的話你也聽見了，大夥也沒辦法啊！」

「你們？」朱老蔫愣了愣，看著眾人，滿臉難以置信。

「救我，救我啊！」

就在他一愣神的功夫，被劫持的弓手李四十七拼命掙扎起來。用盡全身力氣推開架在脖子上的刀刃，撒腿就往麻哈麻的身邊跑。

「我操你×！」朱老蔫先是微微一愣神，隨後舉著殺豬刀緊追不捨。

這句話所有人都聽懂了，眾鄰居不敢擋了李四十七的逃生道路，趕緊側著身子往兩側閃。朱老蔫則一邊大罵著，一邊手擎殺豬刀緊追不捨，刀尖直在李四十七背後畫影兒。

腳步剛剛衝出鄰居們的包圍，兵丁們手中的弓箭就射了過來，兩支射在他旁邊的百姓身上，另外一支則插在他的頭髮上，微微顫抖。

「補痛？」朱老蕎被嚇了一大跳，本能地停住了腳步。眾白員和小牢子們見

有機可乘，立刻蜂湧過去，試圖將他生擒活捉。

還沒等眾人衝到朱老蕎身邊，後者突然一咧嘴，「不痛，果然是做夢，我操！」一刀捅過去，將衝過來攔阻自己的李四狗捅了個透心涼。緊跟著，如同瘋了般拔出血淋淋的刀刃，緊追著李四十七的腳步，直撲孔目麻哈麻。

周圍的兵丁們趕緊放箭攔阻，奈何他們平素疏於訓練，朝廷配給漢人兵丁的木弓品質又奇差無比，接連兩輪箭沒射到朱老蕎，卻把追在他身後的白員放翻了好幾個，躺在地上，抱著傷口大聲哀嚎。

還沒等兵丁們第三次將木弓拉開，朱老蕎已經衝到他們身邊，一刀一個，接連放翻兩人在地。周圍立刻「呼啦啦」一下空出了老大一片。所有兵丁都嚇得抱頭鼠竄，再也不敢回頭！

孔目麻哈麻也嚇得魂飛魄散，雙腿拼命去夾戰馬的肚子，試圖擺脫追殺。可憐的戰馬馱著三百多斤的他邁動四蹄，衝向巷子口，一不小心踩在先前士兵們安放的鐵蒺藜上，悲鳴一聲，軟軟栽倒。

麻哈麻被摔得眼冒金星，手忙腳亂往起爬，還沒等他將自家身體的橫豎分清楚，朱老蕎已經追到，刀尖在他水桶粗的脖子上狠狠一勒，「噗！」地一聲，血

漿竄起半丈多高。

再看朱老蔫，渾身都被血漿給染紅了，卻絲毫不覺得難受，伸出血淋淋的左手，在麻哈麻腰間來回亂翻，「裝備呢，怎麼只剩下錢？裝備哪兒去了，怎麼一件都沒掉？」

人在遭遇到突如其來的打擊或者難以理解的事情之後，往往會本能地自我麻痹，身處於一三五一年秋天的朱大鵬就是如此。

睡覺前還在電腦旁打遊戲，領著一群網路上的小弟大殺四方。一覺醒來，卻發現自己躺在地上，變成了什麼朱老蔫兒！還被一名衣著古怪，渾身散發著汗臭味道的大老爺們朝臉上尿！這種事，叔可忍，嬸嬸也不能忍！

然而，當他憑著身體裡遺留的本能抓起刀子，並且把朝自己臉上撒尿的傢伙拎在手裡之後，整個世界瞬間就變了模樣！

陌生的環境，陌生的人群，操著陌生古怪的方言，跟自己不斷吱吱歪歪。有人惡聲惡氣，有人佯裝可憐，但目的都是一個，讓自己放掉被抓住的傢伙。

這些陌生人連最基本的談判技巧都不懂，居然放人的結果還是難逃一死?!更令人氣憤的是，那個幾乎長成了正方形的藍眼睛死胖子，還拿其他陌生人的性命來威脅自己！

笑話！這簡直是朱大鵬自打記事以來，見過最荒唐的事情！在陌生的世界裡，這些人分明是一夥的，自己才是他們所有人的對立面，怎麼可能被如此拙劣的手段威脅到？

當時他第一個反應是，有人在惡作劇，設計了類似電影《楚門的世界》那種場景，準備看自己的笑話。

然而在花費一些時間，發現所有陌生人都不像在演戲，周圍佈景也過於逼真之後，朱大鵬又自我麻醉地認為自己是在做夢，**眼前一切都是夢境**，只要自己找到夢境與真實的差別在哪，就立刻從夢境裡邊走出去。

作為資深技術宅，他的辦法很簡單，就是試試弓箭射在身上疼不疼。如果疼的話，自己就會被痛覺刺激醒；如果不疼，就說明自己的確是在做夢，照樣能順利醒來。

正如他事先預料，箭射在身上果然不疼，然而那些在夢裡被殺掉的人，血液居然是耀眼的紅！

夢是沒有顏色的，除非夢裡邊還有另外一個世界。當一個人自我麻醉到極限程度，所有思路都會圍著假設轉，於是夢境變成了遊戲，其他所有人都變成

ＮＰＣ（編按：Non-Player Character，指遊戲中非玩家控制的角色），只是遊戲裡的那個Boss被殺後居然不掉裝備！

不是玩笑，不是夢，也不是遊戲，那自己到底在哪裡?!

還沒等朱大鵬的腦細胞給他杜撰出第四個答案，身後再度傳來了喊殺聲：

「抓妖人！」

「抓妖人給麻孔目報仇！」

「妖人，還不放下兵器，速速送死？」

緊跟著，「蹦蹦蹦」連聲脆響，三支羽箭從背後破空而來，兩支插在大胖子的屍體上，最後一支卻正中朱大鵬左肩膀。

「哎呀！」朱大鵬疼得跳了起來，一把將羽箭扯在地上。

出血了，好疼，頭也開始發暈，對面，剛才被自己劫持的那個傢伙和另外兩名打扮跟他差不多的人，正在哆哆嗦嗦地拉弓。其他一群叫花子般的傢伙則拿著木棒、皮鞭之類的東西，跟在弓箭手身後大放厥詞。

「殺！」一瞬間，朱大鵬就顧不上思考自己到底身在何處了，跳起來，直撲正在放箭的李先生、蘇先生和另外一名衙門裡的弓手。

武士對弓手，貼身近戰乃為王道，多年玩遊戲養成的習慣，在他的思維裡已經形成了定式。

見到渾身是血的朱老蔫拎著殺豬刀撲將過來，吶喊助威的白員和小牢子們魂飛魄散，立刻丟了手裡的皮鞭、木棒落荒而逃。

三名弓手的膽子比他們略大一些，對準朱老蔫的胸口又放了一輪箭。然而弓手們的準頭實在太差，倉促間射出的羽箭連朱老蔫的汗毛都沒碰到一根！

「妖術！他用了彌勒教的妖術！」

站在最左首的弓手王先生突然像發現了什麼天大的秘密般，大叫著丟下木弓，撒腿就跑，兩行熱尿順著褲腿淋漓而下。

彌勒教，喝清水，吃青菜，念聲佛號，刀槍不入。想想麻孔目生前硬栽給朱老蔫的罪名，**彌勒教大智分堂副堂主**！蘇先生也是渾身發軟，把手中弓箭朝地上一丟，拔腿就步了王先生的後塵。

只剩一個李先生，還想著給自家侄兒報仇，繼續哆嗦著朝弓臂上搭箭。已經徹底弄不清是遊戲還是現實的朱大鵬哪肯給他更多的機會？三步兩步衝到近前，殺豬刀借著慣性作用朝此人胸口處一捅，「噗」，刀刃貼著肋骨的縫隙扎進去，直接把李先生穿了個透心涼。

「殺人啦，殺人啦，彌勒教的妖孽當街殺人了！」跑到遠處偷偷回頭張望的白員和小牢子們恰恰看到此景，扯開嗓子，聲嘶力竭。

「快跑，快跑，朱老蕎把麻孔目和李先生都給捅了！」

「快跑，快跑啊！朱老蕎是芝麻李的暗樁，殺官造反了！」

先前試圖幫助麻孔目捉拿朱老蕎歸案的鄰居們跑得更快，一邊逃，一邊將自己推測出來的「事實」四下傳播。

「轟！」一如同油鍋裡放入了半碗冷水般，蕭瑟寂靜的暮色裡，忽然跳出了無數人影，跌跌撞撞，沒頭蒼蠅般四下亂竄。

彷彿與紛亂的叫嚷聲相呼應，城東、城西、沿著朱雀大街兩側猛的竄起了數道濃煙，火光從院子裡跳了出來，帶著妖異的紅色直沖雲霄。

「芝麻李，芝麻李的兵將打進城裡來了！」

「紅巾軍，紅巾軍！喝符水的紅巾軍，刀槍不入！」

「殺啊，殺韃子，迎李爺進城啊！」

「殺貪官，均貧富！是爺們的跟我上啊！」

剎那間，無數人在大聲吶喊，無數雙粗糙的大手拎著削尖的木棒，從一棟棟低矮的茅屋中衝出來，匯成一股毀滅的洪流。

一個個攔路者被打倒，無分貧富貴賤；一扇扇院子門被撞開，無分華麗簡陋；一棟棟房子被點燃，再也分不清哪個是茅草屋，哪個是青磚碧瓦。**毀滅的洪流瞬間橫掃一切**。哭喊聲，哀求聲，怒罵聲，刀槍碰撞聲和房屋倒塌聲，轉眼成了傍晚的主旋律，令所有聞聽到它的人都迅速陷入瘋狂。

暗紅色的天空下，朱大鵬卻對周圍傳來的嘈雜聲充耳不聞。殺人了，並且一殺就是六七個。雖然以往的虛擬遊戲中，他殺掉的敵人數以百萬計，但是沒有任何一次給他的感覺如同今晚這般真實。

血是黏的，噴在臉上還帶著體溫。敵人會怕，殺掉帶頭的幾個之後，其餘的會一哄而散，而不是像以往遊戲中那樣繼續衝上來。每一名對手臨死前的表情都非常逼真，會大小便失禁，惡臭的味道令人恨不能將自家腸子都吐出來。

但是，他現在卻不能吐。**他必須弄清自己身在何處？那個死去的胖子為什麼要說自己是什麼彌勒教徒？這裡究竟是哪裡？是身在國外嗎？到底要怎樣才能找到通道把自己送回去？**

第二章

彌勒教堂主

他朝朱老蔫走了兩步，道：「您又說笑話了，
這街坊四鄰，誰不知道您是彌勒教大智堂的朱堂主，
我們跟官府早就不是一條心了，所以才沒人去向官府告發，
不信您問問他們幾個！」

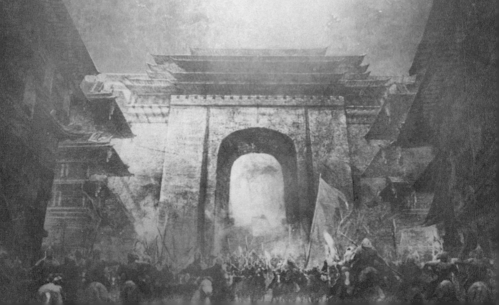

稍稍一愣神後，他以自己都無法相信的熟練動作，從李先生的屍體上拔出那把惹禍的殺豬刀，拎著它，朝距離自己最近的一個人追了過去。一邊追，一邊喊道：「站住！不要跑！再跑，我就放大招了！」

「果然是彌勒教的人！」

不幸被他盯上的蘇先生踉蹌兩步，兩條腿搗騰得更快。

「天可憐見，剛才我居然還替他說情，這下慘了，即便今晚逃得性命。日後官府追究起來，也說不清楚了。老天爺，我蘇明哲到底造了什麼孽，居然讓我惹下這抄家滅族的麻煩！」

他跑得快，朱大鵬追得更快，一轉眼，刀尖已經又瞄著後心畫影兒。可憐的蘇先生嚇得魂飛魄散，腳一軟，「噗通」摔了個狗啃屎。又哭泣著向前爬了兩步，雙手高高舉起，「饒命——！」

「饒命——！」這兩個字和相應的動作倒是南北通用，四海皆準。朱大鵬猛剎了一下沒剎住，差點從蘇先生脊背上直接踩過去。

好在他身體今晚的協調性遠遠超過了平日，關鍵時刻騰空而起，掠過半丈多遠距離，在距離蘇先生頭頂幾寸處穩穩落地。旋即猛的一個轉身，刀尖下壓，指著蘇先生的鼻子喝道：「別動！再動就真捅下去了！」

「不動，不動！」蘇先生頭皮一陣陣發麻，高舉著雙手做殭屍狀，「爺爺饒命，彌勒教的爺爺的饒命！」

「彌勒教？」朱大鵬愣了愣，滿頭霧水。他的耳朵和舌頭已經漸漸適應新的環境，很神奇地聽懂了這裡人所說的話，並且以類似的腔調與對方交流，但他的思路卻仍跟不上。

「小的，小的先前不知道您是彌勒教的老爺！」

蘇先生以為自己的口音引起了誤會，趕緊掰彎了舌頭，學著大都、永平一帶的腔調補充，「如果知道您是彌勒教的老爺，就是再借小人三個膽子……」

「少廢話！這裡是哪？你們又是幹什麼的？」朱大鵬聽得不耐煩，刀尖向前點了點，追問道。

「老爺饒命，我家裡上有八十老母，下有沒斷奶的嬰兒！」蘇先生又給嚇得一哆嗦，求饒的話脫口而出。

說完，才發現自己好像答非所問，趕緊又磕了一個響頭，慌慌張張地補充道：「小的是衙門裡的弓手，大前年才買到的這個位置，從沒幹過，不對，是還沒來得及幹任何昧良心的事情！彌勒爺，饒命——！」

「別廢話，快告訴我這是哪兒？」朱老蔫的眼睛越來越紅，死死盯著蘇先生，刀尖不斷下壓。

「這裡是大元朝河南江北行省歸德府徐州城！」

猛然間意識到朱老蔫現在是被彌勒佛上了身，未必清楚人間俗事，蘇先生像倒豆子一般接連補充。

「徐州城西南斜兒坊騾馬巷啊！彌勒爺，您，您這是怎麼了？爺，爺您的刀子，媽呀，饒命——！」

「噹啷！」已經捅到他眼皮底下的殺豬刀忽然掉在地上。再看朱老蔫，一瞬間就像被抽空了全身力氣般軟軟坐倒。兩眼呆呆地看著正前方，嘴裡喃喃道：

「徐州，我怎麼會到了徐州？我昨天睡覺時還在邯鄲的家中，不對，一定是哪裡出錯了，一定是……」

「彌勒佛走了?!」蘇先生愣了愣，在自己心裡偷偷嘀咕。他以前看過別人請神，神一走，巫婆表現出來的狀態，與朱老蔫現在幾乎一模一樣。

「既然神走了，就別怪蘇某不客氣了！」蘇先生心裡瞬間轉過無數個主意，他認定的最佳選擇，還是趁機把朱老蔫給捅死，將功贖罪。

他偷偷看了眼魂不守舍的朱老蔫，用袖子遮住自己的右手，手指慢慢向刀柄處伸，三寸，兩寸，一寸……

眼看著就要大功告成之際，耳畔忽然傳來一聲慘叫，猛抬頭，只見先前逃走的同僚王先生，被一名頭裹紅巾的壯漢帶著一群百姓，如同追野狗一樣追了過來，一磚頭拍倒在地，棍棒齊下，轉眼間就沒了動靜。

「父老鄉親們不要怕，紅巾軍只殺韃子，殺貪官污吏，不殺百姓！」頭裹紅巾的壯漢驕傲地舉起剛搶來的鐵尺，振臂高呼。

「殺韃子，殺貪官污吏，不殺百姓！」

平素見了王先生連大氣都不敢出的百姓們，此刻卻像脫胎換骨一般，扯開嗓子，大聲重複。隨即跟在壯漢身後，轉向下一個街角。

「殺韃子，殺貪官污吏，不殺百姓！」

暮色中，也不知道有多少人在大聲響應。無數火頭在徐州城內點起來，將整座城市照得如白晝般明亮。

「殺韃子，不殺百姓！」蘇先生一瞬間福靈心至，也大喊著撩開外袍，從半舊的紅色小衣上撕下兩條布，一條纏在自己頭上，另外一條雙手遞給朱老蔫。

「殺韃子，不殺百姓！」幾名躲在百姓家門洞裡避禍的白員和小牢子也都受到提醒，大喊著跳出來。或者撕開自家貼身穿的暗紅色小衣，或者從死者的屍體身上撕下染血的布條，手忙腳亂地綁在頭上，然後抓起鐵尺、皮鞭和木棒，如得勝歸來的士兵簇擁著自家將軍一般，把朱老蔫護在隊伍正中央，繼續大聲高呼：

「殺韃子，不殺百姓！」

「殺韃子，不殺百姓！」

「殺韃子，不殺百姓！」

西元一三五一年八月十六，芝麻李夥同兄弟八人，義民九千，攻克黃河南岸重鎮徐州，天下震動！

接下來的事情，愈發像是在做夢。看到朱老蔫並沒拒絕蘇先生等人的投靠，先前躲得不知去向的左鄰右舍們也紛紛找了紅布包住頭，拿著門閂走了出來，團團堵住坊子口。

為了證明自己跟城裡的其他紅巾軍是同夥，他們毫不猶豫地將麻孔目、李先生和被殺的那幾名兵丁的身體抬到了坊子口，直接掛在附近的樹枝上，以顯「首義之功」。

這一招果然奏效，幾支頭裹紅布的漢子殺到近前，看見掛在坊子口的屍體和手持兵器嚴陣以待的蘇先生等人，立刻調轉方向，朝其他坊子殺過去了。從始至終，都沒人過問騾馬巷這支「紅巾軍」的究竟。

能混進衙門裡做編外差役的都不會是笨人，發現渾水摸魚手段著實有效，眾白員和小牢子們立刻開始分頭溜出去接自己的親戚朋友前來避難。

騾馬巷的街坊鄰居們也都不是石頭縫裡蹦出來的猴子，每個人難免都有幾個親朋故舊，為了讓親友們不受亂兵波及，也頂著紅布跑出去，以彌勒教大智慧分堂朱堂主的名義「廣施恩澤」。

待到「朱堂主」從震驚中多少恢復了幾分神智之時，非但身後的騾馬巷成了他的領地，臨近的磚瓦巷、柴炭巷、苦水巷、草鞋巷、驢屎巷以及大半條匠戶巷，也稀裡糊塗地成了彌勒教大智分堂的「勢力範圍」。

裡邊的五六百戶居民，無論貧賤，幾乎全都火線加入了彌勒教，成為忠實信眾。追隨在他朱堂主身後，口誦蘇先生臨時杜撰出來的彌勒轉世經，發誓要一道「驅逐黑暗，迎接光明！」

那一夜，義軍與官兵在街道上惡戰，地痞無賴趁火打劫。混亂中，不知道多少茅草屋和青磚院落一起被點成了火炬，不知道多少無辜者稀里糊塗地失去了性命。

柳條斜二坊騾馬巷及其附近幾條巷子竟然出奇的太平，只有孔目麻哈麻和弓手李先生等七八具屍體在樹上掛著，警告那些試圖發戰亂財者遠離此地，不要犯在朱堂主手裡，平白丟了性命。

而被蘇先生和臨近街巷的百姓們推做護身符的朱老蔫，也始終沒有找到跟義軍說明事實真相的機會。待到天色微明，周圍喊殺聲漸漸平息，他已經不必跟任何人去說明了。

芝麻李二麾下的紅巾軍將士，給足了他「朱堂主」面子。如果現在他來個翻臉不認帳的話，嘿嘿，結果自然可想而知！

朱大鵬本來神經就非常大條，否則也不會在沒弄清自己到底身處虛擬世界和現實世界的情況下，就敢暴起傷人。發現自己冒充彌勒教大智堂副堂主之事已經騎虎難下之後，想了片刻，就乾脆認了下來。

但是，他卻不肯就這樣糊塗一輩子。先用吐沫清洗了一下肩膀上的箭傷，然後用手指點了點被百姓們自動視為除了自己之外的第二號人物的蘇先生，低聲命令：「那個，蘇先生是吧?!你坐過來，跟我好好說說，我到底是誰？」

蘇先生在死亡的威脅漸漸遠去後，也發現了今晚大多數事情都不對頭，但是此人卻不願意承認自己是一連串誤會的始做俑者。

他側著身子朝自己認識的朱老蔫身邊走了兩步，擠著眼睛道：「您又說笑話了，這街坊四鄰誰不知道您是彌勒教大智堂的朱堂主，我們跟官府早就不是一條心了，所以才沒人去向官府告發，不信您問問他們幾個！」

他說著話，邊扭頭朝周圍的白員和小牢子們使眼色。

那些白員和小牢子平素就對蘇先生俯首貼耳，此刻變成一根繩上的螞蚱，更是唯命是從，紛紛點著頭附和：

「是啊，是啊！朱爺，您老忘了麼？您老一直在家裡燒香敬彌勒，我們大夥都知道，一直都替您遮掩著呢！」

「放屁！」朱大鵬皺著眉頭喝罵：「我要是彌勒教的堂主，你們就是我手下的香主、師爺和紅花雙棍！」

「謝朱堂主賜封！」蘇先生又偷偷使了眼色，帶領眾白員和小牢子們跪了下去，五體投地。

「去你奶奶的！」朱大鵬氣得火冒三丈，抬起一腳，將蘇先生踢了個跟頭。

「你才是朱堂主，你們全家都是朱堂主！」

「堂主大人饒命！」蘇先生在地上打了個滾，立刻又跪了起來，頭如搗蒜。

「堂主大人饒命！小人沒窺探您位子的意思！小人真的沒有！」

「滾！」朱大鵬又踢了對方一腳，知道自己今天這個彌勒教的堂主是當定了。咬了咬牙，決定暫且放過這個話題。

「老子不是問你什麼堂主不堂主，老子是問，老子到底是誰？趕緊把你知道的都告訴我！」

「您，您是大智堂堂主朱八十一啊！」蘇先生抬起眼睛偷偷看了看朱老蔫兒的臉色，小聲回應。

眼見著對方的眉毛又要豎起來，立刻想起此人曾經被衙門裡的同行李四十七用鐵尺活活砸暈了過去的事，趕緊將身體向後挪了幾尺遠，連聲解釋：

「大人息怒，小人想起來了，您是剛剛被彌勒佛上過身，心神消耗過大，所以忘了自己的俗世身分，待會兒小人去胡郎中家裡給您抓一副安神的藥……」

「少囉嗦，趕緊說我是誰？」朱大鵬很不喜歡蘇先生繞來繞去的說話方式，狠狠瞪了此人一眼，大聲催促。

「是，是！」蘇先生又打了個哆嗦，結結巴巴地補充，「您老的俗家名諱是朱八十一，至正初年，從北邊逃難而來……」

他囉囉嗦嗦解釋了好半天，朱大鵬終於有點明白了，**自己好像是中了二十一世紀的特等大彩，穿越車票一張；還是靈魂穿越，有去無回的那種**。

「老天爺，你怎麼這樣玩我！」頂著朱老蔫軀殼的朱大鵬手按額頭，眼前一陣陣發黑。

作為經常看網路小說的宅男，對穿越這回事，朱大鵬倒不拒絕接受。然而，他無法接受的是，自己穿越後的待遇居然和其他穿越的同行差了這麼遠。既沒有跟皇帝拜把子，也沒有當官員的老爹做後臺，並且還穿越到了元末——還是紅巾軍剛剛開始造反的元末！

宿主是個屠夫，既沒讀過一天書，也不會任何武功。除了一把租來的殺豬刀和半間快倒閉的肉鋪子外，一無所有！

至於宿主的身分，則是賤到沒法再賤的流民，十年前因為黃河決堤，失去家園和父母，與姐姐一道逃難至徐州。然後被官府收容，編號為八十一，所以名字就叫朱八十一，人送綽號朱老蔫。

朱八十一的姐姐則被編號為朱三十二，因為模樣長得還算端正，被衙門裡一名五十多歲的李姓巡檢看上，收進府中做了第五房小妾。

托自家便宜姐夫的情面，朱老蔫從八歲開始就「幸運地」被送到一家屠戶手下當不拿工錢的學徒。師父死後，則繼承了屠宰鋪子，替人殺豬、宰羊，劁豬、閹牛，賴以養家糊口。

原本做屠戶的日子也能過得下去，至少每天刀前刀後，什麼血脖子、大腸頭等下腳料能落下幾兩，勝過吃糠咽菜。

然而朱老蔫的命格實在有些「貴得離譜」，用蘇先生的話說就是，「彌勒佛在俗世的替身，一般人遮蓋不住」，先是在十三歲時尅死了自家姐姐和沒出世的外甥，去年，他的那個便宜巡檢姐夫，又在衙門裡的酒宴上跟人比賽摔跤，被蒙古達魯花赤的侍衛失手扭斷了脖子，一命歸西。

所以自從便宜姐夫過世之後，朱老蔫的日子就每況愈下。非但衙門口的李先生等人總是找藉口欺負他，周圍的地痞無賴也經常到肉鋪子這裡搗亂。

然而朱老蔫卻「心胸寬廣，不屑與俗人一般見識」（蘇先生語）。逆來順受，打不還口，罵不還手。直到昨天傍晚，因為多付了三個月的磨刀錢與李先生討人情，被後者一鐵尺打暈了過去。

隨後的事，就不用蘇先生再多囉嗦了，朱大鵬自己恐怕是這世界上最明白其中來龍去脈的人。朱老蔫被李先生一鐵尺給打死了，或者說靈魂給打出了竅，而自己，那個二十一世紀的理工技術宅朱大鵬，卻因為徹夜打遊戲體力消耗過度，靈魂脫離了軀殼，在若干用科學解釋不了的巧合因素影響下，來到了朱老蔫的身上。

然後因為弄不清自己到底身在現實世界還是虛擬世界，奮起反抗，把徐州城最有錢的孔目——色目人麻哈麻當遊戲裡的小囉嘍給宰了，不小心提前引發了城內紅巾軍暗樁的起義，使早就潛伏在城外的紅巾軍主力當機立斷，立刻發起了總攻。

「帶頭的紅巾領袖，我說外邊那些義軍，誰是他們的大當家？」

想到自己早晚要跟城裡紅巾軍打交道，朱大鵬按著自己因為短時間內超負荷運轉已經開始發燙的腦袋，有氣無力地詢問。

「您老，您老跟他們沒……」蘇先生吃了一驚，本能地反問。

話說到一半兒，他四下看了看，壓低了聲音糾正道：「啊，我知道了，您老這還是因為彌勒佛上身的緣故，什麼都記不得了。那芝麻李，李大當家，想必跟您是老相識，他以前經常來城中販芝麻，有好幾次到您那邊買豬蹄子吃呢！」

「芝麻李？」

朱大鵬拼命揉著太陽穴眼前又是一陣陣發黑，無數小星星上下跳動。

他知道有朱元璋，有彭和尚，還有張士誠，沈萬三什麼的，也知道最後是朱元璋得到了天下，其他人都做了死在沙灘上的前浪，但——

朱元璋此刻應該在哪兒？是在當和尚還是已經投了明教？

那個會九陽真經的戀足癖張無忌呢，他在哪裡？

屠獅大會已經召開了麼？武穆遺書和九陰真經現在落到誰手中？

如果平行時空存在的話，目前自己所在的這個星球和地球之間的關係是……

「他媽的，歷史老師死得太早！」

在蘇先生和一眾百姓充滿期待的目光中，朱大鵬，不，朱八十一嘴裡突然冒出一句誰也聽不懂的話，兩眼一翻，徹底暈了過去。

「又一個打遊戲把自己活活累死的！」

二十一世紀地球，北京天壇醫院。

護士嘆了口氣，拉起白被單，蓋住了一張年輕而蒼白的臉。

我是朱老蔫，殺豬的。

從八歲起就跟著師父學殺豬，劁豬，給豬褪毛，洗豬腸子，一年四季不得停歇。幹不好，就被師父打一頓；幹得好了，也不過是飯菜裡多一勺子大油……

睡夢中，朱大鵬看見一個倔強的少年，姓朱，名八十一，綽號朱老蔫。少年很粗壯，皮膚黝黑，表情木訥，但是朱大鵬卻覺得自己好像跟此人認識了很多年一般，打心眼裡兒感覺親切。

與蘇先生口中那個剋死姐姐、外甥和姐夫的倒楣鬼不一樣，這個名叫朱八十一的少年無比鮮活。

他的命運亦無比坎坷，師父是個酒鬼，無兒無女，對他這個唯一的徒弟也不甚喜歡。每天就是逼著他拼命幹活，稍不如意立刻拳打腳踢。

砍柴、挑水、洗鍋、捆豬，清理糞便和血跡，洗豬腸子。

洗豬腸子必須用冷水，熱水會把豬糞味道留在腸子上，冷水可以讓腸子乾淨順滑，並且帶著內臟特有的清香。

必須用冷水，無論任何天氣，任何季節，哪怕是寒冬臘月也是一樣。

所有記憶裡，朱八十一記憶中唯一的溫暖的，就是姐姐的手。

但是姐姐卻被巡檢大人強拉回府邸中做妾了。那個巡檢已經五十多歲，比朱八十一被洪水沖走的爺爺年紀還大。

從此，他再也不能接受姐姐的撫摸。哪怕逢年過節，也只能走到巡檢大人家的後門口，隔著門縫跟姐姐問個好，然後在家丁們鄙夷的目光中，接過姐姐給做的一雙布鞋，幾套足衣。

有一天，姐姐告訴自己，她懷了孕，可能是個男孩。朱老蔫很開心，雖然巡檢姐夫從來沒給過他好臉色，但有了男孩，姐姐在巡檢家的地位就保住了，至少不會在年老時被趕出門外，衣食無著。

那段時間，他幹什麼都有力氣，總想著自己能攢點錢，給未出世的小外甥買一件像樣的禮物。做舅舅的被人瞧不起，但做外甥的一定會出人頭地，活得有滋有味。

然而，沒等自己把錢攢夠，姐姐的屍體卻被從巡檢家送了出來。一屍兩命，說是難產，但朱老蔫分明在姐姐的脖頸和手腕上看到了一道道青紫色的傷痕。死了，也就死了，除了一張草席之外，別無所有。妾的地位等同於家奴。對朱八十一這種流民來說，巡檢大人就是天。他無法給姐姐討還公道，甚至連問一問姐姐的死因都不能。好在老天有眼，去年那個巡檢突然在摔跤時扭斷了脖子，死得淒慘無比。

姐姐沒了，仇人也死了。朱八十一在這世界上已經別無留戀。每天買豬、殺豬、賣肉。然後再買豬，殺豬，賣肉，然後再繼續循環，日出日落，無止無休。對他來說，軀殼早已成為牢籠，什麼時候離開都沒有任何遺憾。小混混們拿了肉不給錢，沒心思去爭；潑婦派遣孩子來偷肉骨頭，睜一眼閉一隻眼，幾根骨頭而已，誰吃不是吃呢。

直到有一天，少年的眼睛裡出現一抹柔柔的綠色，生活突然亮了起來，朱八十一開始拼命掙錢，存錢，希望有朝一日將那抹綠色永遠的留住。

然而，那抹綠色卻被李先生親手送到達魯花赤大人府邸。那是李先生的親生女兒啊，嫁給一個六十多歲的蒙古老頭子，虧他下得了狠心。

成親的那一天，朱老蔫跟著花轎走過一條街又一條街。眼睜睜地看著花轎進了達魯花赤大人的家，朱紅色的門轟然緊閉，將門內外隔成兩個世界。

回家的路上，衙門的小牢子們衝出來將他打翻在地。朝他身上潑髒水，罵他癩蛤蟆想吃天鵝肉。他不敢還手，不敢求饒。**他痛恨自己為什麼只能是癩蛤蟆？為什麼永遠沒有飛上雲端的那一天。哪怕是短短一瞬，也勝過千年萬年。**

弓手李先生找上門來，百般刁難，朱老蔫一忍再忍。直到昨天傍晚，被李先生一鐵尺砸在後腦勺上。

那一刻，**朱八十一看到自己終於飛了起來，從此再不被紅塵所束，再不理睬人間喧囂。**

飛起來的感覺，真好！

只是，**傍晚的陽光怎麼如此刺眼。什麼東西逆著傍晚的陽光飛了過來，是傳說中的太歲麼？**

太歲沖日，天翻地覆！

來自天空的白光，裹脅著汽車、電腦、互聯網和虛擬世界，與八十一的靈魂撞在一起，轟然炸開，然後陷入了無邊的黑暗當中。

黑暗，無邊的黑暗。

兩股來自不同世界的能量流，在黑暗中糾纏、碰撞、毀滅、融合。

不知道過了多久，也許是一瞬，也許是幾千萬年。

一顆綠色的幼苗突然從黑暗中鑽出來，茁壯成長！

整個混沌世界陡然明亮。

那顆幼苗，叫做**夢想**！

當朱大鵬再次從夢中醒來的時候，時間已經接近正午。陽光透過淡綠色的紗窗照在塗了桐油的地板上，蕩漾起一團團暖洋洋的綠意。

他下意識地看了看自己的手，很大，很糙，上面佈滿了老繭，指關節處明顯比正常人粗了一整圈，那是因為常年在冷水裡勞作的緣故，裡邊的腱鞘已經變形。而在上個世界的記憶中，他的手指卻是又細又長，除了鋼琴之外，只敲過鍵盤。

粗糙就粗糙一點兒吧，至少比上輩子那雙手看起來更有力氣。在亂世中，多一分力氣就多一條活路。彈鋼琴的手只能活活餓死。

本著隨遇而安的想法，朱大鵬自己寬慰自己。

經歷了夢境中的碰撞與融合，他已經慢慢接受了自己新的身分以及朱八十一那淒苦的命運。正欲用手支撐著身體爬起來，找個鏡子看看自己的新軀殼整體是什麼模樣，無意間，卻發現手腕處的衣袖與兩個世界的記憶都截然不同。

衣服是用一種非常細密的織物做的，朱大鵬分辨不出它的質地，卻知道它的價值肯定不會便宜。再低頭細看，身下的寬大木床，腦袋下的綢緞枕頭，還有窗旁那個邊緣處雕刻著精緻花紋的書桌，一件件從內往外透著股富貴氣。

「**難道是二次穿越**？」朱大鵬愣了愣，迅速跳下床，光著腳四下張望。「這回看樣子待遇不錯！至少是個富貴人家！」

正暗自慶幸間，眼前忽然出現了一張令人討厭的面孔。

蘇先生滿臉堆笑，諂媚地問道：「佛子大人醒來了，需要淨面更衣麼？小的這就給您把丫鬟喊進來！秋菊——！」

「等等！」朱大鵬迅速上前半步，一把拉住蘇先生的衣領。

蘇先生被嚇了一跳，後半句話瞬間卡在了喉嚨裡。紅著臉，擺著手，拼命朝後退去，「大人開恩！小的的粗鄙之軀實在無福承受大人的憐惜。」

「憐惜？」朱大鵬又一愣，鬆開手，詫異地上下打量。實在弄不明白眼前換了一身文士打扮的蘇先生到底粗鄙在什麼地方。

那蘇先生則以與其年齡極不相稱的俐落跳開數步，屁股緊緊貼著牆，喘息著繼續哀求：「小的不知道大人的喜好，所以才沒敢胡亂安排，小的這就去看看院子裡有沒有粉嫩的小廝，把他叫過來伺候大人！」

「小廝？我要小廝幹什麼？」

朱大鵬先是滿頭霧水，旋即臉孔瞬間漲成了豬肝色。「你才是玻璃，你們全家都是玻璃！不過是叫你問些事情罷了，你躲那麼遠幹什麼，趕緊給我滾過來！」

「唉，唉！」蘇先生雖然不懂得自己為什麼全家都會變成玻璃，卻從朱大鵬的臉色中猜出剛才的確是一場誤會，連忙小聲答應著，一點一點兒朝床邊蹭，屁股卻始終對著牆壁，隨時準備貼上去，寧死不從。

看到他一副三貞九烈的模樣，朱大鵬不禁啞然失笑。笑過了，怒氣也就消了，無可奈何搖了搖頭，快步走到書桌旁，端起桌上的茶壺嘴對嘴鯨吞著。

「佛子大人，小心茶涼！」

蘇先生趕緊開口勸阻，又怕逆了眼前這位佛子的性，眼巴巴地看著朱大鵬把一壺涼茶給喝光了，才雙手接過茶壺，低聲道：「大人如果想喝水的話，晃晃床頭那個鈴鐺就行了。您是萬金之軀，出了事，小的們可擔待不起！」

「萬金之軀？我什麼時候變得這麼尊貴了？佛子又是怎麼一回事？你怎麼口口聲聲叫我佛子？」

朱大鵬一邊回味著茶水的清甜，一邊低聲重複著。

穿越以來，這是他最常用的說話方式。很多事情都無法習慣，只能一邊被動接受，一邊繼續刨根究底。

「大人您莫非因為彌勒佛上了一回身，把以前的事都忘記了？」

蘇先生眼神微微亂了亂，避開朱大鵬的目光，煞有介事地回道：

「您是彌勒教大智堂的堂主，一直秘密潛伏在徐州城裡發展教眾，尋找機會，驅逐韃虜。我和肖十三、孫三十一、吳二十二，還有牛大、周小鐵他們，都是您麾下的教眾。昨夜趁著紅巾軍抵達城外之機，佛子大人您斷然請彌勒上身，率領我等在騾馬巷起事，當街格殺帶兵前來彈壓的孔目麻哈麻、弓手李誠、王進還有其餘戰兵五人、幫閒七人，還有趁火打劫的潰兵二十餘……」

「等等，等等！」朱大鵬聽對方越說越離譜，忍不住大聲打斷。

自己昨天稀里糊塗之中把現實當成了虛擬世界，的確殺掉一個胖子、一個使木弓的小矮個，還有幾條雜魚，但全部加起來也就是五六個人的模樣，怎麼今天在蘇先生嘴裡，數量憑空漲了五倍還多？

並且這個大智堂堂主，明顯是昨晚那個胖子孔目為了殺良冒功，胡亂安在自己頭上的。作為衙門裡的人，蘇先生對此應該心知肚明才是，怎麼事情過去之後，依舊繼續揣著明白裝糊塗?!

如果說昨夜姓蘇的是為了避免被義軍衝擊，才胡亂指認自己為彌勒教堂主，借機渾水摸魚，今天城裡已經安靜下來了，為何他不肯去找芝麻李說明真相？仍然要繼續把自己這個假堂主擺在前面？

莫非，**姓蘇的另有圖謀，要想拿著這個秘密永遠的要脅自己，讓自己永遠地當他的傀儡?!**

肯定是這樣！姓蘇的一看就不是什麼好鳥，又當了這麼多年二鬼子，壞上加壞，能安著好心腸才怪！

幾乎在一瞬間，朱大鵬腦海裡就閃過了無數設想。每一條都將矛頭指向了眼前的蘇先生。

而蘇先生兀自在喋喋不休，嘴巴根本沒有停下來的意思：

「是，佛子大人！大人您因為心神消耗過度昏了過去，我等奉大人您的命令，持械護衛鄉鄰，使他們免於潰兵之殃。直到芝麻李，紅巾軍的李總管率領親兵進城，下令封刀，才按照您事先的部署，把幾條街巷完完整整地獻給了他老人家！」

「我命令你們持械護衛鄉鄰？我命令你們將幾條街巷獻給芝麻李?!」時令已經過了中秋，朱大鵬額頭上卻冷汗滾滾。

什麼持械護衛鄉鄰！說白了，就是打著彌勒教大智堂的旗號與殺入城中的紅巾軍對峙，硬是從後者手裡搶下了一塊地盤！

什麼把街巷完完整整地交給了芝麻李！說白了，就是製造既定事實，逼著芝麻李當眾承認彌勒教大智堂擁有瓜分破城紅利的資格！

「姓蘇的，你缺八輩子德了！」

朱大鵬在上輩子雖然是宅男，卻非白癡！至少知道胡亂跑去搶功者會落個什麼下場。

「你竟然打著我的旗號去要脅那個芝麻李？你算個什麼東西，敢跟人家討價還價?!你就不怕他被逼急了，直接下令剁了你？你這個老王八蛋，你這老玻璃，可是把我給害慘了！」

說著話，他衝上前一把拎住蘇先生的脖領子，直接將此人拎到了半空中。

朱大鵬昨夜是怕紅巾軍的將士們殺紅了眼，一怒之下將自己碎屍萬段，才沒敢將真相告訴對方，但是他心裡卻明白紙裡頭肯定包不住火。為了長遠計，待城中的混亂狀態一結束，他就該找個合適機會向芝麻李或者芝麻李麾下說得算的人，主動承認自己這個堂主是冒牌貨。

相信芝麻李念在自己是出於無心的情況下，也不會過分追究。而自己在取得對方的諒解之後，就趕緊離開這個是非之地，或者買船出海，或者想方設法去投奔朱元璋，抱這個歷史上最後勝利者的大粗腿。

可這下好了，姓蘇的趁自己昏迷不醒時胡亂一番折騰，把個騙子的帽子徹徹底底扣在了自己頭上，此刻再想去找芝麻李說明真相，即便後者不追究自己蓄意欺騙的罪責，紅巾軍的其他將領也會跟自己沒完！

因為憤怒，他像上輩子那樣，抓住蘇先生的脖領子破口大罵。

誰料穿越後的軀殼遠比二十一世紀那個宅男強壯。轉眼之間，就將蘇先生給勒得翻了白眼，嘴巴裡不斷發出「呃，呃」的聲音，一雙手卻始終緊緊捂在屁股上，寧死也不挪開分毫。

正在門外偷聽動靜的白員和小牢子們察覺事態不對，趕緊衝進來，試圖將蘇先生救下。朱大鵬哪肯再受他們的控制，抬起腿，一腳一個全都踢翻在地上。

「別亂動，再敢亂動，老子直接勒死他！你們這幫缺德帶冒煙的，居然敢聯合起來糊弄老子！」

「佛爺饒命！」白員和小牢子們甭看平素仗著官府威勢四處橫行，手底下的功夫卻都稀鬆平常。挨了朱老蔫的窩心腳，立刻手捂肚子，滿地打滾，「佛爺饒命！我們不是故意的，我們不是故意要欺騙您，我們是被逼得沒辦法了啊！」

「還說不是故意的！」

看到眾人這副畏縮樣，朱大鵬更加怒不可遏，單手拎著蘇先生，用比自己上輩子大了三號的腳丫子朝這些傢伙身上猛踹，大罵道：

「還說不是故意的！都把老子逼到這份上了還說不是故意的，你們要是故意的，還不得把老子直接打成傻子，然後在脖頸上拴根繩兒，隨著你等擺佈?!」

「不敢，不敢，佛爺，我們真的不敢！佛爺誤會了，我們真的不敢啊！」

眾白員和小牢子們不敢還手，俯臥在地上，撅起屁股苦苦哀求，「您昨晚被彌勒佛上了身，我們都是親眼所見的，我們即便吃了豹子膽，也不敢去擺佈彌勒佛在人間的替身啊！」

「你們不敢？你們還有不敢做的事情？」朱大鵬根本聽不進去，繼續朝著眾人的肚子猛踹，「你們連芝麻李都敢糊弄，這天底下還有什麼不敢的。你們也不撒泡尿照照自己這德行，連老子都糊弄不過，還想去糊弄芝麻李？」

「那芝麻李可比您好糊弄多了！」也不知道是哪個吃痛不過，張嘴就來了一句大實話。「他聽說您是因為請神上身消耗過度才暈過去的，立刻命人把這座宅子騰了出來，還安排了最好的大夫來幫您診治！」

「你們這群……」朱大鵬聞聽此言，嘴巴瞬間張得老大，抬在半空中的腳也踹不下去了。

芝麻李居然這麼容易就相信了眼前這群騙子的謊言?!他可是堂堂紅巾軍的一方統帥！如此粗心大意，也難怪做了沙灘上的前浪，在歷史課本上沒留下任何痕跡！

趁著朱大鵬被說愣了的功夫，眾白員和小牢子們紛紛從地上爬起來，跪成兩排，衝著他「咚咚」磕頭。

「佛爺，佛爺明鑑！我們真的不是故意的。我們也沒辦法啊，開頭一直以為您就是大智堂的堂主，想跟在您身後求個平安，後來謊越撒越大，等到芝麻李進了城，就已經沒法主動認錯，只能咬著牙硬撐下去了！」

「佛爺明鑑！我們真的是沒辦法啊！昨晚紅巾軍入城，不知道殺了多少人，燒了多少條街。全城之中，也就是斜二坊這一片因為打著您的旗號，才僥倖逃過了一劫。」

「朱佛爺，您就開開恩，替我們大夥擔待一下吧！天明時，為了不讓亂兵進入巷子燒殺，蘇先生可是帶著街坊們動了真傢伙！如果您現在把這個謊給戳破了，死的可不光是您和我們，西南斜二坊、斜三坊和斜五坊，十幾條街巷千餘戶人家，恐怕誰都落不下好啊！」

一邊磕頭，眾人一邊七嘴八舌地解釋，把個朱大鵬聽得越來越心涼，越來越心軟，到最後，拎在蘇先生脖領子上的手不知不覺就鬆開了，任由後者軟軟地掉在了地上。

這哪裡是彌勒教大智堂？是彌天教大謊堂才對！一個老騙子領著一群小騙子，把自己這個腦子被打壞了的傻蛋擺在牌位上，居然在昨夜的大混亂中保住了上千戶人家不受衝擊！

毫無疑問，那多出來的二十幾具屍體，要麼是蘇先生指揮這群徒子徒孫們打死的，要麼是他們到臨近的街道上偷偷撿回來的，最後卻一併算成了大夥的功勞，成了大夥跟芝麻李討價還價的籌碼！

想到自己居然搶了芝麻李的場子，朱大鵬就覺得心裡一陣陣發虛。狠狠踢了趴在自己眼前裝死的蘇先生一腳，轉回身去，重重地摔進椅子裡，抱著腦袋呻吟道：「你們這些王八蛋，可害慘我了！我根本不知道彌勒教是怎麼一回事，就算裝，又能裝得了幾天？況且，如果真的有一個彌勒教的話，人家找上門來，看你們到時候怎麼收場？」

「大人，咳咳，大人切莫著急！」蘇先生捂著被勒紫的脖頸，一邊咳嗽，一邊低聲開解道：「小的今天早晨已經想到了一條萬全之策！」

「吹牛！你那豬腦袋除了騙人之外，還能懂什麼！」朱大鵬狠狠瞪了蘇先生一眼，抬起腳來又要往下踹。

蘇先生一看，趕緊倒著向後爬了幾步，然後一手捂著屁股，一手捂著腦袋，委屈地補充道：「小的真能想出辦法，小的以前跟在麻孔目身後辦過一個彌勒教的案子，裡邊的經文、教規和各種信物都知道得清清楚楚！」

「你？」朱大鵬瞪圓了眼睛看著對方，真有點刮目相看的感覺。

蘇先生被他看得發毛，趕緊又往遠處躲了幾步，連聲道：

「今天早晨小的趁人不注意，打著您的旗號，跑回了衙門一趟，把當時封存的繳獲都給偷了出來。您看，這個就是彌勒教的大光明盾，持此牌者，就是一堂之主，任何地位在堂主以下的教眾見到，都要聽從他的號令。」

說著話，蘇先生哆嗦地從腰間摸出一面拳頭大小的盾牌來，雙手舉到了頭頂上。

第三章

彌天大謊

他對芝麻李的脾氣秉性，個人喜好，都一無所知。
憑著那個彌天大謊，從芝麻李的碗裡搶出一塊肉來。
一旦被芝麻李瞧出破綻，恐怕是人頭落地的下場。

那盾牌是青銅所鑄，一面在正中央凸著個日頭，周圍的花紋呈陽光四射狀，在另外一面的花紋，則是無邊的火焰，洶湧澎湃。無論構圖方面還是製造工藝方面，都極盡神秘古雅之能事。即便拿到二十一世紀去，也未必有人能在短短兩三個小時之內就趕製出來。

朱大鵬見到此物，不覺對蘇先生又高看了幾分。皺了下眉頭，嘆氣著說道：「有這東西在手又能怎麼樣？假的就是假的。說一句謊話，就得拿一萬句謊話來填，如果芝麻李存心想弄個水落石出，幾句話就能讓我現出原形。」

說到這兒，他心底又湧起了將蘇先生狠揍一頓的衝動。

其餘白員和小牢子們見狀，趕緊上前托住他的拳頭，嘴裡同時苦苦哀求：「大人息怒，蘇先生也是為了大家，如果您沒有這個堂主的身分，不可能護得周圍近千戶鄰里的平安，我們幾個也早就死在了昨夜的亂軍當中！」

「你們這些王八蛋，一個比一個會說！」朱大鵬打不到蘇先生，氣哼哼地坐回椅子，「我能騙得了幾時？證據好糊弄，具體細節怎麼辦？如果芝麻李突然要召見我，我怎麼回答彌勒教的事？」

「大人明鑑，屬下以為，那芝麻李應該不會向您詢問太多關於彌勒教的事！」蘇先生逃過了一劫，悄悄向後挪了挪，跪在地上回應。

「為什麼?!」朱大鵬被他說得有些發暈，手扶桌案，皺著眉頭追問。

「這事說來話長！」蘇先生終於得到了一個難得的解釋機會，整理了一下思路，彙報道：

「那芝麻李雖然號稱是紅巾軍的徐州大總管，實際上，在起事之前卻不是白蓮教弟子，至少算不得是核心弟子，屬下以前沒聽說過此人在白蓮教中有任何職務。而彌勒教卻是始創於北魏，千餘年來與白蓮教互不同屬。

「最近幾年彌勒教雖然在教主彭和尚的帶領下，與摩尼教、白蓮教三家合一，共尊大光明神，可彼此之間依舊是涇渭分明，根本沒來得及完全整合在一起。如今彭和尚正帶領著他門下幾大弟子轉戰湖廣，根本騰不出手來整理門中事務。江北這一片，又被紅巾大元帥劉福通攪得天翻地覆……」

到底是讀書人，又在衙門裡當了多年底層小吏，蘇先生對幾家被朝廷嚴令查禁的宗教都瞭若指掌。

按照他的說法，彌勒教與紅巾軍主帥劉福通所推崇的白蓮教，相互間並無統屬關係，而以芝麻李起義前在白蓮教中的地位，也沒資格對彌勒教的一方堂主盤問過深。朱大鵬則剛好可以鑽這個空子，拿著徐州官府先前從彌勒教要員家中抄出來的大光明盾，繼續招搖撞騙。反正彌勒教的前教主彭和尚戰事繁忙，無暇分神整理教務；而徐州和彭和尚目前所在的湖廣兩地，又因為兵荒馬亂，很難進行書信往來！

這一番剖析，倒也鞭辟入裡。然而朱大鵬依舊愁眉不展，嘆了口氣，繼續說道：「問題是，即便芝麻李不往細了盤問，隨便找些關於彌勒教膚淺話題聊幾句，我也照樣得露餡啊！」

「您昨夜被彌勒佛上過身，這是很多人親眼所見！」蘇先生從地上抬起半個腦袋，小心翼翼地提醒。

「胡扯，那不是彌勒佛上身！那是……」

朱大鵬開口反駁，話說到一半，卻發現自己根本無法解釋一個來自二十一世紀地球的靈魂穿越到元末屠戶朱老蔫身上的事。

是腦磁波病變嗎？還是四度空間作怪？十四世紀的人又怎麼可能知道腦磁波是什麼，四度空間又是什麼？況且**自己既然能夠知道七百年後發生的事情，那在他們眼裡與彌勒佛轉世又有什麼區別**？

想到這兒，他忍不住幽幽地嘆了口氣，悻然道：「算了，不說了！反正跟你們說你們也聽不懂。」

「是，小的們明白，**天機不可洩露**！」幾個小牢子們互相看了看，神神秘秘的點頭。

朱老蔫不是彌勒教堂主這件事，大夥早就心知肚明，可要說朱老蔫是個普通人，他們卻誰都不信。

這年頭，民就是民，官就是官。普通人見到官，哪怕是編外小吏，膝蓋就先軟了三分，哪有勇氣持刀劫持差役，並且在昨晚那種情況下，還能殺出一條活路來的？

普通人若是中了箭，第二天傷口肯定腫得像包子般，而朱老蔫昨夜只是當著大夥的面朝傷口上抹了幾口吐沫，今早丫鬟給他換衣服時，傷口那裡就已經結上了血痂，居然一點膿水都沒有往外流。

更何況這朱老蔫甭看長了副兇神惡煞模樣，在昨晚之前卻是個遠近聞名的窩囊廢，誰見了誰欺負，從來不知道還手；但是從他被敲暈之後突然醒來，卻完全變成了另外一種性子，粗中有細，柔中帶剛，並且天不怕地不怕，說起任何人任何事情來，話語裡都沒有絲毫畏縮之意，哪怕是對冥冥中的西天諸佛，也像對待同輩人一般，不覺得自己比對方矮上多少。

可與神佛比肩的，只有神佛自己！在被異族統治者用屠刀閹割了七十多年的元朝人眼裡，現代人所表現出來的那種自信與自尊，絕對非人類所有！因此朱老薦昨夜即便不是被彌勒佛附體，至少也是被某位冥冥中的大神上了身。無論如何，都不是他們所能得罪。

見到眾人這般模樣，朱大鵬更沒有解釋的心情。又嘆了幾口氣，心中暗道：這樣也好，至少短時間內，除了蘇先生這老王八蛋之外，其他人誰也不敢拿我當傀儡，也不敢輕易把我給賣掉。至於以後，誰知道他奶奶的以後怎麼著呢？走一步看一步吧，如果連芝麻李這一關都通過不了，以後那些地圖怎麼開，還關我什麼事?!

見他仍是愁眉不展，蘇先生還以為他繼續在為如何應付芝麻李的事情著急，想了想，再度壓低了聲音提醒，「您昨夜被彌勒佛上了身，心神消耗過度，所以很多事情都無法記得了！」

「嗯？」朱大鵬已經是第二次聽到這句話了，看了蘇先生一眼。

蘇先生的確有做狗頭軍師的潛力，不用催促，就用極其細微的聲音補充道：「平素咱們大智堂的具體事務，都是我這個白紙扇幫您打理，所以在您心神消耗過度這幾天，如果李總管想瞭解咱們堂的事情，您儘管推給小的，小的保證能讓他找不出任何漏洞來！」

「你這老東西！」朱大鵬狠狠啐了他一口，無奈地點頭。

二十一世紀有個說法，專業的事情交給專業的人來做。既然老東西最擅長撒謊騙人，就讓他去騙芝麻李好了。反正自己連彌勒佛上身的事情都發生過了，得了失憶症也不足為奇。

「呵呵，呵呵！」見朱大鵬已經接受了自己的提議，蘇先生趕緊嬉皮笑臉地爬了起來，雙手將大光明盾放在桌子上，「這個，還請大人您收好。青銅的呢，一看就是個稀罕物！」

「稀罕個屁！掉腦袋的東西！」朱大鵬又罵了一句，「再稀罕，也不能拿這麼多人的命來換。你就騙吧！騙得了一時，騙不了一世。等哪天彌勒教的大人物找上門來了，大夥全都得被你給害死！」

「呵呵，呵呵！」蘇先生搖搖頭，一句話又讓朱大鵬目瞪口呆，「那就看大人您以後做得如何了。如果咱們能手握大兵數萬，雄踞一方，彌勒教肯定會用盡一切方法證明您是他們的堂主，又怎麼可能主動將您往外面推？」

「你這……」

一瞬間，朱大鵬如遭雷擊，上下打量著蘇先生，真想問他一句，「你是從哪裡穿越來的？知道不知道今年世界盃的冠軍是誰？」

上一世他在論壇上閒逛，知道一個超級騙子，根本沒有拿到學位，卻愣說自己是哥倫比亞大學的博士，結果此公拿著假文憑回國一路招搖撞騙，居然混成文化界的泰山北斗。哥倫比亞大學聞聽之後，也只好順水推舟地給他補了一個博士學位，以光耀自家門楣。

作為一名十四世紀中葉的土著，蘇先生能無師自通地使出二十世紀初某文化界泰斗的絕招，怎麼能不讓朱大鵬不對其刮目相看？

然而理想雖然美好，現實卻是殘酷的，就靠著眼前這些衙門裡的幫閒，就想打造出一支規模上萬大軍出來，進而割據一方？做夢去吧！

想成為一方諸侯，自己的士兵在哪裡？自己的軍糧在哪裡？自己的軍餉又在哪裡？就算這三樣都能變出來，在芝麻李眼皮底下招兵買馬，不也是壽星老上吊，活膩歪了麼？

「大人還不知道吧，您現在是紅巾軍徐州總管府左軍都督了，可以隨便招募部曲！」見朱大鵬的臉色變來變去，始終陰晴不定，蘇先生又向前湊了湊，再度低聲報道。

「匡噹！」半空中落下一個帶著冰渣的大餡餅，把朱大鵬直接砸趴在地上。這個消息對他造成的衝擊，比蘇先生的口臭還要嚴重，令他立刻僵直了身體，瞪著一雙牛鈴鐺般的眼睛追問：

「左軍都督，我什麼時候成的左軍都督？我怎麼不知道！」

「就在今天早晨，您昨夜彌勒附身，傷神過度昏了過去。小人奉您的命令護衛鄰里，鎮壓潰兵，在城中開闢出一塊安寧之地。然後又根據您的安排，把幾個坊子都獻給了芝麻李李總管，李總管非常高興，先當眾褒獎了咱們大智堂功勞，並賜下了這座宅院給您居住。不久之後，又派了前軍都督毛貴帶著郎中來探望您，當場留下一張寫著左軍都督的令紙和一方金印，還說讓您慢慢療養，不急著向李總管報到，什麼時候身體恢復了，再去總管府裡走一下過場就行！」

蘇先生一邊說，一邊小跑到牆邊的櫃子前，從裡邊小心翼翼地取出一張紙和一個金光閃閃的大印，雙手捧給朱大鵬。

「等等，等等！一下子不要說得太多，我需要點兒時間！」朱大鵬猛推了蘇先生一把，感覺到眼前又是一陣發黑。

芝麻李居然一點兒都沒起疑心，在自己昏迷不醒的時候派心腹愛將來探視自己，還封自己做什麼左軍都督！雖然只是個臨時拍腦袋想出來的官職，印章好像也是木頭刻的，上面刷了一層薄薄的金漆，可畢竟等於承認了自己義軍將領的身分，以後即便想搶他地盤，也不好明著翻臉了！

可**自己拿什麼去當這個左軍都督**?!要人脈沒人脈，要威望沒威望，至於兵書戰策，一個二十一世紀天天打遊戲的宅男，哪會去讀什麼兵書？

更重要的是，在自己有限的歷史知識中，居然想不出芝麻李這個人的名字。很顯然，此人要麼被元軍給剿滅了，要麼早早地死於義軍間的火拼，在他的帳下做什麼左軍都督，恐怕下場也好不到哪去！

要是去投朱元璋，至少還能混個開國元勳當當。

猛然間，朱大鵬腦子裡靈光一閃，面露喜色。然後，很快這股狂喜就被汪洋而來的冷水給吞沒。

據他從武俠小說和歷史課本得來的那點可憐的「歷史知識」，朱元璋是個不能共富貴的主兒。先用一隻蒸鵝逼死了開國大元帥徐達，然後把其他將領騙到慶功樓上，一炮全給轟上了天。給這位去當小弟，結局又比跟著芝麻李好在什麼地方?!

「毛將軍還說……」見朱大鵬好半天沒說話，蘇先生先向遠處躲開數尺，然後試著補充道。

「住嘴，你先別說了！先回答我，現在年號是什麼？誰做皇帝？」朱大鵬擺擺手，沒頭沒腦的問道。

還沒等蘇先生給出具體答案，他又裂開嘴大聲長嘆，**知道年號又能怎麼樣，**

至於誰當皇帝，有區別麼？難道自己還能去當二韃子，幫助蒙元朝廷屠殺義軍不成？問題：是即便想當二韃子，人家也得肯收啊！手中沒有一兵一卒，還殺掉了一名色目官員，這種情況投奔過去，不是嫌自己活得太長了麼?!

「今年的年號是至正十一年，皇帝叫脫歡帖木爾！」儘管朱大鵬已經失去興趣了，蘇先生依舊盡職盡責地回應。「至於紅巾軍這邊，還沒立國，所以暫時沒確定年號。」

「噢！」朱大鵬的愁思再度被打斷，疲憊地點頭。

紅巾軍還沒立國，估計距離被剿滅還有一段時間，自己還有機會偷偷逃走，跑到南海邊上去弄條商船一路向南，估計馬來西亞那邊現在還處於蠻荒時代，夠自己躲到朱元璋一統天下那一天。

正偷偷謀劃著退路，耳畔又傳來蘇先生怯怯地提醒：「剛才毛將軍還說，除了這棟大宅，城西南那一片，四個坊子和二十多條街巷，芝麻，不，李總管都賞給您了，裡邊的街坊都是您治下子民，您可以驅使他們！」

「這麼大塊地盤？」

朱大鵬嚇了一跳，偷渡去海外的想法瞬間化成無數碎片飛向窗外。

「你不是都交給芝麻李了麼？他為什麼又給賞了回來?!我要這麼大塊地盤幹

什麼？你當時怎麼不拒絕他？」

答案其實很明顯，甚至不用蘇先生回答，朱大鵬自己也能猜到，這片地盤是彌勒教大智堂趁亂搶下來的，儘管蘇先生又代表自己這個冒牌的堂主主動將它獻給了芝麻李，但涉及到白蓮教和彌勒教兩家的關係，自己這個堂主在彌勒教中的地位又遠遠高於芝麻李和他身邊所有人在白蓮教中的地位，所以芝麻李在圓了面子之後，只能借著賞賜的名義將地盤又還了回來。

「大人，是李總管的賞賜，我怎麼敢替您推了啊！」蘇先生扁扁嘴，滿臉委屈地回道：「再說了，您現在是左軍都督，以後養兵、打造軍械、招募豪傑投效的錢都得自己出，我把賞賜替您推了，您到哪去弄錢啊？」

「要我自己出錢？我這個左軍都督沒軍餉拿麼？」朱大鵬又愣了，滿臉迷茫。對他這種關鍵時刻就犯糊塗的毛病，蘇先生已經有點兒麻木了，笑著解釋：「好像沒聽說，大元朝這邊也早就不發軍餉了，全靠當官的自己想辦法，況且那紙做的鈔票，發下來又有什麼用啊！一麻袋錢都買不了一斗米，當柴燒沒勁頭，擦屁股又嫌硌得慌！」

顯然，這位以前的弓手老爺也吃足了朝廷濫發鈔票的苦，心中對此非常不滿。朱大鵬被他的話逗得哈哈大笑，笑過之後，心情竟然覺得輕鬆了不少。

左軍都督就左軍都督吧，好歹也是軍官，比衝鋒陷陣的大頭兵強，說不定哪天老子真的能打出一塊自己的地盤來呢！到那時，冒充彌勒教堂主的麻煩就迎刃而解了。接下來無論是買舟出海，還是帶領著弟兄們去投靠朱元璋，都肯定比眼下一無所有強。

作為靈魂上的宅男，在任何環境下隨遇而安是朱大鵬的本性，他很快就想到當左軍都督的諸多好處，眼神一點點恢復了明亮。

看到自家東主精神終於振作了些，蘇先生趕緊說道：「按照李總管最初的承諾，只給您這麼一小塊地盤其實已經有失公道了，不過您以前跟他們往來不密切，眼下跟腳也有些弱，所以也只能將就些，不必再去計較什麼。」

「這話怎麼說，難道我還應該拿得更多麼？」朱大鵬警覺地看了他一眼，追問道。

蘇先生果然話裡有話，壓低了聲音：

「小的聽說，李總管在兵進徐州之前，曾經向混入城內的死士許下重賞：誰殺了一位官員，那個官員的所有家產就全歸他。麻哈麻孔目雖然只是一名不入流的小吏，可平素甚得達魯花赤大人的歡心，又懂得如何弄錢，每年過手的銀子銅錢不下百萬，除了您腳下這座大宅院和外邊的田產不算，差不多半個徐州城的商鋪都是他老人家的，州尹、同知見到了他，都要拱手喊一聲麻兄呢！」

「等等！」

一下子接收到的訊息太多，朱大鵬又覺得眼前開始亂冒星星，「他那麼大的官，怎麼會親自出馬去對付我一個殺豬的？」

蘇先生臉上露起幾分自豪的表情，「如果換了別人的話，他就不會親自去了。但是您，他就必須辦成大案，鐵案！非但讓您自己死無葬身之地，還必須得把您姐夫全家都牽扯進來，換了別人出手，他未必能放心。」

「為什麼還要連累我姐夫？我姐夫跟他有仇麼？」朱大鵬越聽越迷糊，皺著眉頭問。

「唉，這個，小的當時也不明白，後來仔細想想，好生害怕！」蘇先生拍了拍自家胸口，做驚嚇狀，「大人的姐夫李巡檢，在咱們徐州也是個響噹噹的人物，雖然年過半百，但是說句話出來，黑白兩道都得給幾分面子。可就是因為他老人家威望高，辦事仗義，才犯了麻孔目的忌，在去年給達魯花赤的生日宴上，攛弄達魯花赤身邊的力士跟令姐夫摔跤，李巡檢拳腳功夫再硬，畢竟歲數不饒人，結果當場被力士折斷了脖子，沒等抬回家就咽了氣。我們先前都以為是誤傷，現在想起來，恐怕那力士早就被麻哈麻給買通了。」

蘇先生說著話，偷偷觀望朱大鵬的臉色。

「所以麻哈麻孔目昨晚聽說您拒絕交刀子，就鐵了心要把您打成謀逆大罪，結果他卻死在了您刀下，唉，這也算天道循環，報應不爽！」

「唉！」朱大鵬也嘆了口氣，內心深處沒有半點兒大仇得報的快意。

首先，在朱老蔫遺留下的零散記憶中，對李巡檢只有不共戴天的仇恨。要是知道此人死於麻哈麻的陰謀，感謝他還來不及，怎麼可能想著去給便宜姐夫報仇？其次，作為靈魂上的現代人，在他眼裡，李巡檢身為公務人員，卻黑白兩道通吃，根本不是什麼好鳥，此人與麻哈麻孔目的衝突，十有七八是因為分贓不均、黑吃黑，死得其實一點兒都不冤枉！

蘇先生卻不知道眼前的朱大鵬早就換成了另外一個人。兀自將頭探過來，媚媚地討好說：「麻孔目死得突然，他的老婆、小妾還有幾個女兒都被義軍堵在了院子裡。我把她們全關到後花園的小樓中了，待會兒吃過飯，要不我叫人把她們都給您綁房間裡頭來?!」

「胡鬧！」朱大鵬狠狠瞪了蘇先生一眼，喝道：「你把她們綁過來幹什麼？我跟麻孔目又沒什麼仇！」說完，又趕緊補充一句，「即便是天大的仇恨，也不能霸人家產，淫人家妻女啊！那是禽獸才幹的事情！」

「是，是，大人高義，小的打心眼裡頭佩服！佩服！」蘇先生和一眾小牢子們拱了下手，大拍朱大鵬的馬屁。

「把她們都放了吧！關在後花園中也不是個事！」朱大鵬絲毫沒察覺出眾人的言不由衷，敲了幾下桌子，順口吩咐。

「大人高明！」蘇先生再度帶著眾人拱手施禮，一個個滿臉欽佩，不經意地說：「眼下兵荒馬亂的，她們一群嬌滴滴的小娘們，只要一走出徐州城，保證連骨頭都剩不下。這樣既給李巡檢報了仇，又不會壞了您的名頭！絕對比將她們關在家裡為奴為婢強了百倍！」

「你說什麼？她們一出徐州城就會死？」

朱大鵬眼睛瞪了起來，面紅耳赤。自己真的沒有在亂世生存的經驗，把一切都想得太簡單了，原以為是施恩放過了麻孔目的妻女，結果卻等同於借刀殺人。

「她們很有可能連徐州城都出不去！」蘇先生點點頭，滿臉淫笑，「那麻哈麻平素仗著有達魯花赤撐腰，到處敲詐勒索，動不動查抄別人的家產，滅人全族，十餘年來，手頭欠下了不知道多少人條命，如今終於惡貫滿盈，妻子女兒走到大街上……」

「行了，別說了！」

想到一群柔弱無力的女子被街上的閒漢拖進胡同深處，身上衣服扯個稀爛，朱大鵬就覺得頭皮一陣陣發緊。「把她們都留下就是了，你記得派人給她們點吃的，別餓死了，等將來……」

「大人英明！」眾人拍著馬屁，臉上在不覺間卻露出了心照不宣的表情。還說不是禽獸？想獨自霸佔別人的妻子女兒，卻還能找出如此冠冕堂皇的藉口，救人一命……嘿！到底是佛子，可比禽獸高明多了！

看到眾人的反應，朱大鵬一下子就猜到他們心裡的真實想法，氣得揮拳欲打。然而轉念又一想，這麼多女人留在自己身邊，的確也是一筆糊塗帳。毀了自家名聲不說，萬一裡邊有個矢志給麻哈麻報仇的，趁著底下人不注意，偷偷跑到廚房給自己下點鶴頂紅什麼的，自己可就又得再穿越一回了。

想到此節，他搖頭嘆了口氣，決定入鄉隨俗，「不用等將來了，你們一人領一個回家算了，看上了哪個，自己去後花園領。還有你……」他把目光轉向蘇先生，「你也一樣，可以領一個回家。不過，誰都不准強拉，如果人家不願意跟你們走，不可勉強！」

「大人英明！」眾人喜出望外，衝著朱大鵬千恩萬謝。

麻孔目雖然長得像頭豬，但娶的妻妾和妻妾所生的女兒，卻個個水靈得如同一朵鮮花般，其中不少眼睛還帶著淡淡的藍色，別有一番妖嬈。

這種檔次的女人，大夥平素連看都沒機會多看，如今卻能每人分上一個暖被窩，豈能不感激涕零？到底是佛子大人，真是仗義，沒讓大夥白奉承了他一回！

「現在就去挑吧，商量著來，別打架！」朱大鵬揮揮手，索然無味。

起義就是為了搶房子，搶錢，分女人。這場景自己怎麼好像在哪裡看到過？這不正是高中課本裡《阿Q正傳》裡的場景麼？那個姓魯的傢伙，可真夠厲害的，一枝筆，寫盡了數百年世態炎涼。

「大人威武！」眾白員、小牢子們可沒讀過什麼《阿Q正傳》，聽了朱大鵬的話，立刻齊齊歡呼一聲，撒開雙腿，直奔後花園而去，唯恐跑得慢了，只能撈到別人挑剩下的。

望著他們興高采烈的背影，朱大鵬又長長地嘆氣。分明是救了幾個女人的命，他卻一點兒也高興不起來，總覺得自己變成了人肉販子，把好好的女孩子硬往流氓手裡送。

「把最漂亮最年輕那個給大人留著，誰也不准動！」蘇先生沒有跟著大夥一起去分女人，衝著大夥兒喊道。

「不用了！」朱大鵬立刻擺手拒絕，「我不好這一口。」

「大人不好這一口？」

蘇先生愣了愣，目光偷偷往朱大鵬下身處瞄。這身材，這年紀，怎麼可能不好這一口？他不會是因為被彌勒佛上過身，真的不能再近女色吧？又想到他從剛才好幾次聲明不喜歡女人，又趕緊後退了幾步，再度將後背死死貼在牆壁上。

朱大鵬禁不住被氣得連連搖頭，朝地上吐了口吐沫，罵道：「走那麼遠幹什麼？我又不會吃了你！趕緊給我坐過來，本大人有話要問！」

「是！大人！」蘇先生連聲答應著，卻死活不肯離開牆壁三尺之內。

朱大鵬無奈，只好由他去，換了副鄭重表情說道：「你剛才的意思是，等我去覲見芝麻李時，就不要再提賞格的事了？」

「大人說得極是！」見朱大鵬還記得自己剛才的諫言，蘇先生立刻像吃了半斤蜂蜜一般，笑顏逐開，「昨夜的惡戰持續了整整一宿，又有潰兵趁機殺人放火，李總管手中除了城裡了幾處官倉之外，恐怕也沒落下多少好處。咱們這夥人雖然有裡應外合之功，卻終究不是他從蕭縣帶出來的舊班底，如果太不知道進退的話，難免會生出什麼嫌隙來。」

他是官場上的老油條，對於人心把握極其準確，幾句話說得絲絲入扣。朱大鵬聽了，少不得又輕輕點頭。

「這個我明白。即便是現在的這塊地盤，我原本都沒打算向他要……」

「那可不行！」蘇先生聞聽，趕緊急火火地打斷，「您得從這裡邊弄錢來養兵。另外，李總管剛剛把地盤賞給您，您又急匆匆給他送回去，他會以為您是不滿意，嫌他小氣呢！非但討好不了他，反而平白造出一場誤會！」

「呃！」朱大鵬雙手在前額上反覆揉搓，腦子要不夠用了，一賞一推之間，居然有如此多的彎彎繞，好在自己身邊還有蘇先生這老東西，可以幫忙出出主意。

「您如果想表達對他的敬意，可以採用其他方式！」蘇先生的話從耳邊傳來，怎麼聽都好像包藏著不可告人的目的。

然而，朱大鵬如今對整個世界兩眼一抹黑，也只得耐著性子聽聽他的主意。

「說吧，不用繞彎子了，我如果去拜見李總管，該拿點兒什麼禮物才好？」說起送禮的學問，蘇先生可是頭頭是道：「院子裡的財貨，紅巾軍只搬走了他們眼裡看得著的，還有許多他們當時沒看在眼裡的，其實更值錢。您隨便拿上一件，都稱得上是厚禮！」

「什麼東西？」

朱大鵬詫異地轉過頭，四下張望起來：自己睡覺這間屋子紗窗不錯，床和桌椅也挺講究，可這東西能值幾個錢啊？莫非，他目光掃過牆壁，最後停在一幅水墨畫上……

「大人果然有眼光！」蘇先生挑起大拇指，讚道：「趙孟頫的二羊圖，麻哈麻當年為了得到此畫，硬生生害死了前任孫判官全家。如果拿到泉州那邊去，光這幅畫，至少就能換回兩萬貫銅錢回來！」

「多少？」

朱大鵬雖然不太清楚銅錢與後世錢幣的兌換比，也被這個數字給嚇了一大跳，就這麼兩隻羊竟然要上萬？他娘的這個趙孟頫，也真的太會摟錢了！

「兩萬貫！」蘇先生笑了笑，非常自信地道：「這還是粗略估計，如果找到識貨的，再翻上一倍可能都不止。趙孟頫據說這輩子就畫過兩幅走獸圖，另外一幅，被他的家人獻給了當今皇帝！」

「那就是它吧！」朱大鵬對藝術品沒絲毫感覺，走到牆邊，伸手就將水墨畫給摘了下來。

蘇先生心疼得趕緊把畫接過來，小心翼翼地用衣袖拂掉上面根本不存在的灰塵。「讓屬下來，讓屬下來，這種粗事還是讓屬下來！大人您儘管去做其他準備。」

「還需要準備什麼？」朱大鵬弄了個大紅臉，訕訕地問道。

「大人不需要找丫鬟伺候您更衣麼？」蘇先生看了他一眼，提醒道。

「噢，啊！好！」朱大鵬這才意識到此刻自己身上穿的是這個時代的睡衣，不能直接出去見人。訕訕地笑了笑，拿起掛在床頭的銅鈴鐺，「是這樣用麼？」

「叮噹！叮噹！」

「讓大人久等了！」鈴聲一響，先前靜悄悄的門外，立刻傳來年輕女子的回應。緊跟著，屋門被人輕手輕腳地推開，六名十二三歲的少女，捧著臉盆、毛巾、鏡子、梳子，還有放鹽的白瓷罐、放漱口水的朱漆木杯，魚貫而入。先側身半蹲，衝著他施了一個禮，然後非常專業地忙碌了起來。

前世作為一個宅男，朱大鵬哪裡享受過如此待遇？直緊張得渾身冒汗，手和腳根本找不到地方放，那些少女卻唯恐服侍的不夠周到，在幫他洗臉梳頭的同時，還不停地用拳頭和手指替他舒鬆筋骨。

直到把朱大鵬弄得氣都喘不均勻了，才收拾了家什，舉著一面銅鏡問道：

「大人，您看看這樣可合意？」

「好了，好了！」朱大鵬恨不得立刻逃走，對著銅鏡子連連擺手。

忽然間，他的身體僵了僵，劈手將銅鏡子搶了過來，緊貼在眼前，冷汗從頭頂淋漓而下。「怎麼會……」

鏡子裡的面孔，分明是他高中時代某張照片的藝術處理版，腦袋輪廓和五官等比例稍稍放大了一些，膚色古銅化沁潤了一些，其他竟沒有絲毫差別！

怪不得自己在夢裡總覺得朱八十一很熟悉，那分明就是另外一個自己，一個活在不同時空，被紅塵磨去所有生機的自己！

到底朱八十一是朱大鵬的另一面投影？還是朱八十一靈魂在另外一個世界托生成了朱大鵬？朱大鵬陷入了迷茫狀態，兩隻眼睛發直，握著銅鏡的手不斷地顫抖，顫抖……

「匡噹！」一記臉盆落地的聲音，將他的靈魂從混亂狀態迅速拉了出來。緊跟著，少女們的哭泣聲響成一片：

「大人開恩！」

「大人開恩啊！奴婢不是故意的。」

「大人開恩，奴婢這就收拾乾淨，給您重新梳洗！」

「不就是灑了盆水麼，拿抹布擦乾就是！又沒潑到我身上，你們何必怕成這樣子！」朱大鵬知道是自己剛才魂不守舍的模樣嚇到了少女們，笑了笑，主動替對方開脫。

他不開脫還好，一開脫，少女們嚇得面如土色。一個個跪在濕漉漉的地板上，把頭磕得「咚！咚！」作響。

「大人開恩，奴婢不敢了，真的不敢了！」

「大人，饒過奴婢這次，奴婢這輩子都感念您的大恩大德！」

這都什麼和什麼啊？朱大鵬愣了愣，被少女們的求饒聲弄得暈頭轉向。眼看著對方額角上已經滲出了血跡，才終於靈機一動，用手狠狠拍了下桌案，大聲斷喝：「住嘴！都立刻給我站起來！我數一、二、三，還沒站起來的，直接拖出去打死！一……」

第一個數還沒數完，少女們全都像上了發條般跳了起來。半弓著身子站在他面前，顫抖得就像篩糠。

「果真好人當不得！」朱大鵬心裡嘆了口氣，強裝出一副惡棍模樣，指了指距離自己最近的兩名少女，「你，還有你，去找抹布，把地板擦乾淨了！其餘四個，去給本大人我準備飯菜。奶奶的，折騰了一早晨，本大人都快餓死了！」

「謝……謝大人開恩！」眾少女先是愣了一會兒，然後才意識到朱大鵬是真的沒有要追究灑了洗臉水的事，齊齊地道了聲謝，連滾帶爬地跑出門外去了。

「你們這些古人！」望著少女們慌張的背影，朱大鵬忍不住連連搖頭。

在二十一世紀那個宅男朱大鵬的白日夢裡，曾不止一次幻想自己穿越到古代，做個有錢有勢的闊少，買上五六個貌美如花的丫鬟貼身伺候著，白天衣來伸手飯來張口，到了晚上則大被同眠。如今真的被五六個丫鬟伺候上了，才發現使奴喚婢的生活好像並不怎麼愜意。至少自己無法適應一群美少女動不動就跪下磕頭，更無法適應自己分明好言好語卻被當成了別有居心的事實。

「大人果真是佛心來著！」親眼目睹整個過程的蘇先生帶著幾分感慨說道：「要是麻哈麻，估計這幾個丫頭今天不死也得脫層皮！」

「他是禽獸，我不是！」朱大鵬扭頭橫了他一眼，沒好氣地回應。

剛才自己被幾個少女哭得手足無措時，這廝不過來幫忙，反而在旁邊看起了熱鬧，如今麻煩已經解決了，才又眼巴巴地趕上前拍馬屁，真是無聊透頂。

「大人心腸好，她們幾個以後算是轉運了！」

蘇先生卻沒覺得自己的話有多無趣，笑了笑，繼續低聲奉承。

「小的以前做弓手的時候，每天都要帶著徒弟們從街角往城外亂葬崗拖死屍，幾乎個個都是她們這麼大年紀！不是被主人家活活打死了，就是活著了無生趣，自己投了繯。最多的時候，一早晨要拖走四五個。唉，真是造孽啊！」

「奶奶的，他們還真下得了手！」朱大鵬又是一愣，瞪著眼睛問：「這種人命關天的事，官府也不管管麼？」

「管？這種沒油水可榨的事，官府怎麼可能去管！」蘇先生深深地看了朱大鵬一眼，苦笑著搖頭，「再說了，官府想管，也得有由頭啊！這種富貴人家的丫鬟，都是牙行從小買來養著的。父母是誰早就弄不清楚了，身分也賤得跟牲畜一般。攤上個好主人，算她們走運，運氣不好被主人家給活活虐死了，也不過像打死了一隻小貓小狗般。呵呵，從古至今，你見到官府讓誰給小貓小狗償命來著?!」

「該死！」除了低聲咒罵之外，朱大鵬不知道自己還能說些什麼！

奴婢的地位不如家畜，在這個時代，幾乎所有人都認為理所當然，而蒙元官府除了鎮壓叛亂之外，剩下的唯一職能就是摟錢了。

記憶中，朱八十一的姐姐就是被虐打至死的。朱八十一對此一直耿耿於懷，卻一直到生命最後，也沒勇氣堵在便宜姐夫的家門口，向那家人討一個說法。

正感慨間，先前被他指定的那兩個少女，已經拎著抹布走了進來，先將地板上的水漬擦了個乾淨，然後躬著身子，小心翼翼地問道：

「大人，飯菜是給您端到臥房裡麼？還是奴婢扶著您去前面正堂吃?!天有點涼，如果去正堂的話，奴婢伺候您加件足衣（編按：即穿著於足上的裝束。先秦時泛指鞋襪。自漢代始，足衣有內外之分，足之內衣為襪，足之外衣指鞋。）！」

「足衣?!」雖然已經將朱八十一的記憶融合得差不多了，朱大鵬還是對古早的詞彙有些不適應。

他遲疑了一下，走到桌旁坐好，一邊吩咐：「不用那麼麻煩了，把飯菜給我端到這裡來吧。多加一副碗筷，讓蘇先生一起吃！」

「不敢，不敢！」沒等兩個小丫鬟回應，蘇先生已經像被砸了腳指頭一樣跳了起來，手搖得如同風車，「小的何德何能，敢跟都督大人同席？折殺了小人，請大人務必收回成命！」

「一頓飯而已，什麼折殺不折殺的！」朱大鵬被弄得渾身不自在，皺了下眉頭，道：「我估計你從昨天夜裡忙到現在，也沒顧得上吃飯，剛好跟我一起吃了，然後咱倆再繼續商量去拜見芝麻李的細節！」

「不敢，不敢！」蘇先生繼續用力擺手，「大人您禮賢下士，可小的不能亂了規矩，否則底下人爭相效仿，咱們左軍上下就徹底亂套了。還有，在大人面前，小的可不敢再稱先生，您是主，小的是僕，主僕之間……」

「讓你吃你就是吃，哪那麼多廢話！」朱大鵬不耐煩了，拍著桌子大吼。

說來也怪，他一發火，蘇先生立刻什麼說教都沒了，道了聲謝，然後快步走到桌案邊，誠惶誠恐地坐在椅子上。

「還不下去準備飯菜！」朱大鵬又揮了揮手，將兩名不知所措的少女趕出門外，然後豎起眼睛看著蘇先生，惡聲惡氣地命令道：「坐正！別跟個受氣包一般！你也是讀過書的人，怎麼骨頭軟得跟蚯蚓一般！」

「是！大人」蘇先生被瞪得渾身發毛，趕緊按照他的要求把身體坐直，然後小心翼翼地解釋：「不是小的骨頭軟，是禮不可廢，大人賜宴，是何等的榮耀，如果隨隨便便就能吃到，就不值錢了，今後您想再禮賢下士……」

「吃飯就是吃飯，沒那麼多講究！」

打了半天交道，朱大鵬已經明白自己該用什麼語氣和方式跟蘇先生這種人說話了。這傢伙就是個賤骨頭，你對他越兇，他才越覺得心裡頭踏實。

「讓你吃飯，是怕你餓暈了頭，胡亂給老子出主意，讓老子過不了眼前這一關！另外，以後跟我說話，把你跟官府中那群王八蛋打交道的花樣收起來。第一，我不喜歡這種調調。第二，你越拿這一道對付我，我越懷疑你別有用心！」

「大人明鑑啊！」蘇先生聞聽，立刻從椅子上跳下來，再次「噗通」一聲跪倒，「小的對大人您的忠心，日月可表，小的可以對天發誓，如果小的對您有任何不利的想法……」

「得了吧！」朱大鵬心裡藏不住事，也懶得跟蘇先生繼續繞彎子，撇了撇嘴，冷笑道：「就你今天早晨以我名義做的那些事，我沒看出哪件對我好來！無非是覺得我是個傻子，好擺佈一些，所以把我推到前面做你的傀儡……」

「冤枉啊！冤枉！」蘇先生一頭砸在地上，將木地板砸得上下亂顫，「小的真沒有拿您當傀儡的意思，真的沒有！小的當時的確沒有其他辦法可選，當時如果小的自己出面，就憑小的以前的身分，芝麻李肯定問都不問，直接下令把騾馬巷給蕩平了，孫三十一和吳二十二他們幾個也是衙門裡頭的，他們出面也是一樣！」

後半句話，終於算是說到了重點，不由得朱大鵬不信。

芝麻李所統率的，都是被官府逼到走投無路的窮苦百姓，而平素直接跟他們打交道，並且印象最差的，就是蘇先生、孫三十一、吳二十二這種古代「城管」。所以為了安全計，蘇先生他們昨夜只能把昏迷過去的朱八十一推到前臺當頭領，而不是自己披掛上陣。

「何苦呢，你們！」想明白了其中細節，朱大鵬對蘇先生的印象稍稍改善了一點，伸出手，拉住對方一隻胳膊，「起來吃飯吧！我又沒說要把你怎麼樣！況且，現在咱們倆已經成了一根繩上的螞蚱，除了繼續一起蹦達下去，還有別的路可還麼？」

蘇先生卻掙扎了一下，長跪在地上不肯移動分毫。

「大人如果不相信小的，等渡過了眼前這道難關，儘管趕小的離開就是了，小的絕對不會賴在你身邊，天天讓您寢食難安！但是，小的手下那些徒子徒孫，還請大人給他們一條活路，他們雖然都不是什麼好東西，但罪不至死啊！」

說罷，又將頭垂下去，對著地板「咚咚咚」狠磕。

朱大鵬聽得心中好生不忍，嘆了口氣，蹲下去扳住他的肩膀，「行了，有些話說開了就行了，否則憋在心裡我難受，你也未必舒服多少。咱們走一步看一步吧，能不能過了芝麻李這關還很難說呢！」

這倒是一句大實話，到現在為止，他對芝麻李的脾氣秉性，個人喜好，以及能力、心胸、眼界等等，都一無所知，而憑著那個彌天大謊，又硬生生從芝麻李的碗裡搶出一塊肉來。一旦被芝麻李瞧出任何破綻，恐怕都是人頭落地的下場。依照這個時代的習慣，蘇先生、孫三十一等從犯，估計也一樣是在劫難逃。

第四章

芝麻李

芝麻李平素以販賣芝麻、香油等物謀生，
朝廷胡亂攤派，要他捐獻什麼修黃河的土石錢，
然後又亂發鈔票，將他多年的積蓄給變成了一堆白紙。
芝麻李見再忍下去，自己就得沿街討飯了，
乾脆把心一橫扯旗造了反。

「大人只要按照小的主意去做，肯定能讓他找不到發作的理由！」

提起聯手騙人的事，蘇先生遠比朱大鵬有底氣，立刻換了副面孔，非常自信地說道：「想那芝麻李，先前不過是挑著擔子沿街賣芝麻和香油的小販子，能有什麼眼光？不過是時機把握得好，趁著徐州城的兵馬都被抽調去圍剿劉福通，打了朝廷一個措手不及而已，而您是彌勒佛的人間替身，又能虛心納諫……」

「行了，行了，好像你我有多了不起一般！不過一個傻頭傻腦，另一個騙人的經驗多些罷了！」朱大鵬被誇得臉色通紅，苦笑著打斷他，「趕緊起來吧！一會兒丫鬟們端著飯菜進來，被她們看到你現在這樣子，你今後在府中就徹底威嚴掃地了！」

「是！大人！」蘇先生最介意的就是身分等級，立刻借助朱大鵬的拉力，彈簧般跳起。「大人不僅膽識非同一般，胸襟氣度也遠非常人所……」

「行了，不是說過不要拿你以前那一套馬屁功夫對付我麼？」朱大鵬敲了下桌子，喝道：「坐下，跟我說說芝麻李那邊其他人，把你知道的都告訴我，咱們既然決定繼續騙，總得知己知彼才好！」

一句「知己知彼」，又讓蘇先生心中巨震：「還說不是被神上了身！那朱八十一就是個殺豬的，連自己的名字都認不全，怎麼可能說出如此高深的詞彙來？更何況，如果換了原來的那個朱八十一，光是嚇都早給嚇傻了，又豈肯冒著被亂刀砍成肉醬的風險，繼續跟老子撒謊騙人？」

從下結論再找證據，遠比從證據得出結論容易。帶著幾分迷惑，老傢伙低低答應了一聲「是！」然後整理了下思路，將城內這支紅巾軍的情況娓娓道來。

芝麻李原本是蕭縣人，平素以販賣芝麻、香油等物謀生，因為做生意實在，頭腦又頗為靈敏，因此雖然深處亂世，倒也攢下了一些家底。然而朝廷卻唯恐造反的人不夠多，先是胡亂攤派，要他捐獻什麼修黃河的土石錢，然後又亂發鈔票，將他多年的積蓄給變成了一堆白紙。

芝麻李見再忍下去，自己就得沿街討飯了。乾脆把心一橫，聯合平素交好的一幫兄弟，扯旗造了反。

那蕭縣乃彈丸之地，原本就靠著二三十名衙役和幫閒彈壓地方，並且衙役和幫閒們肚子裡對朝廷也充滿了怨氣，不願意替它認真賣命。芝麻李把義旗一豎，半天之內就募集到了上萬饑民。縣城縣衙俱是一鼓而下，大小官吏都被他拉到十字路口，一刀一個，宰了個乾乾淨淨。

又因為蕭縣倉庫空虛，養不起規模龐大的義軍，所以芝麻李就將手中僅有的餘糧磨了麵，做了幾大筐燒餅，讓麾下將士們自己選擇，要麼吃兩個燒餅，跟著自己去攻打徐州，死中求活；要麼拿一個燒餅跑路，以免留在縣城，成為朝廷兵馬洩憤的目標。

結果萬餘饑民中，居然只有不到兩千老弱選擇了離開，其餘無論吃到沒吃到燒餅，都寧願跟在芝麻李身後，做殊死一搏。

芝麻李就根據與自己的關係遠近，以及在攻打蕭縣戰鬥中的功勞表現，選出了七個心腹來。分別是彭大、趙君用、毛貴、潘癩子、張小二、張小五和張小七，命令他們各領一千兵馬齊頭並進，自己則帶領剩餘的兩千子弟，浩浩蕩蕩殺奔了徐州。

也恰巧徐州城的蒙漢駐軍都被調到潁州一帶去與紅巾軍主力作戰了，城內並沒剩下多少兵卒，所以蒙古達魯花赤聽聞義軍向徐州殺來的消息之後，只能下令緊閉四門，死守待援。然後命令州裡的差役和幫閒們收繳百姓手裡的鐵器，以防有人與芝麻李勾結，裡應外合。

「說來也是巧了！」蘇先生見丫鬟們已經端上了酒菜，就自己拿起壺，滿滿斟了一杯，雙手捧給朱大鵬，「您把麻哈麻孔目給捅死的那會兒，芝麻李帳下的先鋒官毛貴剛剛抵達城外，提前潛入城內的李家軍細作以為是他們的人搶先發了難，所以乾脆一哄而起。就這樣，誤打誤撞，徐州城就易了主！」

「也不是湊巧！即便我不把麻孔目給捅死，估計得到毛貴已經抵達的消息，他們也會提前發動！至少那樣可以打官軍一個措手不及！」朱大鵬很自然地接過酒盞抿了一口，然後也替蘇先生把面前的酒盞斟滿。

這個二十一世紀酒桌上很尋常的動作，立刻又把蘇先生嚇得站了起來，衝著朱大鵬連連作揖，「使不得，使不得，小的何德何能……」

「坐下！」朱大鵬用筷子一拍桌案，厲聲命令。

「是！」蘇先生就像應聲蟲一般，立刻端正地坐回了椅子內。

「喝酒！」朱大鵬又板起臉命令。

隨即，自己便再也憋不住，笑得前仰後合，「我說老蘇，你這樣累不累啊！我看著都嫌累，不就是替你倒了杯酒麼？咱們兩個，現在手中沒有一兵一卒，就倆合夥矇人的大騙子，彼此還分高低尊卑幹什麼？」

蘇先生迅速將頭轉開，看周圍是否有人偷聽，見小丫鬟們早就主動退到了門外，伸手抹了一把頭上的冷汗，低聲回道：

「那可不一樣！您是彌勒佛上過身的！再說了，咱們這場戲又不是只做一天兩天，要長長久久地做下去，平素一舉一動就得按照真的來！」

「行，隨便你，不覺得累就行！」朱大鵬抄起筷子夾了口菜，滿不在乎地說道。

既然決定繼續裝神弄鬼了，他倒不怎麼怯場，只覺得傾盡全力把自己的角色演好，不要穿幫太快就行。

十四世紀的蔬菜沒受過農藥的荼毒，味道相當可口，麻哈麻平素又是個會享受的，家裡的廚子水準非同一般，因此這穿越以來的第一餐，朱大鵬倒也吃得暢快。

等到肚子撐圓了，他對芝麻李所部義軍也有了初步的瞭解。又晃了幾下鈴鐺，命令外邊伺候著的丫鬟們將桌子收拾下去，順便給自己沏了一壺茶，一邊喝，一邊低聲跟蘇先生商量：

「按你這麼說，芝麻李麾下的幾員悍將，大多數都不識字，也都是些直心腸漢子嘍？」

「的確！」蘇先生看了眼光溜溜的桌子，帶著幾分佩服道：「包括芝麻李自己，都不是個心機深的。需要您小心應對的，只有那個趙君用，他跟我一樣，曾經是個讀書人，在蕭縣幹的事情，也跟小的在徐州差不多！」

「噢！」朱大鵬也看了眼光溜溜的桌子，臉色微微發紅，不好意思地說：「昨夜忙碌了一夜，餓得有些狠了！」

「大人您非俗物，當然吃的也多一些！」蘇先生笑了笑，替朱大鵬打了圓場。經過這段時間，他對眼前這位「佛子」的說話做事風格多少有些適應了，不再像先前那樣手足無措。

「又拍馬屁！」朱大鵬看了他一眼，笑著數落。

「不是，有本事的人都肚子大，老將廉頗當年可是一頓飯要吃一斗米呢！」蘇先生連連擺手，彷彿自己說的全是真心話一般，「那個漢高祖帳下的樊噲，要吃整整一個豬肘子；還有李嗣業、鄭恩……」

「行了，別賣弄了，我知道你讀書多，可就是都沒讀到正地方去！」朱大鵬撇撇嘴，不屑地打斷，「對了，老蘇。那個趙君用是讀書人，你也是讀書人，你們大元朝的讀書人，怎麼不去考狀元呢？」

「哎呀，我的大人啊！」蘇先生眼睛都被說紅了，拖長了聲音道：「自打大元立國，統共才開了幾次考場啊！又不像前朝那樣給讀書人發口糧，我肩不能挑，手不能提，不去衙門裡當小吏，豈不活活餓死去？」

蘇先生又補充道：「其實，讀書人未必都是好玩意兒。特別是那些讀了書卻總覺得自己被曲了才的，十個裡邊有八個是不好種，一個個嘴巴裡念著孔孟文章，肚子裡全是壞水，稍不如意，就想著法子去禍害人！」

「蘇先生，你何苦如此做賤自己？」朱大鵬越聽越覺得愧疚，趕緊向蘇先生道歉。

「不是作踐！」蘇先生端起一杯茶水，狠狠喝了一大口，然後繼續自我貶低：「俗話不是說嘛，七醫八娼九儒十丐，有些讀書人，品行的確連妓女都不如。妓女還知道拿了人家的錢就得使出渾身本事服侍人家，有些讀書人，剛拿了人家的錢，轉頭就反咬一口。」

「打住，打住，咱不說這些了，再說就離題了！」

朱大鵬上輩子也算個讀書人，聽得心裡頭難受，他算看出來了，這老傢伙要放到後世去，肯定是個憤青，還是死不悔改那種。不過這樣也好，憤青基本上都比較有良心，這老傢伙對蒙元朝廷也沒多少好感，只要不到最危急時刻，老傢伙就不會替蒙元朝廷從背後捅自己一刀。

那蘇先生原本就是個擅於察言觀色的，見朱大鵬對自己越來越親近，便抖擻精神，把去拜會芝麻李時可能遇到的問題和麻煩一一假設出來，並且給出了相應的解決方案。

談談說說，不知不覺中，太陽已經西墜。蘇先生看了看外邊的天色，笑道：「基本上也就是這樣子，反正主公只要咬死了自己是彌勒教的堂主，芝麻李就不敢把你怎麼樣。治理一座城池並非件簡單的事，他今天一定會忙得焦頭爛額，所以主公最好趕在晚餐之前去拜見他，然後千萬不要留在他那邊用飯，只推說要回來安撫轄區百姓。這樣，他沒有足夠的時間，自然就不可能從你的話裡找到太多破綻！」

「那我現在就去！」朱大鵬立刻起身，將捲好的名畫抱在懷裡。

「問題是……」他又遲疑著坐回椅子，「問題是，芝麻李能清楚這幅畫的價值麼？」

「主公儘管放心，芝麻李即便今天早晨不知道，現在也知道了！」蘇先生笑了笑，胸有成竹地回道。

「此話怎講？」朱大鵬不懂其中關鍵，發問道。

蘇先生不屑地撇嘴：「昨天夜裡紅巾軍入城，達魯花赤和州尹大人的府邸都是強行攻破的，那同知余大人可是主動開門投了降。屬下聽說芝麻李也給他封了個大大的官職，讓他繼續幫助義軍治理徐州，有他在芝麻李身邊，還有什麼寶貝能看走了眼？」

「那他會不會主動揭發咱們？」朱大鵬嚇了一跳，趕緊追問。

「不是會不會，而是根本不清楚咱們是什麼來頭！」蘇先生撇嘴聳肩，滿臉不屑地道：「他那個同知，以前就是個牌位，上面有達魯花赤壓著，下邊還有麻哈麻擠著，除了定時從衙門裡頭拿一份紅利之外，根本管不了任何事情。至於這徐州城最底層到底是個什麼情況，更是兩眼一抹黑！芝麻李請他來幫忙，可是向瞎子問路，白耽誤功夫了！」

「哦！」朱大鵬連連點頭，信心一下子又增加了不少。「那你給我安排幾個可靠的弟兄，讓他們跟我一起去，我這裡……」用手指了指腦袋，「對徐州的街面現在還糊塗著呢！」

「大人稍等，我這就去叫人。」蘇先生站起身來，向外退去。

朱大鵬將他送到門口，然後返回桌案邊耐心等待。

他倒不是對蘇先生百分之百信任，而是現在除了這個蘇先生之外，根本沒有其他人可用。那些白員、小牢子們，看上去倒是比蘇先生對他更敬畏一些。但到現在為止，朱大鵬依舊叫不出其中大多數的名字，對這幫人能力、學識和品行，也沒有絲毫的瞭解，想要從中挑一個當臂膀，怎麼可能來得及?!

前後也就是五分鐘光景，蘇先生就折了回來。身後還帶著七八個看起來頗為精幹的漢子，每人都紅布包頭，青衫蔽體，腰間還橫著一把帶鞘的半新朴刀。為首兩個，正是蘇先生的得意門生，剛才搶著去後花園小樓挑女人的孫三十一和吳二十二。

這倆傢伙，其中一人雙手捧了套嶄新的官服，另外一人，則用朱漆托盤托著雙薄底皂靴。進了屋子，先向朱大鵬見了禮，然後蹲下身體，親手服侍後者更衣。

「我自己來，自己來！」朱大鵬不習慣這種服務，趕緊擺手阻止。

孫三十一和吳三十二聽了，卻立刻紅了臉，蹲在地上，進也不是，退也不是，手和腳都不知道該朝哪裡擱！

「大人是器重你們，不忍讓你們做這種雜務！」蘇先生清了清嗓子，低聲提醒道：「還不把衣服和靴子放下，叫丫鬟進來伺候！大男人笨手笨腳的，多花點兒心思在為大人衝鋒陷陣上，少在這裡裝什麼殷勤。」

「是！」孫三十一和吳三十二如蒙大赦，紅著臉退開了。

須臾，先前打翻水盆的那六名少女又魚貫而入，穿襪子的穿襪子，套衣服的套衣服，三下兩下將朱大鵬打扮得煥然一新。

「頭髮不用剃嗎？」朱大鵬接過銅鏡子照了照，指著自己的腦袋發問。

「彌勒教的堂主是俗家弟子，可以不剃頭。」蘇先生早就留意到這些細節，想都不想回道：「再說，您當初為了蒙蔽官府，也不能把頭髮剔成個和尚樣子啊。」

「的確，一切以大局為重，無須在細枝末節上糾纏！」**騙人的最高境界是先騙得自己也入了戲**，朱大鵬點點頭，嘴角微微上翹，喝道：「小的們，頭前帶路，領本堂主去會會那個李總管！」

「有！」孫三十一和吳二十二一挺胸脯，帶領其餘六名漢子拉開架勢，護著朱大鵬蜂擁而出。

徐州城的達官顯貴府邸，都集中於中軸偏北的地段，所以朱大鵬的臨時住所距離眼下芝麻李處理公務的州衙也沒多遠。

按照二十一世紀的計時方式，大概在十來分鐘後，一行人已經來到了目的地。在距離州衙門口十多米的地方停住腳步，然後由孫三十一主動上前向值班的軍官打招呼：

「這位軍爺！我家主人，彌勒教大智堂堂主，紅巾軍徐州大總管帳下左軍都督，特地前來覲見總管大人。勞煩軍爺代為通報！」說著話，一邊從衣袖中順出兩個小銀元寶，熟練地塞向對方手心。

「是朱將軍麼？請稍等！」對方回應得非常客氣，卻不肯接孫三十一的銀元寶，甩了下袖子，小跑著入內彙報。

不多時，州衙正門大開，鼓樂齊鳴，有個身披大氅的壯漢率眾迎了出來。

「是大智堂朱堂主麼？你終於醒過來了！聽聞你為了昨晚的戰事傷了身子，哥哥我心裡好生不安。」

朱大鵬見此人生得虎背熊腰，舉手投足間豪氣迫人，知道一定就是徐州大總管的芝麻李，趕緊上前幾步，按照蘇先生事先教導的方式，單手豎在胸前，躬身行禮，恭敬地道：

「彌勒真佛保佑，弟子已經安好了，有勞大總管掛念。」

「彌勒真佛保佑，大總管應末世劫，行普渡事，攻無不克，戰無不勝！」孫三十一等人也緊隨朱大鵬身後，裝神弄鬼，滿臉慈悲。

這一手，有點出乎芝麻李的預料，先皺起了眉頭，然後笑了笑，雙手呈火焰狀抱在胸前，以剛剛學會沒幾天的明教禮節相還，嘴裡念道：

「光明神主在上，願朱兄弟身體安康，此生無病無痛。願世間光明永存，自此再無哀哭之聲！」

「願世間光明永存，自此再無哀哭之聲！」

芝麻李和他身後的紅巾將領們見狀，也趕緊把手捏成火焰狀行禮，一時間，與朱大鵬這邊竟然是半斤對八兩，旗鼓相當。

此時，明教、白蓮教和彌勒教已經公開宣布三教合一，共同尊奉大光明神，所以雙方以宗教方式見了禮，就等同於確定了同門身分，彼此之間，非有不共戴天之仇，不得相攻相殺。

朱大鵬事先與蘇先生已經推演過無數次這個場景，見一切都如自己所準備的，心中登時輕鬆了不少。收起彌勒教的禮節，再度雙手抱拳，肅立躬身道：

「左軍都督朱八十一，特地前來向大總管報導。此後赴湯蹈火，但憑大總管差遣！」

「嗯？」芝麻李沒想對方在逼自己承認同門身分之後，立刻又來了個一百八十度大轉身，愣了愣，哈哈大笑，高興地道：

「好，好一個朱八十一！今天早晨聽人說你如何了得，我還有些不信。如今見了，果然是少年英雄，名不虛傳！」

「不敢當大總管盛讚，末將只是一介蚍蜉，因緣際會，得附青龍尾翼而已！」

與蘇先生的預先演練的效果非常明顯，如此繞嘴且肉麻的馬屁，換在二十一世紀時，朱大鵬把自己殺掉都說不出來，現在卻只覺得臉上微微熱了熱就一鞠而就！

芝麻李聞聽，又是微微一愣，隨即判斷出這句話裡的青龍指的是自己，而朱大鵬則將其自身比做了一隻會飛的螞蟻，因為落在了青龍尾巴上，才被帶著一道衝上了雲霄。不由臉色發紅，咧著嘴巴擺手自謙道：

「不敢當，不敢當，李某只是劉元帥馬前的一名小卒而已，豈敢稱什麼青龍？類似的話以後千萬不要再說了，否則，李某早晚得活活羞死！」

「大總管何必自謙？要不是您運籌得當，提前在城裡布置下了大批伏兵，徐州城怎麼可能這麼容易就被光復？依末將之見，昨夜之戰，日後必將會被載入史冊，末將等人都是借了您的光，才得僥倖列名其中而已。」

這句話，又是一句結結實實的馬屁，也虧得朱大鵬背得十分熟練。

芝麻李聽了，臉色看起來像喝了酒一樣地紅潤，用力搖了幾下頭，笑著數落道：「你這傢伙，非但殺人的本事有一套，這說話的本領在整個徐州城頭恐怕也數一數二。行了，咱倆就別站在這裡互相吹捧了，趕緊跟我進去敘話吧，我心裡有很多不解的事，正好需要找你問個明白！」

「是！」朱大鵬心裡猛的打了個哆嗦，臉上卻硬裝出一副坦然表情，「末將遵命！」

「什麼遵命不遵命的，別弄這麼客氣，我聽著彆扭！」芝麻李又笑了笑，像個鄰家哥哥般拉住朱大鵬的胳膊，與他並肩走進州衙。

孫三十一因為捧著一份禮物，所以被允許跟在朱大鵬身後隨行，其他七名壯漢則被視作親兵，由一名紅巾軍將領帶進門口小花廳裡另行招呼。

轉眼間，一行人就被分成了前後兩波，彼此間徹底失去了聯繫。

朱大鵬察覺到身後腳步聲變得稀稀落落，心中立刻打起了小鼓，只覺得身邊樹影婆娑，幾乎每個陰影裡都藏著幾十名刀斧手，隨時都可能跳將出來，將自己剁成肉泥。

然而到了此時此刻，他即便想回頭也已經來不及了，只好咬緊牙關，一步不落地陪著芝麻李朝州衙深處走。邊走邊在心裡悄悄給自己打氣道：「豁出去了，反正大不了被他給剁掉，說不定還能再穿越一回呢！」

那芝麻李卻好像沒有立刻翻臉的意思，拉著他穿長廊過小橋，繞來繞去，最後繞道州衙後院的書房裡。

州衙的原主人，蒙古達魯花赤波羅特莫爾不識字，也不屑於弄一些典籍來附庸風雅，因此書房裡連張紙片都沒有，牆壁上到處掛著各種猛獸的牙齒、頭骨和硝好的皮毛。

芝麻李拉著朱大鵬的胳膊，請他到一張鋪著虎皮的椅子上就坐。

朱大鵬雖然不太懂這個時代的禮節，卻也看得出虎皮椅子旁邊沒有任何其他位子，趕緊停住腳步，按照蘇先生事先的指點謙讓道：「大總管先坐！末將站著回話就成。」

說到一半，又覺得自己今天八成要死在這裡，又何必如此沒骨氣。乾脆丟了「劇本」，狠狠伸了個懶腰，繼續說道：「末將已經躺了一整天了，急需活動一下筋骨。硬要坐下去，反而會頭昏腦脹！」

這明顯不屬於當時的語氣，讓芝麻李備覺新鮮，仔細瞧了朱大鵬好一會兒，終於鬆開了手，「好吧，那咱們就站著說話。來，我給你引薦咱們徐州軍的眾位同僚！」

說罷，將手向緊跟在他身後的一名虬髯大漢伸了伸，帶著幾分自豪介紹道：「這是我的好兄弟彭大，現在出任咱們徐州軍副總管，我拿他當左右手。」

「見過彭總管！」朱大鵬立刻拱手躬身，以下屬之禮相見。

「副的，副的！」彭大趕緊將身體側開，反覆強調，然後又憨笑還了個禮，道：「昨天聽弟兄們說有人搶先發難，將那最愛刮地皮的色目人給捅了，我還以為是怎樣一名好漢，原來是你個小傢伙！」

「借了兩位總管的勢，殺了他個措手不及而已！」朱大鵬答得非常謙虛。

「又拍馬屁！我們當時距離徐州還有好幾里路呢，怎麼可能借勢給你！」芝麻李看了他一眼，接著說道：「來，等會兒你們哥倆再寒暄，先跟我見過這位，咱們徐州軍的長史趙君用，讀書人，當年差點中了狀元！」

「久仰趙先生大名，今日得見，乃晚輩平生之幸！」朱大鵬之前在趙君用身上下的功夫最多，堆起一臉微笑，走上前施禮。

趙君用聽他說得客氣，心裡很是舒服，笑著擺手道：「免禮，免禮。我只不過是讀過幾本書而已，算不上是狀元之才，倒是小兄弟你……」

他故意停頓了片刻，然後用溫和的語氣道：「小兄弟，你不是平時都以殺豬為業麼？怎麼說起話來文縐縐的，舉手投足間也書卷氣十足，好像曾經進學多年一般？」

「這——」

當即朱大鵬就被問愣住了，腦門上隱隱冒出了冷汗。

蘇先生事先做了無數演練，但從未想到他在氣質上會被人看出紕漏，所以根本沒有做相應準備，而趙君用話說的雖然溫和，目光卻像兩把刀子一般，直戳人的心底。

好在經常混論壇打嘴炮的人，反應都不會太差，朱大鵬避開趙君用咄咄逼人的目光，訕笑著答道：「這個說來慚愧，晚輩原本不是這般模樣，但今天從昏迷中醒來後，就像突然換了個人一般。晚輩也不知道是怎麼回事，自己都覺得彆扭，但死活也改不回原樣去了！」

「你是說，你被彌勒附體之後，才變成現在這般模樣的？」趙君用慢慢向前擠了一步，盯著朱大鵬的眼睛追問。

「應該是吧！」

豁出去一次也是豁，兩次也是豁，朱大鵬乾脆自行發揮，胡扯道：「晚輩其實也不清楚到底是不是彌勒佛附體，只覺得後腦勺上突然挨了一下子，然後就什麼都不記得了。再醒來，已經是過了正午啦，這段時間到底發生了那些事，還是別人告訴晚輩的呢，晚輩自己其實半點兒印象都沒有！」

撒謊的最高境界，就是一句謊話之後緊跟一句大實話，讓人找不到該從哪裡下口。趙君用心中原本準備了無數殺招，可以當場揭穿朱大鵬的真面目，讓此子身敗名裂，然而此時此刻竟然一招都用不上，只能瞪圓了一雙丹鳳眼，不甘心地問道：「你真的一點兒都不記得了？包括你殺了麻哈麻，然後聚集信眾，不許我紅巾軍弟兄進入騾馬巷附近那幾個坊子的事？」

「真的一點印象都沒有！」既然現編謊話已經來不及，朱大鵬乾脆實話實說：「如果期間曾經有得罪弟兄們的事，還請大總管和長史海涵。畢竟昨夜兵荒馬亂，萬一有歹徒打著紅巾軍的名義殘害無辜，傳播出去，恐怕會影響咱們徐州軍的名聲，對咱們日後的抗元大業也未見得是什麼好事情！」

「這話的確！」沒等趙君用表態，他身後一名英氣十足的青年將領就大聲附和：「昨天夜裡，的確有很多不爭氣的傢伙到處趁火打劫，光是被我看到親手剁了的，就不下二十個。當時弄不清他們的真實身分和企圖，不許他們進坊子就對了，否則，那幾個坊子肯定也跟別處一樣，被亂兵禍害得慘不忍睹！」

「毛將軍！」趙君用回過頭，狠狠瞪了搶話的年輕將領一眼。

被後者這麼一打岔，他對朱大鵬的盤問也無法進行下去了，吸了口氣道：「我可以諒解你護衛鄉鄰的心情，但擅自領兵攻擊袍澤，卻無論如何都該有個交代，否則軍中的其他弟兄們問起來，大總管和我也非常難辦！」

「雖然末將對此事沒有印象，但畢竟發生了，大總管無論如何責罰，末將都毫無怨言！」朱大鵬立刻衝著芝麻李深深俯首。

「責罰什麼，死了活該，傷了的，有膽子就自己站出來！老子先問問他，他還記得不記得自己為什麼才造了反?!」芝麻李將手一擺，非常霸氣地回道：「這才把腰直起來幾天，就忘記自己原來也是窮苦人了。這種貨色，老子瘋了才會給他們出頭！」

「大總管！」趙君用聞聽大急，將頭轉向芝麻李，面紅耳赤地道。

「老趙，你想替手下人出頭的心情我理解！」芝麻李語重心長地說道：「但咱們扯旗造反，是為了給百姓出頭。而不是趕走了韃子，自己卻又騎在他們身上作威作福；否則，既然是換湯不換藥，老百姓憑什麼要跟著咱們?!」

一番話雖然說得粗糙，卻句句都站在了理上，非但趙君用被說得無言以對，朱大鵬聞聽後，也忍不住抬起頭來，重新打量這位小牢子們口中非常容易糊弄的義軍大老。

只見芝麻李方正的國字臉上寫滿了凜然之氣，已經花白的鬢髮間，更是絲絲縷縷，帶著自己在前後兩世都非常熟悉的煙火味道。

「看什麼？」芝麻李橫了他一眼，不滿地數落道：「是覺得我的話不對，還是覺得我不該在你面前駁了老趙的面子?!你小子明明就是個殺豬的，從哪裡學來這麼多花花腸子？老夫既然敞開大門把你迎到這裡來，就沒打算把你當成外人！」

「大總管如此相待，末將感到慚愧！」

半分鐘前還一直提防著芝麻李摔杯為號，將自己當場拿下。忽然間卻發現對方其實對自己一點惡意都沒有，朱大鵬頓時心中一輕，緊跟著，原本古銅色的面孔紅成了一隻熟螃蟹。

芝麻李不知道他心中愧疚，還以為是年輕人受了委屈後的自然反應。伸手在他肩膀上拍了兩下，笑道：

「你也別太在乎老趙說什麼，他那個人，向來是咋咋呼呼，你把他的弟兄給打退了好幾次，還弄死了兩個，傷了十七八個，他當然得跟你討個說法。但話說開了，也就過去了，此事從現在起一筆勾銷，今後誰也別再找誰的後帳！」

「啊！打退了好幾次？真的？這怎麼可能?!」

朱大鵬本能地退開半步，嘴巴半晌都合不攏。

他原本以為蘇先生等人只是在自己昏迷之後裝模作樣地咋呼一番，嚇走紅巾軍中的不良分子。卻沒想到雙方之間還真交了手，並且自己麾下的烏合之眾居然還占了絕對的上風！

「怎麼，你居然不知道？」

這回輪到芝麻李發愣了，瞪圓了眼睛朝著朱大鵬看了又看，發現年輕人不像在說瞎話，又想了想，笑著搖頭道：「看來你真的是什麼都不記得了，這樣也好，不知者不怪，老趙那邊也好跟手底下交代了！」說罷，又將目光轉向趙君用，安撫道：

「行了，既然他根本不記得此事，你再計較下去也沒啥意思！就按我剛才說的，一筆勾銷算了！」

「大總管有令，屬下敢不從命！」趙君用拱了拱手，目光卻始終盯著朱大鵬的臉，無論如何都不能相信世界上真有如此奇怪的事情，居然在睡一覺起來之後，把以前發生的所有事情都忘得一乾二淨。

他是個讀書人，子不語怪力亂神，因此對神鬼之說向來不屑一顧，只覺得眼前這位朱八十一年紀雖輕，城府卻深得可怕，如此人命關天的事，居然輕飄飄的一句「什麼都記不得了」就推了個一乾二淨。假以時日，誰知此子會長成什麼模樣?!非但是自己，恐怕整個徐州軍都得被他吞噬個骨頭渣子都剩不下！

但芝麻李麾下的其他幾名悍將，如潘癩子、張氏三兄弟，看向朱大鵬的目光，卻變得有些古怪起來。

一覺之後忘盡前塵，脫胎換骨，這種聽都沒聽說過的事，卻切切實實發生在眼前，如果不是彌勒附了體，那又是什麼?!

這位朱八十一，氣質和談吐都跟一名殺豬的屠夫差了十萬八千里遠，如果他不親口承認，大夥只會以為他是個知書達理的富貴公子，絕不可能將今日的他與原來的那個他聯繫在一起。

芝麻李自己其實對神鬼之說也是將信將疑，但是他對朱大鵬昨夜冒著被自己怪罪的風險，也要衛護鄉鄰周全的舉動卻十分欣賞。因而清清嗓子，繼續向朱大鵬介紹帳下其他幾名將領：

「這是前軍都督毛貴，昨天晚上，就是他率先衝進城內的。這座州衙也是他帶兵攻破的，將裡邊的韃子官兵殺了個屁滾尿流！」

「久仰毛將軍大名！」朱大鵬見是剛才打斷趙君用的那位年輕帥哥，心中好感大增，趕緊笑著向對方拱手。

前軍都督毛貴也以平輩姿態還了個禮，然後說道：「什麼久仰不久仰的，我一個趕車的腳夫，哪來的什麼大名？客氣話就別說了，今後大夥並肩作戰，彼此互相照應便是！」

「那將是我的榮幸！」朱大鵬又拱了下手，非常誠懇地道。

這又是一句沒聽聞過的話，毛貴臉色微紅，接不上話。

芝麻李見狀，便拉起朱大鵬，繼續給他介紹了潘癩子、張氏三雄。

這幾個人都像蘇先生說過的，是沒什麼心機的直爽漢子，因此他和四人相談甚歡，只是幾句話光景，就已經打成了一片。

介紹完張氏三雄後，芝麻李拉著他走向屋裡一名身穿道袍的男子面前。

只見此人生得尖嘴猴腮，手骨嶙峋，一雙眉毛呈正八字形，明明年紀只有三十上下，卻偏偏留起了一把稀稀落落的長鬍子，再配上臉上的黑斑，活脫一個衰神模樣。

朱大鵬看到此人，心裡就覺得一陣陣發寒，本能地想將眼睛避開，不與對方的目光相接。而芝麻李的聲音卻像一把無形的大手，瞬間就將他整個人推進了冰窟。

「這位，估計你以前肯定沒聽說過。他是劉元帥給咱們派來的大光明使，姓唐諱子豪，徐州城的一切虛實都是他事先打探清楚的，在這次攻城戰鬥中居功至偉！」

明教！劉福通！光明使！有股寒氣從腳底直衝頂門，朱大鵬第一時間的想法就是轉身逃走，卻發現自己的雙腿已經僵住了，根本不聽使喚。同時，心中一萬隻草泥馬奔騰而過：

「該死的老玻璃！老子這回徹底被你害死了！還說沒有白蓮教的高級神棍在場，連他娘的大光明使都到了，他級別不高，你還想怎麼個高法?!」

還沒等他從震驚中緩過神來，大光明使唐子豪已經笑呵呵地走上前，伸手拉起他的另外一隻手，客氣地說道：

「什麼功勞，你別聽大總管瞎說，他是捧我呢！我只是恰巧路過徐州，替他探聽了一下城內的虛實而已。吃吃喝喝帶閒逛，一點風險都沒冒！」

此人的掌心又濕又冷，接觸起來就像一條冬眠的毒蛇。朱大鵬被噁心得胃腸一陣翻滾，瞬間就忘記了恐懼。迅速將自己的手抽回來，在胸前筆直地豎起，口道：「見過大光明使！末將這廂有禮了。」

「不客氣，不客氣！」唐子豪笑著退開半步，仰頭看著朱大鵬的眼睛，臉上的表情好生令人玩味。

朱大鵬被他看得心裡發毛，趕緊將頭揚得更高些，避免與此人的目光接觸，同時打起全部精神，準備接受此人的盤問。

誰料唐子豪卻隻字沒提教義方面的事，反而又靠近了兩步，再度親熱地拉起他的手，問起了他被彌勒附體前後的細節：

「你昨晚都做了哪些事，才贏得了彌勒尊者的青睞？據我所知，那可是一件非常難得的福分，咱們明教裡很多長老，頌了一輩子的大光明經，都沒得到過一次任何尊者的青睞呢！」

「說來也奇怪得很！」朱大鵬苦笑幾聲，將手抽出來，低下頭，給對方看自已後腦勺上還沒褪去的疙瘩，「當時官府的人把我堵在牆角，叫嚷著要拿人，我堂中的那幾個又給隔在遠處，無法上前支援，結果有個姓李的傢伙，一鐵尺敲在我後腦勺上，然後我自己就什麼都不知道了，一覺睡到了今天正午。」

類似的話，他剛才已經跟趙君用說過一遍，第二次說便流利了許多，除了蘇先生等人無法上前支援是假外，其他全是當時的真實場景，沒做絲毫的添油加醋。

裝神弄鬼這種事情，向來是無招勝有招。那大光明使唐子豪奉紅巾軍大元帥劉福通的命令，負責聯絡天下英雄共同起事驅逐韃虜，平素裝神弄鬼的事情沒少幹，可像朱大鵬這種幹得毫無作假痕跡，過後還一推二五六的情形，卻還是第一次看到。

好奇之下，不由得將頭湊上去，對著朱大鵬手指的地方仔細觀察。只見碩大的一個血包藏在後腦勺偏下靠近頸窩的位置，顏色已經有點發黑。如果不是年輕人平時殺豬為業，身子骨打熬得絕對結實，就這一鐵尺，命大概已經去了大半條了，哪還有力氣再跳起來大殺四方？

想到這兒，他不禁伸出手向血包摸去，只輕輕摸了兩下，就令朱大鵬起了一身雞皮疙瘩，恨不得立刻將此人踹翻在地，打他個哭爹喊娘。

那唐子豪突然幽幽地嘆了口氣，撤開手指，將頭轉向了在場所有人，大聲宣布：「想必是彌勒尊者看不下去人間疾苦，想借大總管之手滌蕩腥膻，所以才借著朱兄弟被打暈的機會，親自下來走了一趟，此事可遇不可求，小使這裡且為大總管賀！」

說罷，放開被噁心得處於暴走邊緣的朱大鵬，手執火焰狀，低聲吟誦：

「唯光明永存，滌蕩一切苦難醜惡。唯光明永存，世間再不聞哀哭之聲。明尊，弟子將永頌你之名，將火種灑遍天下，直至靈魂回歸光明神國。光明普遍皆清淨，常樂寂滅無動詛。彼受歡樂無煩惱，若言有苦無是處！無量光，無量壽，無量神國！」

「光明普遍皆清淨，常樂寂滅無動詛。彼受歡樂無煩惱，若言有苦無是處！無量光，無量壽，無量神國！」芝麻李等人聞聽，也按照明教的禮節，手持火焰，口中默誦經文。

第五章

天機不可洩漏

唐子豪一臉神秘道：
「天機不可洩漏！時候到了，諸位自然明白。
總之，八這個數字雖然吉利，卻不是圓滿之數，
而突然多出一個人來，八就變成了九。
自古天道無常，逢九必變！」

這一下，朱大鵬可是徹底變成了丈二和尚。

他原以為大光明使唐子豪即便不能當場戳破自己的身分，至少也要刁難一番，將把柄握在手裡，以圖將來。誰料對方只是幾句話就代表明教，徹底坐實了他被彌勒上身的神蹟，今後誰要是想再推翻這個結論，恐怕就得跑一趟明教總壇，請武俠小說中的楊逍、韋一笑同等級人物出面才行了。

想到這兒，他懸在嗓子眼處的心徹底落地。趕緊豎起手掌，跟著大夥一道濫竽充數，胡亂唸了一通。

待禱詞念完，自己也算是初步融入了芝麻李的核心圈子當中，與毛貴、潘癩子等人你一句我一句，越聊越感覺投機。

芝麻李見狀，少不得要留他一起吃晚飯，朱大鵬卻牢牢記著蘇先生的叮囑，不給對方更多套問自己根底的機會，以免言多必失。

此刻徐州城大亂初定，芝麻李的確忙得焦頭爛額，客氣了幾次都沒結果後，也就順水推舟，准了朱大鵬的告辭請求。

「這是屬下的一點心意，還請大總管笑納！」

臨別前，朱大鵬從門外叫進已經急成熱鍋上螞蟻的孫三十一，雙手捧起趙孟頫的二羊圖，呈送到芝麻李面前。

「你這是做什麼？咱們義軍如果也學那官府作為，當初又何必造反！」芝麻李立刻豎起眼睛，大聲斥責。臉色的表情比先前呵斥趙君用時還要難看十分。

「末將不是獻給大總管自己用的！」朱大鵬反應夠快，立刻換了另一套說辭，「這幅畫是在麻哈麻的臥房裡發現的，據說到泉州那邊，能換回兩萬貫銅錢。末將不敢私藏，想請大總管派人去賣掉後，給弟兄們購買鎧甲和軍糧。畢竟咱們剛剛在徐州城站穩腳跟，今後需要用錢的地方多著呢，末將能出一份力，就儘量出一些。」

這番話，一半是出於隨機應變，另外一半，卻是出於他的本心。與芝麻李等人交談的時間雖然不長，朱大鵬卻著實地感覺到，這夥人當中的絕大多數都是古道熱腸的鐵血男兒，對如此投緣的漢子們以謊言相欺，無論出於什麼理由，他都感到深深地負疚。

芝麻李卻不願意白拿他的好處，略作沉吟之後，說道：「當初我答應誰殺了那些狗官，狗官的家產就盡數歸誰，後來因為麻哈麻家產實在太多，無法都兌現給你，這其實已經是食言在先，很對不住……」

「不，末將剛才不是說了麼，末將完全是借了大總管的勢才僥倖得手的！」沒等他把話說完，朱大鵬趕緊紅著臉打斷。

如果不是陰差陽錯正趕上紅巾軍攻城，自己即便真的有神明附體，也早被城裡的元軍射成一隻刺蝟了，哪還有機會活到現在？更甭說站在一群鐵血男兒面前，跟他們平輩論交了。

「該是你的，就是你的，否則以後攻城，誰還敢衝在前頭？」芝麻李搖搖頭，「這樣吧，畫我找人替你拿到南邊去賣，得到的錢，給中人一成做抽頭，剩下的全歸你。老趙，你等會派人去倉庫，取五千貫銅錢給朱兄弟送過去，就算是這幅畫的押金！」

「是！」趙君用快快地答應了。

朱大鵬聞聽，心裡更加不安，趕緊推辭道：「大總管千萬不要客氣，那棟宅子裡剩下的錢糧還夠我用好一陣子的。不瞞您說，昨天夜裡的人馬都是臨時拉起來充數的，末將手底下其實滿打滿算也只有三十來名弟兄！」

話音剛落，他自己立刻在心裡大叫不妙，壞了！怎麼一衝動，嘴巴就沒把門的了！這下把全部老底都暴露出來了，芝麻李想要收拾自己，再不用任何忌憚了！

「這麼少？」芝麻李卻沒像他想像的那般立刻翻臉，只是瞬間將嘴巴張得老大。

再看趙君用，則一張臉紅得像豬肝般，簡直恨不得立刻找條地縫鑽進去，永遠不再出來。

朱大鵬見到此景，後悔得恨不能以頭搶地，趕緊第三次連連擺手，補充道：「昨天夜裡情況特殊，因為保的是自己的老婆孩子，所以街坊鄰居們，凡是能拿得動棍子磚頭的，就都跑出來拼命了，全部加起來恐怕有上千號人，黑燈瞎火的，看上去聲勢十分浩大。但以後真的上戰場的，肯定不能指望他們，一則士氣與昨夜完全沒法比，二來，這些人都有家有業，打起仗來難免瞻前顧後！」

「原來有上千人，怪不得我麾下的弟兄會吃了大虧！」趙君用終於撈回了一點兒面子，撇了撇嘴，悻然說道。

「總之說明了一件事，咱們的兵還需要認真練！」芝麻李對於面子不面子倒不太看重，想了想，回頭對幾個弟兄們強調。

「遵命！」毛貴帶頭，彭大、潘癩子和張氏三兄弟齊齊拱手，把昨夜的教訓牢牢地記在了心裡。

訓示完嫡系將領，芝麻李將頭再度轉向朱大鵬，說道：

「既然朱兄弟把話都說開了，我也就直來直去了。你是我的左軍都督，麾下光帶著三十來個人肯定是不成的，這五千貫，你拿一千貫回去開銷，其他四千貫，我替你招兵買馬。城裡人當兵，肯定不如鄉下漢子好用，有家有業的鄉下漢子，又遠不如什麼都沒有的流民敢打敢拼。每人一貫銅錢的安家費，我招四千流民給你，半月之後，保你的左軍能拉上戰場！」

「這——」朱大鵬再度被芝麻李的熱情感動，拱了拱手，大聲回應：「好，我就不推辭了，多謝大總管厚愛！」

「你們幾個，每個人出一百名弟兄，先去給朱兄弟把門面撐起來！」芝麻李想了想，又對彭大、毛貴等人吩咐著：「還有，西門外那座廢棄的校場，從明天起就交給左軍使用！米糧器械按朱兄弟麾下實際兵力劃撥。」

「是！」眾將再度齊齊拱手，望向朱大鵬的目光充滿了羨慕。

「這，這——」朱大鵬望著芝麻李，忽然間覺得無地自容。

無論二十一世紀的他，還是穿越前的朱八十一，除了自家血親，沒有任何一個人對他如此好過，包括後來的蘇先生，都是互相利用的成分多一些，遠遠做不到推心置腹。而芝麻李，明明察覺到他的彌勒教堂主有古怪，明明知道他手下沒有任何依仗，卻依舊把他當作自家兄弟，給他封官，給他分地盤，給他糧草，幫他招兵買馬，如果這還不能讓他感覺出善意的話，他的心臟肯定是鐵做的！

朱大鵬知道自己的心臟不是鐵做的，朱八十一的心臟也不是，此刻，**他只覺**

得有股暖暖的東西，慢慢地在自己心臟裡淌，慢慢地淌遍了全身，淌遍每一根毛細血管，每一個微小的細胞。

不說一句多餘的話，他用剛剛學會的軍禮，向芝麻李致上十二萬分的敬意，然後轉身大步離去。

芝麻李帶領眾將送他出了州衙大門，目送他的背影在街道拐角處轉了彎子，才笑著點點頭，轉身回府。

那趙君用卻早已迫不及待，立刻拉了一把大光明使唐子豪，啞著嗓子質問道：「怎麼回事？你剛才怎麼只問了簡單幾句就替他說起話來？萬一他那個堂主是假的，豈不誤了咱們的大事？」

「不用多問，他這個堂主至少有八成是假冒的！」唐子豪一改先前病歪歪的模樣，冷笑著回道：「我進出徐州這麼多次，從沒聽說過彌勒教在本地還有個大智堂！」

「那你還替他張目！」趙君用一聽就怒了，手按刀柄，氣急敗壞，「我早就說，該一刀殺了他。這下好了，你幫他把大夥全騙了。今後再想動他，就徹底成了跟彌勒教過不去了！」

「我還沒說完呢，你急什麼？」唐子豪不屑地撇了他一眼，繼續冷笑著道：「他的彌勒教堂主身分，八成是那個姓蘇的傢伙硬給他安到頭上的，但他昨夜被彌勒尊者附體卻未必是假的。我今天裝扮成道士，在那幾個坊子摸過他的底，雖然眾口紛紜，誰也說不清麻哈麻到底因何被殺，但至少有一點，很多人都親眼看見他昨晚的確是被神明附了體！」

「裝神弄鬼而已！」趙君用朝地上吐了一口濃痰，嚷嚷道：「鄉下跳大神騙錢的多了，糊弄些愚夫愚婦可以，居然還敢朝咱們大總管眼裡揉沙子。李兄，你不要生氣，我今晚就帶人悄悄摸過去，把他的人頭給提過來！」

「那你可是真離禍事不遠了！」沒等芝麻李回應，唐子豪又冷笑道：「他早不裝，晚不裝，犯得著偏偏我等攻城時裝麼？他圖的是什麼？在城門被打開之前，誰敢保證咱們一定就能把徐州拿下來？更何況，你見過哪個神婆在火堆旁跳幾下就突然開了竅，完全變成了另外一個人？你見過哪個神婆連虛張聲勢都不屑做，一味推脫說自己昏了過去，對神明來沒來過全推說一無所知？」

「那……」趙君用一下子被問住了，半晌無言以對。

不光是唐子豪悄悄調查過昨晚發生於騾馬巷的事情，他今天為了給手下人出氣，也沒少朝那邊撒眼線。可無論哪個眼線回來，彙報的都差不多。以往三棍子都砸不出個屁來的朱老蔫，昨夜突然變成了另外一個人，突破幾十名兵丁和衙役的重重阻截，衝到麻哈麻的跟前，一刀抹斷了此輩的脖子，而兵丁和衙役們手中的鋼刀和羽箭居然連朱老蔫的汗毛都碰不到半根！

「那個麻哈麻的屍體我看過，的確是被人從前面一刀抹斷了喉嚨，不是被很多人圍住，亂棍打死的。」毛貴向來謹慎，看了看氣急敗壞的趙君用，又看了看老神在在的光明使唐子豪，低聲說道。

「李先生的屍體也是一刀捅穿了心臟！」潘癩子補充道：「刀法非常熟練，一看就是經常殺生的主兒。」

「他是殺豬的屠戶，刀法當然熟練，無非是拿人當畜生捅了而已！」彭大看起來最粗豪，實際上卻非常穩重。待大夥都說差不多了，才慢吞吞地開口說：

「我總覺得，這小子不像是個騙子，至少他並沒有存心欺騙咱們！否則，就不會老老實實告訴咱們他手下只有三十來個弟兄了！」

「那倒是！」張氏三兄弟想了想，紛紛點頭。「有一千兄弟，咱們想動他還需要考慮考慮。就三十來個，呵呵，半炷香時間就解決完了。他如果安著壞心的話，活膩了，才非要自己把老底揭開給咱們看！」

「反正是瞞不過，索性唱空城計而已！也不是什麼新鮮招數！」

趙君用見基本上沒人支持自己，氣得呼呼直喘。

「反正我覺得，留著他肯定是個禍害，還不如早點解決，一勞永逸！你們如果擔心損了名頭，待會兒我自己去。反正我有很多兄弟壞在他們手中，這仇我報的名正言順。」

他撂下一句話，抬腿就要出門調遣兵馬。

先前一直默不作聲的芝麻李卻猛的伸出手，一把扳住了他的肩膀，喝阻道：「胡鬧！我不是跟你說一筆勾銷了麼？你眼裡到底還有沒有我這個大哥了！」

「大哥！」趙君用立刻不敢再挪步，跳著腳抗議，「你怎麼這般糊塗啊，他既然能騙你一回，就能騙你第二回，萬一他和他手下那幫小吏包藏著什麼禍心……」

「真要包藏禍心，他就不敢連兵都讓我替他招了！」芝麻李狠狠瞪了他一眼，呵斥道：「況且他昨夜護衛鄉里的功勞也是有目共睹，就憑這一點，無論他是不是大智堂的堂主，我都不能動他，不然你讓別人怎麼說咱們！怎麼說咱紅巾軍?!」

「這……」趙君用再度被問住了。

芝麻李知道他還沒咽下昨晚的氣，語重心長地說道：

「咱們兄弟要想幹大事，就得有容人之量，否則光憑咱們幾個，怎麼可能打得過蒙元朝廷的百萬大軍？咱們必須廣交朋友，聚攏天下英雄，一塊來幹這件大事，才有希望活著看到成功的那一天！所以哪怕他曾經騙過咱們，曾經跟咱們有什麼過節，只要他肯拎著刀子跟韃子幹，老子就絕不會在背後算計他！更不許老子手下的人去算計。你們幾個，聽明白沒有?!」

「明白了！」彭大和毛貴等人互相看了看，滿臉佩服。

唯獨趙君用心裡仍舊像吃了一百隻蒼蠅般彆扭，回答的聲音宛若蚊蚋：

「您是大總管，你的命令，我肯定不會違抗，可是……就這樣讓他弄假成真了，對咱們有什麼好處？將來真相被彌勒教自己揭開，咱們爺們的臉往哪擱？」

「我敢保證，一年之內，彌勒教顧不上核實這件事；而一年之後，彌勒教巴不得他是大智堂的堂主！」唐子豪神預測般地說：「至於咱們，早晚會慶幸大總管今晚的決斷！」

「你這話什麼意思？」趙君用聽得滿頭霧水，不高興地問。

「天機不可洩漏！」唐子豪抖了抖道袍袖子，一臉神秘，「現在肯定不是時候，時候到了，諸位自然明白。總之，八這個數字雖然吉利，卻不是圓滿之數，而突然多出一個人來，八就變成了九。**自古天道無常，逢九必變**！諸位，小使節失陪了，昨夜又白虹橫穿天河，這天象的變化結果，最近也該出來了！」

「哼！你昨天還說八是上上大吉之數呢！」望著唐子豪遠去的背影，徐州軍長史趙君用連連撇嘴。

「老趙，不得對明使無禮！」芝麻李瞪了他一眼，低聲呵斥。

無論明使唐子豪的言行靠不靠譜，此人都是紅巾軍天下兵馬大元帥劉福通派來的心腹，地位超然，所以徐州軍上下必須對他保持尊敬。

「我只是陳述事實而已！凡是裝神弄鬼的傢伙，沒一個好東西！」趙君用低下頭，指桑罵槐。

不服歸不服，他卻不敢公然違背芝麻李的命令。第二天一大早，就從自己麾下挑了一百名老弱殘兵，將西門外校場和校場周圍廢棄兵營的移交文書，還有足夠上千人吃大半個月的糙米，一併運到朱大鵬家門口。

至於兵器鎧甲，卻是半件也無。

負責押隊的那名親兵說得好，臨來前趙長史親自交代，徐州之戰繳獲的兵器鎧甲有限，必須優先裝備那些在戰鬥中立下大功的精銳。像左軍這種新組建的隊伍，不妨暫時削木為兵。反正一時半會兒也用不著左軍出戰，沒必要再去跟別的弟兄爭搶來之不易的輜重。

朱大鵬知道趙君用是在變著法子給自己小鞋穿，也只能苦笑搖頭。

自古以來**縣官都不如現管**，趙君用身為徐州軍的長史，物資補給的發放剛好在此人的管轄範圍。這時候，即便自己將官司打到芝麻李眼前去，恐怕長史大人也有得是藉口搪塞！

更何況根據昨晚從蘇先生口中瞭解到的實情，眼下徐州軍的確大部分士兵都是赤手空拳。作為剛剛開始組建新隊伍，左軍的器械補給優先順序別被趙君用排在了最後，也完全符合常情。

朱大鵬正琢磨著是不是給弟兄們每人先弄把菜刀將就一下的時候，其他幾位將領也把昨晚答應的士兵派了過來。

雖然不像趙君用那樣，給的全是上不了戰場的老弱病殘，但也以最近幾天才在蕭縣一帶應募入伍的流民為主，大部分都面黃肌瘦，風吹得稍大一些，身體就來回晃悠。

不過也不是個個都是如此，至少芝麻李親自派來的二百弟兄，還有前軍都督毛貴分給他的部曲，看起來是精挑細選過的；雖然因為長期吃不上飽飯的緣故，身材也非常瘦小，但年齡卻都在二十歲上下，精神頭還算充足。

「都督，這三百人可以留下做您的親兵！」

蘇先生見了，喜出望外，晃著屁股跑上前，小聲跟朱大鵬建議：「伙食吃雙份，軍餉也拿雙份，以後打仗時，他們就護在您的將旗旁，共同進退。萬一遇到什麼麻煩，也能保得您平安脫身。」

「等會兒再說吧，咱們先去西門外的校場！」朱大鵬有氣無力地回應。眼前的這千餘名士卒給他帶來的打擊有點重，讓他一時半會兒間很難提起精神謀劃其他事情。

「是！」蘇先生大聲答應著，轉身向西門方向衝去。

老傢伙昨天聽朱大鵬說了與芝麻李的詳細會面經過之後，嚇得整整一宿沒敢合眼，聽見點風吹草動，就拎起把不知道從哪裡弄來的寶劍，直接朝後門衝。結果天亮後就變得有些神神叨叨的，紅著眼睛，跑得像隻兔子。

朱大鵬知道老傢伙是受驚嚇過度，精神有些失常了，短時間內很難恢復過來，所以也不怪他咋咋呼呼。

他點手把孫三十一和吳二十二叫到面前，命令他們二人負責整隊，引領所有左軍將士朝西門外大校場開去。

才出徐州城西門，就聞到一股刺鼻的腥臭氣。抬頭張望，就見不遠處有座巨大的垃圾場橫亙在那裡，數以萬計的烏鴉正在垃圾堆中尋找蟲子和蚯蚓果腹，聽到有紛亂的腳步聲從城門口傳來，「呼啦啦」拍打著翅膀飛上了半空，遮天蔽日！

「都督，這就是城西大校場了！」第一個趕到的蘇先生耷拉著腦袋，走到朱大鵬面前有氣無力地彙報：「原本沒這麼髒，最近幾個月，朝廷的兵馬開走了就廢棄了，屬下也沒想到會變成這樣！」

「那些房子呢，還能住人麼？」朱大鵬強忍心中煩躁，指了指垃圾場附近的數排茅草屋問道。

「裡邊有不少流民！」蘇先生雖然變得有些神神叨叨，但做事還是很認真，想了想，回道：「都是從黃河東岸逃難過來的。前兩天聽說要打仗，已經跑掉了不少，但最近一兩天，恐怕還會再折返回來！」

「都督犯不著為這點兒小事操心！」孫三十一急於表現，從後面鑽過來建議：「給屬下一百個弟兄，屬下將流民全都趕走就是，軍營重地，哪容流民隨便窺探！」

說著話，露胳膊挽袖子就要去趕人。

朱大鵬見狀，皺了下眉頭，吩咐道：「算了，天馬上就要冷了，你把他們趕走，他們豈不都得活活凍死？隨便他們住著吧，咱們自己再想辦法！」

「將軍慈悲！」話音剛落，四下裡讚頌聲響成一片。距離他比較近的那些兵卒，一個個感動得眼含熱淚，膝蓋一彎就要往下拜。

「站起來，都站起來！」朱大鵬見狀，趕緊伸手去扶，結果扶起了這個，跪下了那個，不一會兒，身邊除了蘇先生和孫三十一兩人還站著，其他將士稀裡糊塗全跪了下去。

「起立，我數到三，不起立者抽鞭子！」朱大鵬氣得把眼一瞪，厲聲斷喝。他最無法適應的，就是這個時代人膝蓋太軟，動不動就要跪倒磕頭。

「是，將軍！」眾兵丁沒想到磕頭還有磕錯的時候，嚇得打了個冷戰，立馬跳起來，將身體站了個筆直。

朱大鵬見了，忍不住又搖頭嘆氣，指著那一排排東倒西歪的茅屋說道：

「房子給他們住了，你們就得自己動手重新蓋。老蘇，你等會兒把弟兄們中會做木匠和泥水匠的人都給我挑出來，帶著他們就近找地方蓋軍營！需要錢的話，儘管回府裡去拿！」

「是！」聽朱大鵬第一道將令就給了自己，蘇先生心中大喜，扯開嗓子，吼得聲嘶力竭。

「孫三十一，吳二十二，你們倆帶著其餘所有弟兄，去給我把垃圾清掉，能丟多遠丟多遠。以後再有新兵過來，也讓他們一起幹！」

既然動起了手，朱大鵬索性好人當到底，指著校場內一座座垃圾山大聲命令。

「是！」被點了將的孫三十一和吳二十二兩個挺胸拔背地回應，唯恐叫嚷的聲音小了，位置被別人頂了去。

「肖十三，牛大，你們兩個各帶五十名弟兄回去搬糧食，今天中午和晚上咱們就在城外做飯，免得來回跑浪費時間！」

「是！都督！」肖十三和牛大兩個也歡天喜地的去了。

朱大鵬又從人群中點出另外一張熟悉的面孔，下令道：「周小鐵，你去那邊挨家挨戶通知，讓他們無論男女老少，一起過來清垃圾。我這邊管兩頓飯，只要認真幹活，就可以敞開肚皮吃！」

「遵命！大人！」

周小鐵在蘇先生的所有徒子徒孫中，位置非常靠後，他沒想到自己居然也有出頭的機會，激動得嗓子發顫。

「還有你，你，你，你們幾個！」

朱大鵬看到眾人如此在乎自己交給的任務，有些意外。旋即手指連點，將最先投靠自己的白員和小牢子們全都給點了出來。

「你們，我就不一一叫名字了，從現在起，全都是我手下的百夫長，先由孫三十三和吳二十二帶著，號召弟兄們去幹活，等新兵到了，立刻走馬上任！」

「是！謝都督大人提拔！」被點到的城管們個個神情激動，將頭磕在地上「砰砰」作響。

「都趕緊幹活去吧！別搞這些虛應的東西。」朱大鵬用力揮了下手，吩咐眾人速速動手。「三天內不把校場收拾出來，老子就拿你等開刀！」

「大人儘管放心，誰不好好幹，屬下跟他玩命！」眾人又磕了個頭，隊伍直撲校場中的垃圾山。

沒等他們去遠，最先接到將令的蘇先生又扭扭捏捏地走了回來，抬頭望著朱大鵬的臉，眼睛裡閃著小星星。

「想要什麼你就說！缺錢就回府裡頭取，昨晚不是交代過了麼，府中的帳本由你來管！」朱大鵬被他看得直起雞皮疙瘩，沒好氣地說。

「是！」蘇先生先畢恭畢敬地做了個揖，然後如初次相親的大姑娘般扭扭捏捏地道：「孫三十一他們都當百夫長了，我以後再指使他們幹活，怕他們覺得翅膀硬了……」

「咦？」朱大鵬費了好大力氣才明白老傢伙是朝自己要官當來了！抬起腳先將此人踹了個趔趄，然後哭笑不得地數落道：

「你個官迷！活還沒開始幹呢，先到老子這裡要待遇來了？他們都是你的徒子徒孫，翅膀再硬，還能飛到你頭頂上去?!」

數落完了，卻也不能讓老傢伙冷了心，想了想，換了種相對溫和的語氣說道：「不過你擔心的也不是完全沒道理，這樣吧，在家中，你就是我的管家；在外邊，你就是咱們左軍的長史。待會弄個冊子，把孫三十一他們的名姓都登記到上面，明早之前必須弄好，點卯時我拿著去李總管那邊報備！不過你可想清楚了，一旦名字登記造冊，再想跟紅巾軍撇清關係可就難上加難了，萬一哪天被朝廷抓到，這可是抄家滅族的罪名！」

「不撇，不撇！」蘇先生重重地跪了下去，一邊用力磕頭，一邊大聲道：「卑職昨天夜裡就想清楚了，只要平安活過了這一宿兒，以後就死心塌地跟著大人，湯裡火裡，絕不敢辭！」

難得聽他說話誠懇，朱大鵬猶豫了一下，伸手相攙，「我說老蘇，你這是何苦呢？咱們徐州紅巾以後能走到哪一步，我自己都看不清楚。你在城裡有家有業的……」

聞聽此言，蘇先生立刻紅了眼睛，直挺挺地跪在地上，哽咽著回道：

「大人有所不知，凡是紅巾軍攻佔過的地方，朝廷的兵馬打回來，肯定會屠城的。這半年多來，被他們屠了的城池已經有十幾座，小的即便不跟著您幹，其實已經沒活路了，如果逃走的話……」

他抹了把淚，轉過頭，用手指點了點不遠處垃圾場旁茅草屋門口驚慌失措的人群，「用不了多久，就得跟他們一樣，活著和死了沒啥差別，還不如就此鐵下心跟了您，說不定能殺出條生路來！」

「他們！——」

朱大鵬順著他的手指看去，只見一個個流民就像行屍走肉般，被周小鐵帶著人從茅屋中硬拉了出來，既不抱怨，也不反抗。

天已經開始涼了，這些人卻只在腰間圍了塊早已看不出顏色的布，裸露在風中的皮膚也看不出原來的顏色，周圍還飛著成群的蒼蠅。

大多數情況下，他們對蒼蠅置之不理，即便落在自己的腦門上，也只是緩緩地抬一下胳膊，彷彿不是為了將蒼蠅趕走，只是為了證明自己還活著一般。

朱大鵬上輩子活了二十多歲，從來沒見到這種情景，哪怕是從電視中的災難鏡頭裡，看到的面孔都比眼前這些人有生機一百倍，當即感覺眼前一黑，有股熱辣辣的東西直衝頂門。

留在城裡要被屠殺，逃奔他鄉就會活活餓死。**這都是人啊，一個個有血有肉，活生生的人啊，在這亂世當中，竟然連野草都不如！**

過了好一會兒，他的心情才稍稍平靜了點兒，將蘇先生從地上拉起來，熱血地道：「行，那你就跟著我吧！待會兒跟大夥都說一聲，讓他們願意跟著的也全跟著。只要我不死，就一定帶著你們往活路上走！」

「謝都督！」蘇先生又跪了下去，衝著朱大鵬真心實意地磕頭。

朱大鵬這次卻沒有再拉起他，將頭轉向校場中的老弱殘兵，心情沉重得像掛了一塊鉛。

大話已經說出去了，**但憑自己一個宅男和這群手無寸鐵的流民，真的有可能走出一條活路來麼？老天爺，為什麼我看不到希望在哪兒？**

「大人是覺得他們不堪任用麼？」

蘇先生剛剛當上左軍長史，就急著想表現自己的能力，聽到東主嘆氣，立即從地上爬起來問道。

「怎麼說呢？」朱大鵬不想打擊手下的士氣，又無法散發心中的苦悶。嘆了口氣。

不是他心胸狹隘，只看著自己的人順眼，蘇先生等雖然屬於歪瓜裂棗，至少平時能吃飽肚子，不至於走起路來都打晃。而分撥給左軍的士兵，明顯營養不良，甭說上陣廝殺了，就是日常訓練強度稍微大一些，朱大鵬都懷疑會不會將他們給活活累死！

想到這兒，他又嘆了口氣：

「他們現在這般模樣，肯定要好好訓練一番才能帶上戰場，而眼下我對周圍的情況一無所知，朝廷的兵馬會不會打過來？到底什麼時候打來也弄不清楚！萬一沒等把他們訓練好，敵人卻已經兵臨城下，那樣的話……」

說到此，又是長嘆了口氣。

蘇先生見狀，道：「這個主公倒不必著急，想那李總管也不是個不近人情的，明知道左軍不堪大用，絕對不會拿咱們當主力使喚。至於練兵，我以前在州衙裡當弓手的時候，倒是曾經偷看過朝廷的軍隊訓練，有些速成的法子，不知道主公有沒有興趣聽一聽？」

「你懂得練兵？」朱大鵬聞言，精神立刻一振，趕緊扯了下蘇先生的衣袖，連聲追問，「趕緊跟我仔細說說，該怎麼辦才能速成。幹得好了，我肯定向李總管給你請功！」

「功勞就算了，屬下願意一輩子跟著大人！」蘇先生將衣袖從朱大鵬手裡扯出來，然後道：「其實不過是精挑細選，然後給足了糧食和銅錢罷了！重賞之下，必有勇夫。」

「說仔細點，大不了咱們再從府裡頭找幾張古畫脫手！」白來的錢財，朱大鵬花的時候一點兒也不心疼錢，抱著死馬當作活馬醫的想法催促道。

「大人首先要把身強力壯的全選出來，當作**親兵**，享受一等待遇，糧餉加倍，平素訓練也加倍；然後把那些稍差一些的，當作**戰兵**，享受二等待遇，糧餉正常發放，訓練出操正常；剩下的歪瓜裂棗則當作**輔兵**，只管飯，沒軍餉拿，也不用出操訓練。平時負責替親兵和戰兵收拾營房，整理鎧甲軍械，運送輜重。戰時則負責運送傷患，打掃戰場，割敵人首級。三個兵種不是一成不變，戰兵表現的好，就可以升做親兵，輔兵裡頭如果有膽子大，敢殺人的，也可以提拔他們當戰兵。」蘇先生整理了下思路，娓娓道來。

居然是一種**內部競爭淘汰機制**，古人的智慧還真不能小瞧。朱大鵬聽得有趣，再看向垃圾堆中那些單薄的身影，目光就多少有了點溫度。

然而轉念一想，不管自己多努力，歷史上，徐州紅巾軍肯定是沙灘上的前浪，忍不住又幽幽嘆了口氣，道：「你這個辦法是好，但不是一朝一夕就能奏效的事，也不知道老天爺到底肯不肯多給咱們一點準備時間！」

「肯定會給！」蘇先生對未來的信心比朱大鵬要強烈許多，安慰道：「只要大人在，老天爺肯定不會虧待咱們徐州軍！」

「咦，我怎麼不知道我跟老天爺是親戚？」朱大鵬聽他說得如此肯定，忍不住笑道。

蘇先生卻收起笑容，滿臉正經地道：「大人您自己想想，前天麻哈麻要對付您，稀裡糊塗就被您給宰了；昨天屬下亂給您出主意，換了誰，恐怕到李總管那裡，都不可能活著回來，而您不但活著回來了，還把兵權切切實實地抓在了手裡，這不是大氣運是什麼?!屬下之所以跟了您，就是相信您一定能贏到最後。反正已經沒活路了，輸了不過是全家一起死，萬一要是贏了，至少子孫三代都不用再為前程發愁！」

「你個老傢伙！」朱大鵬聽他說得如此實在，忍不住揮拳欲打，手舉了起來，卻又停在半空中，動容道：「好，那咱們就一起賭個大的，希望將來想起今天，你他奶奶的不要後悔！」

「主公在上，蘇明哲願意追隨主公，九死無悔！」老傢伙猛的後退半步，衝著朱大鵬恭敬施禮。

「主公個屁！現在連一兵一卒都沒有呢！趕緊給我選地方蓋房子去，偷懶的話，小心你的皮！」見慣了此人神神叨叨的模樣，朱大鵬很不習慣他突然變得一本正經，笑著推了他一把，大聲命令。

「不過是幾排茅草屋子麼，有什麼難的！」聽出朱大鵬話裡的信任之意，蘇先生收起架勢道：「又不是蓋王府，只要有木頭，泥巴和稻草，幾天就能蓋起一大片來！」

「別吹牛！現在可是軍中！」見到老傢伙誇下海口，朱大鵬吐嘈道。

「屬下可以立軍令狀！」老傢伙一本正經地回應。

見朱大鵬將信將疑，立刻拍胸脯道：「卑職雖然本領低微，可以前也管過好幾十號弟兄呢！帶人起幾排茅草屋子有啥難的？眼下大人您的地盤上，有半條街住的全是木匠鐵匠，只要把他們拉出來當大工，再從隊伍裡挑出幾百個稍微機靈點的弟兄打下手，每個大工帶十個小工，按最後蓋好的房子數量算錢，完成一排就結一排的帳。您看著，半個月內，校場周圍肯定到處都是新房子！」

見他說得頭頭是道，不由得朱大鵬對他再度刮目相看。

「既然你懂，就儘管放手去幹吧，也不用半個月，只要入冬前讓弟兄們能住進去，我就向李總管給你請功！」

「李總管那邊不必，大人您將來記得我的功勞就行！」蘇先生搖搖頭，再度拒絕了朱大鵬的舉薦。說著，便迫不及待地去招募工匠，開展他的安居大業去了。

「這老傢伙，倒也不是光會拍馬屁！」

望著蘇先生雀躍的背影，朱大鵬點點頭。再將目光轉向堆滿垃圾的大校場，欣慰的發現一眾城管們居然已經將士兵們組織得井井有條，肩扛手端，開始準備轟轟烈烈的大掃除。

「這幫傢伙……」

朱大鵬又吃了一驚，喜出望外，旋即想起一個自己沒注意到的細節，這個時代的白員和小牢子，人品未必靠得住，但頭腦肯定都不會太差。畢竟除了時斷時續的科舉之外，混進官府當小吏幾乎是民間才俊改變自身命運的唯一途徑，因此這條路上擠滿了像蘇先生、趙君用這樣的讀書人，也就不足為奇了！

說不定老子真的憑藉這群古代城管，做出一番事業來呢！不知不覺，他的眼睛亮了起來，將發馱的脊背挺了個筆直。

接下來幾天，朱大鵬都在西門大校場度過。隨著校場內的空地漸漸騰開，他手下的兵卒也越來越多，漸漸地，已經將左軍的大致輪廓給撐了起來。

其中絕大部分兵卒都是芝麻李代為招募的，基本上還是以流民為主，但從整體上而言，骨架和氣色卻比最初那一千兵馬強了許多，至少朱大鵬不用總想著拿繩子將他們拴在一起，以免有人被風吹跑！

也有一小部分兵卒來自居住在校場旁邊的流民，見徐州左軍不剋扣糧食，當兵的每人都能吃一頓稀飯，兩頓乾飯，就主動要求入伍。

朱大鵬急於招兵買馬，只要前來參軍的流民不瞎不瘸，都盡數接納。這部分人數量雖然比芝麻李分配來的那些少，但因為幾天前差點兒就變成了餓殍，全靠著朱大鵬准許他們賣力氣換飯吃才終於撿回了一條性命，故而在心裡對朱大鵬這個左軍都督的十分感激，幹活時也格外地賣力氣。

第三部分人，則來自那天晚上冒充彌勒教徒的街坊鄰居。其中有一些是日子實在過不下去了，想給家裡省點口糧。還有零星幾個，則是跟蘇先生抱著同樣的想法，反正元軍打過來免不了屠城，左右是個死，不如冒險賭上一把，以求將來撈個盆滿缽圓。

對這些街坊們，朱大鵬則暗中指使蘇先生，儘量安排他們從事一些手藝上的勞動。畢竟這些人都屬於小市民階層，手腳靈活。當兵未必是好料子，當隨軍工匠用，將來從事一些修補鎧甲，打造兵器的活計，卻大多數都能勝任。

還有一種人，當初誰也沒想到的一種，則是某些聽聞朱大鵬被彌勒佛附體的傳言後主動跑來投效者。

這種人數量不多，卻顯得格外「熱情」，將包括自家性命在內的所有東西獻上，只求彌勒尊者在凡間的肉身能收留自己，將來一起成就正果，白日飛昇。對於這種狂熱信徒，朱大鵬只要聽說，就立刻命人拿棍子打出去，永不錄用。

這個不合常理的舉動，令狂熱信徒們哭天搶地，然而被徐州軍長史趙君用聽聞之後，對朱大鵬的態度就改善了許多。私下裡跟心腹們提起，說朱大鵬這廝還算知道見好就收，不再打著彌勒降世的幌子招搖撞騙。

誰料雙方之間的關係才緩和了沒幾天，城裡就又傳開了一道流言，說彌勒尊者的人間化身之所以不將大夥收入門牆，是因為要考驗信徒們的向佛之心是否虔誠。

你沒看麼？他手下的佛兵都在清理垃圾，砍樹蓋房子，磨礪筋骨，如果大道輕易就得傳的話，就不會是大道了。

於是乎，先前被趕走的那些「信徒」們，就又興高采烈的轉了回來，一個個在舊茅草屋裡隨便找了個能睡覺的鋪位，每天雞剛叫頭遍就爬起來，對著校場方向長跪叩頭。

趙君用聞聽後，一口老血差點沒當場吐在地上！咬牙切齒地咒罵了一番小賊奸猾，大筆一揮，原本打算撥給左軍的器械又白白便宜了別人。

對於那些日日校場外長跪，請求被列入門牆的「虔誠」信徒們，蘇先生非常同情，總是私下攛掇朱大鵬，不妨順水推舟，將這些傢伙重新收進左軍。打仗時每人發張符往懷裡一塞，然後就讓他們帶頭衝鋒陷陣，絕對是上等的人肉盾牌！

但是朱大鵬卻堅決不肯採納這個提議，寧可命人拿皮鞭將校場外的信徒們抽跑，也不願意讓他們跟自己一道裝神弄鬼。

「大人這是拒絕納諫！」見朱大鵬居然跟自己的提議反著來，蘇先生氣得兩眼冒火，跳著腳嚷嚷。

老傢伙自打當了左軍的長史之後，脾氣就順風而漲，動不動就要跳一跳，抗議朱大鵬不能接受逆耳忠言。而他的那些忠言，通常都為了些雞零狗碎的事情，比如每天兩頓乾飯太浪費糧食，不如減為兩稀一乾了。

比如其他各營都沒有早上的稀粥提供，左營也不該開這種先河，以免遭人嫉恨等等。此外，他還堅持認為，前來投奔的街坊鄰居們都知根知底，頭腦聰明，理應被當作都督大人的核心班底來培養，不能因為跟他們關係近了，反而要處處虧待他們，以彰顯主將個人品行。

對於這些站不住腳的建議，朱大鵬則顯出了前世作為宅男少有的固執，每每把個蘇先生氣得捶胸頓足，威脅要掛冠而去。但是轉眼間，老傢伙就徹底把他自己的威脅忘到了腦後，又拎著把不知道從那弄來的寶劍，在工地上咋咋呼呼起來。

看到蘇先生這種樣子，朱大鵬就忍不住想笑。老傢伙未必是個合格的軍師，卻是個非常合格的包工頭，帶領手下的一眾徒子徒孫，將軍營修建和大校場的垃圾清理工作組織得井井有條，成績有目共睹。

此老甚至還打著左軍都督府的旗號，把徐州城西小河旁的幾塊無主的牧場，也給圈了起來。並且以一天管兩頓飯的代價，組織流民中身體相對強壯的婦女前去開荒，只待秋分一到，就立刻播種小麥。雖然第一年的產量未必會很高，但只要明年收割前徐州還控制在紅巾軍的手中，肯定也能將今年投入的成本翻上兩、三倍收回來。

對於蘇長史深入到骨子裡的農民習性，朱大鵬聽之任之，種地、開礦、招兵，這是他上輩子玩戰略遊戲時總結的**三大取勝法寶**。

徐州城已經存在好幾千年了，周圍的金礦肯定早已被開採乾淨，但種地和招兵這兩項卻可以放手實施，並且能讓他回憶起前世很多快樂日子。

然而當校場上的垃圾被完全清理乾淨之後，朱大鵬這個左軍都督和蘇明哲這位左軍長史，就雙雙被打回了原形。後者的練兵方案提得雖然巧妙，卻都是偷師來的，不涉及任何具體細節。落實下去，根本不是那麼一回事。而前者，咱們朱大都督全部帶兵經驗和理論都來自戰略遊戲，在實踐中一應用，立刻笑料百出。

很簡單的例子，遊戲中，你把兵造出來，用滑鼠一圈一點，就可以隨便移動，但現實世界中的士兵，卻不能用滑鼠來指揮。明明整好了隊，讓他們齊步向前走。不到三十步遠，就徹底亂了套。兵找不到將，將找不到兵，直把朱大鵬和蘇明哲兩人喊得嗓子都出了血，也起不到絲毫作用。

至於整隊慢跑這種二十一世紀軍訓課中的熱身活動，對朱大鵬麾下的將士們來說，更屬於超高難度。短短五百多步距離，有人已經衝到終點，有人居然還在半路上晃蕩。更有甚者，居然跑著跑著就蹲在地上，手捂肚子，將早晨吃的稀粥吐了個乾乾淨淨。

唯一讓兩人感到欣慰的是，這支隊伍軍官選拔工作進行得非常順利。從千夫長、百夫長，到底下的十夫長，都在最短時間找到了「合適」人選。

一些沒當上軍官的傢伙，還經常故意跑到朱大鵬身邊，將平得幾乎要凹下去的胸肌，拍得「啪啪」做響。彷彿這樣就能吸引到主將的注意力，能補上隊伍繼續擴張時出現的軍官空缺一般。

「讓所有十夫長以上的軍官留下，其他人，你繼續安排他們開荒種地去吧！」被現實給碰得鼻青臉腫，朱大鵬只好放棄他和蘇先生費了好大力氣才設計出來的內部競爭上崗方案，決定從培養基層軍官開始，循序漸進打造自己的精銳之師。不奢求在兩三個月內，能將整個左軍拉上戰場，替芝麻李開疆拓土，至少要努力保證，在日後的徐州保衛戰中，自己麾下不至於無人可用。

這個無奈之下的選擇，卻博得了蘇先生的滿臉崇拜。

「好！都督大人的法子英明，當年蒙元開國皇帝，就是通過培養身邊的怯薛（編按：元朝的護衛名），帶出了橫掃天下的百萬大軍，您現在把他的辦法借鑑過來……」

「滾，開荒種地去，少在這裡拍馬屁！」朱大鵬一腳將蘇長史挑出半丈遠。趕走了蒼蠅般煩人的蘇長史，他又對著眼前攢動的人頭發了愁。

第六章

神兵利器

「你不是折騰火器麼！老子成全你！」
趙君用用力揮了下拳頭，心中暗暗發狠，
「先拿一套實物給你做模子，咱老趙倒是要看看，
你最終能折騰出何等神兵利器來！」

照抄了蒙元的一部分兵制，眼下徐州紅巾軍的隊伍編組，也以簡單明瞭的十進位為標準。具體的說，就是每十個士兵組成一什，由一個十夫長帶領，每十個什，則成為一百人隊，由一名百夫長統率。每十個百人隊，則組成一個千人隊，帶隊的為千夫長。以此類推……

芝麻李給左軍規定的兵額為五千，眼下徐州軍上下也沒有形成吃空餉的習慣，因此這五千兵額，就是實打實的五千。雖然暫時還沒有滿編，但架子已經搭起來了，各級軍官一個不缺。再加上蘇先生徇私提拔的一干隨軍文職，如明法、司倉、司庫諸位參軍等，大大小小的軍官全部加起來也有六百餘，鬧哄哄地擠成一大團，只待朱大鵬這個都督面授機宜。

「全都把左腳的鞋子拔下來，無論布鞋還是草鞋，全給我套在右手上！」

被逼得實在沒了辦法，朱大鵬把心一橫，乾脆採用了最簡單的方式，強化麾下軍官們對左右的認識。

「就這樣，跟我學！」

唯恐眾人聽不明白，他把蘇先生剛剛幫他買了沒幾天的鹿皮戰靴脫下了左邊一隻，套在自己的右手上。

「等會兒我喊一，大夥就邁著沒穿鞋子的那隻腳，同時把套著鞋子的手向前伸。我喊二，就換另一隻腳，抬沒套鞋子的那隻手，以此類推！聽明白沒有！」

「明白了！」見都督大人居然以身作則，光著一隻腳走路。眾軍官立刻收起了臉上的笑容。扯開嗓子，七嘴八舌地回應。

「看好了！一、二、一，一、二、一！就這樣，給你們一天時間，必須學會走路！學不會的，撤職去開荒種地！」朱大鵬喊著號子，帶頭向前走去。

剛剛當上軍官的流民們不願意被撤職，跌跌撞撞地。圍著校場，一圈又是一圈。最開始難免要摔幾個跟頭，崴幾次腳脖子，但走著走著，手和腳的動作就漸漸協調了起來。

其中一些比較認真和比較機靈的，還學著朱大鵬的樣子，驕傲地揚起頭，緊隨節拍，「一二一，一二一，一二一……」走著走著，走成了一道獨特的風景。

雖然這輩子腳底上的老繭比上一輩子那個宅男厚了五倍，然而一天路走下來，朱大鵬的左腳底板依舊被磨得鮮血淋漓。

再看那些被當作軍官種子培養的弟兄們，一個個走路搖搖晃晃，非但腳底板子血肉模糊，整個人也累得幾乎脫了形，輕輕用手一推，就能像爛泥一般癱倒在地上。

不過累歸累，這些軍官心情卻非常愉悅。因為他們發現，原本被大夥視作比登天還難的跟隨節拍走路，居然並不比下地除草難上多少。而自己仰頭挺胸走了一整天之後，在回營房的路上，竟習慣性地把頭抬了起來，跟人打招呼時，中氣也好像比原先充足了許多。

更讓他們喜出望外的是，因為只花了一天時間就徹底分清楚了左右，朱都督居然要給大夥吃肉。

雖然六百個人分吃一頭豬，攤在每個人碗裡不過是二三兩的樣子，一口就能吃完。但那畢竟是肉啊！上一次吃到的時候，還不知道是多少年前的事。有些命苦的傢伙，甚至長到這麼大，連口肉湯都沒喝過，這回終於開了葷，明天就去死都值得了！

死，朱大鵬肯定捨不得他們立刻去死的，這批軍官種子的伙食是按照親兵標準，又加了一倍制定的。如果培養戰兵的話，就可以直接乘以四。換成輔兵，則乘以十都綽綽有餘。

為了解決驟然增加的口糧消耗，他把麻哈麻家中所藏的一幅柳公權的真跡偷偷拿出去給賤賣了，心疼得蘇先生兩天沒吃下去晚飯。

如果隨便就讓軍官們去死的話，豈不是做了賠本買賣？所以死罪可免，活罪難逃。

持續練習了三天跟隨口令走路之後，一千軍官種子就發現，他們來到了本次整訓的第二個重大關口前，以每百人一隊，排成十行十列的正方形大陣，齊步行進。行平列直，誰也不准走得太快，也不准拖同行袍澤的後腿。

「每個百夫長等會兒過來領一根白蠟桿子，本隊的十夫長伸出左手，一起抓住這根拉桿子，跟著向前走。千夫長負責監督，凡是走路不聽口令，或者步幅跟本隊其他人差太大的，直接那鞭子朝腿上抽。

「錯一次兩鞭子，第二次加倍，第三次再加倍，一天連犯四次以上，全隊集體抽鞭子，並且取消晚上吃肉資格！到了晚上我親自過來考核，麾下有三隊以上還沒學會控制步幅的，整個方陣所有人都沒肉吃！」

看著滿臉畏懼的軍官們，朱大鵬毫不憐憫地宣布了新的訓練手段以及獎懲條例。

眾人聞聽，立刻發出「嗡」地一聲，隨即將目光齊刷刷地轉向了正在組織人手朝校場中搬白蠟桿子的第一千人隊第四大隊百夫長徐洪三。

作為朱大鵬的最早追隨者徐洪三，則始終將目光看著地面，無論隊伍裡的叫罵聲再大，都絕不抬頭。

「我說徐老三啊，你就不怕半夜解手掉溝裡淹死？」同為蘇先生的徒弟，千夫長孫三十一對徐洪三最為知根知底，雙手叉在腰間，扯著嗓子質問。

新出爐的訓練方式，特別是那根白蠟桿子，明顯是參考了牙行訓練轎夫的經驗。而放眼整個左軍，能跟都督大人說得上話的，還做過轎夫的，除了徐洪三還有哪個！

其他幾名千夫長聞聽，也惡狠狠地豎起了眼睛，恨不得將徐洪三立刻生吞活剝。朱大鵬見到此景，立刻將手中木棍舉了起來，先朝著叫嚷最歡的孫三十一肩膀狠狠來了一下，然後衝著所有人大聲宣布：

「都給我閉嘴！仔細聽好了，徐百夫長給我出了個好主意，從今天起，升為親兵隊的隊長，級別還是百夫長，但是可以享受千夫長待遇，同時賞銅錢十貫。你們這些人如果有好主意，也可以私下向我進言，凡是採納者，至少賞金十貫，官職也會酌情提升。」

他急於激勵大夥上進，一不留神，就把後世官場文章「享受某某待遇」給抖了出來。眾人雖然不太明白是什麼意思，卻也知道徐老三憑著一個禍害人的法子升了官，一個個張大嘴巴，滿臉羨慕。

一個禍害人的提議，居然就能換個千夫長官職，並且還能出任親兵隊長，從此前途無法限量。這等美事兒，大夥怎麼沒攤上？當即眾人看向徐洪三的目光就變得非常複雜，一個心中暗暗決定，下回有了類似機會，必須搶在別人前面去找都督大人進諫。哪怕不被採納，至少也能給都督大人留下個深刻印象，日後升遷、獲賞，都能排在別人前面。

而徐洪三本人，則把頭垂得更低了，紅著臉，帶領麾下弟兄，將白蠟桿子一根接一根遞到各位百夫長手上，然後自己手裡也拿了一根，與麾下弟兄們一道，規規矩矩走到了第一千人隊的末尾。

孫三十一雖然是他的老上司，哪敢在都督大人的親兵隊長面前托大，趕緊親手將徐洪三拉出來，請他代替自己指揮訓練，自己則取代了徐洪三原來的位置，老老實實地捧白蠟桿子去了。

「不用這樣！」朱大鵬見狀，再度出言干預。「徐隊長先在你的麾下接受訓練，等把親兵隊的架子搭起來，他再走馬上任。今天訓練結束之後，每名百人長回去，在麾下的弟兄裡邊，替我挑兩名親兵出來。要身子骨足夠強壯，還得頭腦機靈的，明天一早，讓他們去徐隊長麾下報到，跟著你們一起接受訓練！」

「諾！」眾軍官們聞聽，又齊齊回答了一聲，心中立刻暗暗盤算起來，眼下自己手中哪些弟兄能滿足都督大人的要求，並且將來能跟自己互相扶持。給主將當親兵，將來戰死的風險大，但升官的機會也憑空翻了數倍，從現在起開始套交情，絕對比等未來他飛黃騰達時更容易，也更牢靠。

有道是，人朝高處走，水往低處流，有徐洪三「升官發財」的例子擺在前面，眾軍官無論接受訓練，還是參與左軍內部事務的積極性都提高了數倍，各種可以提高訓練速度並且增加訓練樂趣的奇招妙招脫穎而出。

如此又過一個多月後，完全由種子軍官組成的隊伍，終於有了幾分模樣。雖然其中大部分人的臉色依舊黃中透黑，但走起路來卻昂首挺胸，一個個精神抖擻。

芝麻李當初答應幫忙招募的士卒也全部到位，朱大鵬和蘇先生最初商定的淘汰訓練制度，也終於可以在整個左軍中嘗試推行了。

但左軍的糧草和器械供應方面，卻出現了大麻煩。

前者還好辦，朱大鵬親自去找趙君用「溝通」了一回，並悄悄送上一面珊瑚屏風，左軍的糧食基本上就能按照五千士兵的標準足額發放了。雖然距離實際消耗量還有一定差距，但朱大鵬再自己掏腰包補貼一些，倒不至於讓弟兄們餓著肚子。

然而兵器方面，趙君用卻死活不肯通融，到目前為止，總計才給了左軍五十把鋼刀，一百根長矛和八百五十根削尖了的木頭桿子。至於這樣武裝起來的千人隊能不能上戰場，上了戰場之後是殺敵還是被敵人殺，則不屬於長史大人的關心範圍，所以趙大人也不會操那份閒心！

朱大鵬被逼得沒辦法，只好答應蘇先生的提議，私下去找城裡倖存的張大戶去募捐。

張大戶在城破之夜，因為及時向紅巾軍捐獻了一批金銀而倖免於難，現在被老熟人蘇先生仗勢欺人了一回，只好咬牙切齒地湊出五百斤生鐵和一批銅盆、銅碗之類的金屬物件，破財免災。

但這五百斤生鐵和幾十件銅器經工匠之手處理過後，也不過使左軍多出一百多把鋼刀和幾身表面鍍了銅水的鎧甲。

朱大鵬嫌那鎧甲做得太花哨，防護力太差且沉重無比，不肯穿。蘇長史和孫三十一、徐洪三等人倒是一人挑了一件，每天不管多累都披掛整齊了，好像隨時都準備上陣廝殺一般。

這樣下去，大夥早晚都得白白地葬送在敵人屠刀之下。眼看著天氣漸漸轉冷，周圍傳來有關朝廷大兵即將來襲的消息，也一天比一天似模似樣。朱大鵬心裡急得火燒火燎。再像先前一樣按部就班訓練下去，無異於等死，**他必須尋找一些前人都沒發現的捷徑。**

這個難題隨著蘇老長史一次彙報，問題立刻迎刃而解。

「都督，都督，生鐵的價錢又漲了！」老傢伙滿臉青黑，就像被人搶了棺材本一樣氣急敗壞。「前天還八十文一斤呢，今天就一百文了，據咱們營的孫鐵匠估計，看這架勢過幾天還得漲！」

「多少？一百文？」朱大鵬聞聽，立刻被嚇了一跳。

據他所知，這大元朝的紙鈔雖然只能用來擦屁股，但銅錢在民間卻一直很強勢，無論是大宋朝鑄造的，還是契丹、女真人造的，只要成色和分量充足，就會被民間偷偷拿來當貨幣使用。眼下雖然是兵荒馬亂，一百文足色銅錢也可以在市場上買到兩斗米。拿來換生鐵，卻只是小小的一個黑疙瘩，那些偷偷朝徐州城販運鐵料的小販們，可真是黑心透頂了！

「要不，咱們晚上偷偷派幾個人到東市上去？」

甭看蘇先生在朱大鵬面前畢恭畢敬，骨子裡卻絕不是什麼良善之輩，見自家都督被黑心商販們氣得變了臉色，悄悄上前半步，啞著嗓子比了個砍人的手勢。

「胡鬧，那以後誰還敢再往徐州這邊運東西？」朱大鵬立刻狠狠瞪了他一眼，呵斥道：「這話不要再提，也別背著我偷偷去幹，要是被大總管知道了，誰也保不住你！」

「是！唉——！」想想芝麻李入城後的種種安民舉措，蘇先生終於止住了殺人劫財的心思。

這破規矩也真是混蛋，老子以前當小小的弓手，還能隨便搶東西。現在都成了左軍長史了，居然買東西必須付錢！早知道這樣，還跟著你芝麻李造個什麼反？真是糊塗透頂。

「你看府裡還有什麼能賣上價錢的，有就拿去賣了！」朱大鵬想了想，吩咐。

「是！」蘇先生一邊答應，一邊繼續長吁短嘆。

別人的管家都是拼命替家主往回摟錢，自己這個管家當的可是……這才幾天啊，為了養左軍那些大肚皮鬼，光是字畫古玩就「扔」出十多件去了，並且到現在連個水泡都沒能砸起來。

「如果咱們打了敗仗，那東西留在府裡，最後也是被別人抄去的命，還不如現在就賣了它！」知道老傢伙也是為了自己好，朱大鵬安慰他道：「如果咱們真的能打出去，天底下那麼多孔目，那麼多達魯花赤，你還愁抄不到更好的？現在咬咬牙，早晚咱們要連本帶利全撈回來！」

「嗯！現在咱們抄自己的家，以後就能抄別人的家！」蘇先生立刻轉憂為喜，興奮地用力揮拳頭。隨即，又把聲音壓低了些，蚊子般嗡嗡地道：「屬下有個建議，不知道當講不當講？」

「說！」朱大鵬雖然屢屢拒諫，卻從不因言罪人，點點頭。

蘇先生四下看了看，低聲道：「鐵料這麼貴，您幹嘛給弟兄們裝備朴刀啊？有打一把朴刀的鐵，都能打三支矛頭了，那長矛桿子又不費什麼錢，這徐州城外漫山遍野的木頭，隨便砍下一棵來，就能剖出一打！」

「這麼簡單？」朱大鵬眼睛一亮，仔細問起製造過程來。

「簡單得很！」蘇先生大受鼓舞，也顧不上怕被弟兄們背後捅刀子了，手指半空中比劃著：「反正不就是捅個人麼？又不用做得太精緻！砸出個尖頭，套在木頭桿子上就行了。如果您還想省錢的話，甚至連鐵套都不用。另一端砸細了，直接插進木頭裡邊去！用這個法子，半個月之內，我保證咱們左軍人手一支！」

「呃！」朱大鵬打了個嗝，想了一會兒，黯然長嘆。

再宏大的理想，也需要讓位於現實。長槍的價格優勢，令他不得不點頭！

幾十年後，太平時代的人們研究紅巾軍戰史，無論如何都想不明白，為什麼有一支威名赫赫的百戰雄師，居然八成以上裝備都是長矛？

結論千奇百怪，莫衷一是。無奈之下，只好輾轉找到已經過了九十高齡的蘇先生詢問。這輩子臉紅次數屈指可數的老先生，居然難得又紅了一次，猶豫半天，才用蚊蚋般的聲音說出了兩個字：「便宜！」

當即，二人就做出決定，以後左軍只打造長槍，不再打造任何刀劍，但是私下裡，朱大鵬卻悄悄地將火器研發提上了日程。

作為一個靈魂上的穿越客，即便歷史知識再匱乏，也知道熱兵器是幾百年後的主流，武功練得再精，也比不上一顆子彈，所以無論如何都要搶先半步，哪怕把整個左都督府都敗光了也在所不惜！

據他腦子殘存的歷史知識，抱著姑且一試的想法，他號召手下的鐵匠們嘗試火繩槍製造。結果真正動手，才發現理想與現實間的差距簡直就是一個天上一個地下。

打造火繩槍最關鍵的一項技術，就是製造槍管。而槍管的最簡單製作方法，則是先打造出一根熟鐵棍子出來，然後用金剛鑽一點點地鑽！

可怎麼樣保證鐵棍的粗細均勻，怎麼樣保證鑽孔的筆直光滑，前後寬窄一致，卻涉及到物理、金屬工藝和幾何測量三門學問。可憐的是，這三項當中居然沒有一項屬於上輩子宅男朱大鵬的精通範圍。

朱大鵬抱著自己發燙的腦袋瓜子，躺在剛剛建成的營房中痛不欲生。早知道需要造火器，自己就說什麼也把物理課好好學一學了。

此後幾乎每天夜裡，營地裡都會傳出一兩聲怪異的哀嘆。或者死的是物理老師，或者死的是幾何老師，或者死的是化學老師、金屬材料老師。

但是死的最多次的，還是歷史老師。朱大鵬甚至做夢都忘不了詛咒他幾回，一邊打著呼嚕一邊喊著他的名字。

「這個，歷史應該就是青史罷？」

十一月底的某個夜晚，徐州軍長史趙君用揉著自家太陽穴，眼前感覺一陣陣發黑。「物理應該就是格物。可化學是什麼東西？金屬材料呢，難道打鐵的也能自成一門學問麼？你們沒聽錯吧？他真是這樣說的？」

「是！絕對是！我們親耳聽到的，不止一回！」兩名穿著黑衣的中年漢子小心翼翼地回應。

他們都是趙君用借分兵給左軍的機會，安插到朱大鵬身邊的眼線。其中有一人還混到了親兵隊伍中。然而，他們冒險收集回來的情報，卻讓趙君用除了頭疼之外，一無所獲。

「這怎麼可能！」趙君用低頭在牆壁上輕輕撞了一下，以保持思維的順暢。「普通人家請一個私塾先生給孩子開蒙就得攢上七八年錢，而那朱八十一不過是個殺豬的，哪來的那麼多錢，居然能請得起七八個先生同時來授業？」

「他好像有個姐姐，嫁給了巡檢做第五房小妾！」不忍見趙長史想得如此吃力，個子稍高的那名眼線提醒道。

「荒唐！你們見過哪個大戶人家會在妾的弟弟身上花錢？」

趙君用立刻狠狠瞪了此人一眼，大聲駁斥：「就是打著培養年輕人，日後為家族所用的念頭，也不會同時請這麼多老師來偷著教他！並且這廝居然命硬到如此地步，把授業恩師剋死了一個又一個！不可能，這絕對不可能！天底下哪有這等怪誕的事情，還都發生在同一個人身上？」

為了徐州軍的整體安全，也為了報自己進城當日被辱之仇，他一直沒放棄對朱大鵬的監視。然而，越是監視得緊，送回來的消息越令他驚詫莫名。**那個殺豬為生的少年居然識字！還會算帳！懂得如何練兵！懂得如何收買人心，令麾下士卒死心塌地替他賣命?!**

此外，這廝胡亂鼓搗出來的那套親兵、戰兵、輔兵三級訓練方案，連自己這個苦學多年的宿儒都為之讚嘆。如果不是雙方一直有隔閡，趙君用甚至想親自登門去問一問，朱八十一是哪位隱世大賢的關門弟子，來徐州到底有何貴幹？然而翻遍整個大元朝，能教出如此出色弟子的大賢卻一個都找不到！

「莫非他真是彌勒附體，用佛家妙法給他開了竅？」

唯一的解釋，也是最合理的解釋，就是那個有關彌勒附身的傳說。按照目前三教合一後的解釋，彌勒尊者是大光明神主帳下的首席弟子，通曉過去未來以及世間所有學問。用彌勒附體來解釋朱八十一的淵博，恰恰能解釋得通。

但趙君用卻死活不願意相信這個解釋，那麼多人吃齋禮佛一輩子都沒得到彌勒尊者的青睞，他朱八十一天天白刀子進，紅刀子出，殺孽無數，怎麼可能被彌勒尊者選上，作為尊者在人間的替身？

「除了練兵和找人在鐵棍上鑽眼之外，他最近還幹了些什麼？」越想不明白，趙君用越是好奇，越不肯放過朱八十一身邊的所有蛛絲馬跡。

「他最近還在瘋狂收集硫磺和硝石，但那兩樣東西，城裡只有藥店有賣，並且存貨量非常少！他花了雙倍價錢才每樣買到了三斤多一點！」打入親兵隊裡的眼線非常盡心地彙報。

「硫磺和硝石，他弄那個做什麼？」趙君用聽得一愣。

「好像是在鼓搗什麼火藥。但也可能火藥只是為了掩人耳目。據屬下所知，砒霜、巴豆、馬兜苓、桐油這些東西，他一樣都沒準備！」眼線想了想道。

「不要砒霜、巴豆、馬兜苓，他的火藥還能有啥作用？拿來弄個響聲嚇唬戰馬麼？可咱們徐州這邊江河縱橫，怎麼可能出現大股的騎兵？」趙長史的腦袋越來越疼了，再度拿額頭去撞牆。

火藥並不是什麼稀罕玩意！徐州城的武庫裡也有，蒙古人在軍隊中早已利用了多年，有非常系統的施放辦法和相應的武器。然而無論是其中哪一類武器，恐嚇的效果都大於實戰，對馬匹的作用也強於步兵。

如果選對了天氣和地形，利用火藥中的有毒填料，如砒霜、巴豆、馬兜苓，還可能製造毒煙來打擊敵軍的士氣。但那得天時、地利都占全了才行。到目前為止，趙君用從來沒聽說過誰家曾經真的讓毒煙發揮出克敵制勝的關鍵作用。

沒有戰馬可供他驚嚇，沒有在火藥裡添加毒藥，光憑著「砰」的一聲巨響和不到二十步的攻擊距離，火藥能起到什麼作用？**這朱八十一既然淵博到幾乎無所不知，無所不能，怎麼會連使用火藥的常識都不懂？**

「長史，屬下有句話，不知道當講不當講？」見趙君用陷入苦思，打入親兵隊伍裡的那名眼線小心翼翼地詢問。

「說吧，你有什麼要求，只要不出格，我都可以答應！」趙君用看了此人一眼，裝作很大度的樣子。

「屬下奉命去監視朱都督也有兩、三個月了，屬下覺得此人雖然性子狂傲了點，卻未必真的對咱們包藏著什麼壞心！」眼線硬著頭皮說道。

趙君用立刻冷著臉呵斥道：「你的任務是盯緊了他，不是告訴我該怎麼做！你怎麼知道他對咱們沒惡意？他要是有惡意，會寫在腦門上麼？」

「長史大人息怒，長史大人息怒！」眼線趕緊磕了兩個頭，解釋道：「屬下不是想要干涉長史的決定，屬下只是覺得那朱八十一平素雖然和弟兄們同吃同住，卻未必把自己當成咱們一類人，他就像…就像個世外……」

眼線偷偷看了看趙君用的臉色，他不敢用世外高人這個詞，換了種說法，繼續道：「就像置身事外的人一般，看熱鬧看不下去了，想拉一下偏伎，卻根本沒想過要站在其中某一方那邊！」

「置身事外，袖手旁觀？他旁觀什麼？旁觀咱們和朝廷鷸蚌相爭麼，他能得到什麼？」趙君用頭腦相當敏銳，立刻聽出了眼線真正想說的意思。

「什麼也不想得到，只是覺得他不屬於這裡，隨時都準備走開！」既然話已經說到了這個份上，那個眼線也不再回避什麼了，直白地道。

「胡說！他能走哪兒去？他現在的名頭可一點兒不比咱們大總管小！」趙君用完全無法接受這個說法。

提到「名頭」兩個字，他心底就又湧起一股濃烈的酸水，無論是當初蕭縣起義，還是後來的率眾攻打徐州，他趙君用在裡邊都功不可沒，包括把最後的糧食做成燒餅分發給流民，激勵大夥背水一戰，點子也是他出的，其他幾位頭領都是坐享其成而已。

結果到了後來，整個義軍上下居然只記得兩個人，一個是芝麻李，另外一個就是憑空殺出來的朱八十一！

撿了這麼大的便宜還想一走了之？那姓朱的能走到哪裡去？如果蒙元朝廷的大軍打過來，第一個要追殺的目標是芝麻李，第二目標就是姓朱的！咱老趙只能排到第三，或者第四！

想到這兒，趙君用又撇了撇嘴，繼續冷笑著說道：「他那是裝神弄鬼裝過了頭，自己真的把自己當成了彌勒佛的肉身了！你發現的這個消息很有價值，我給你記在功勞簿上，將來一併升賞。回去繼續給我盯緊了他，如果他敢拋下左軍自己逃走的話，不用請示，立刻將他給我就地正法！」

話說完，才發現兩個眼線已經嚇得趴在地上，趕緊將語氣放緩了些，補救道：「當然，如果他是一心跟著咱們幹，我肯定不會逼你們去做對他不利的事情。總之，你們兩個要記住，咱們這樣做也是為了徐州紅巾，為了驅逐韃虜，不是為了互相傾軋，更不是為了我老趙自己。聽清楚沒有！」

「清楚了！」兩個眼線又是嚇得一哆嗦，磕了個頭，用顫抖的聲音回答。

「聽清楚了就回去吧，繼續盯緊了他，有情況隨時過來向我彙報！」趙君用滿意地揮了揮手，命令二人離去。

目送著眼線的背影融進黑夜中，他又慢慢轉過身，倒背著雙手在屋子裡踱步，喃喃自語：「鐵棍上鑽孔，自己配火藥？難道他被咱逼急了，想另闢蹊徑不成？可盞口炮是銅鑄的啊，他怎麼連這點兒常識都不懂，居然還想著去鑽鐵疙瘩？」

盞口炮是蒙元軍隊中的制式火器，徐州城的敵樓上就架著十好幾門，作為長史的趙君用沒法子不熟悉！那東西長一尺，粗半尺，在身管正中央有一個大小約三寸左右的孔徑，前寬後窄，呈倒立的錐子形。裝滿火藥之後，可以將鐵砂打出五十步之外，濃煙滾滾，聲勢甚為浩大。

然而除了在守城時用來嚇唬人之外，趙長史實在想不出那東西還能起到什麼作用。五十步的距離，哪怕是用一石力的弓，射出的箭只要命中要害部位，也能讓對方瞬間倒地，失去繼續作戰的能力。而用盞口銃發射鐵砂去轟，除非正好轟在了面門上，把對手的眼睛直接燙瞎。

此外，只要有衣服遮擋，就連重一點的淤痕都砸不出來。更甭說像傳言中那樣轟破鎧甲，將裡邊的人轟得筋斷骨折了！

「除非，還有一種可能，他知道鐵火銃威力比銅火銃大許多，所以才不惜代價的去琢磨此物！」敵視歸敵視，然而從二人第一次見面那一刻起，趙君用就再沒小瞧過朱八十一。

對方既然能趁著紅巾軍攻打徐州的時候暴起發難，無論膽子、心思和對時機的把握能力，都達到了一個令人畏懼的高度。趙君用認為，這樣一個陰險狡詐又野心勃勃的傢伙，不可能把心思浪費在沒用的東西上！

想到這兒，他斷然做出決定：

「來人，傳本長史的令，讓司庫參軍把武庫裡的火藥全拿出來，明天一早，親自分發到各軍手中。城牆上的盞口銃也都取下來，與火藥一併分發到各軍當中，讓各軍將士提前熟悉此物的威力，以免戰場之上乍一遇到被嚇得驚慌失措！」

「是！」正在門口值守的心腹們答應一聲，迅速跑下去傳遞命令。

「你不是折騰火器麼！老子成全你！」聽著門外的腳步聲漸漸去遠，趙君用用力揮了下拳頭，心中暗暗發狠，「先拿一套實物給你做模子，咱老趙倒是要看看，你最終能折騰出何等神兵利器來！」

他現在穩坐徐州軍第二把交椅，說出的話來，屬下莫敢不從。

第二天一大早，揣摩了一夜上意也沒揣摩出任何結果的司庫參軍李慕白，就頂著兩個黑眼圈，親自帶著心腹，把武庫裡已經板結成塊的火藥和城門樓中鏽跡斑斑的盞口銃平均分成了數份，逐一派發到各位將領手中。

因為沒有任何人暗中「關照」，左軍手裡也領到了足額的火藥和火器，一共三支長滿了綠鏽的盞口銃，還有大約五百斤火藥，百餘顆鐵製的「炮子」，滿滿裝了一板車，直接推到了西門大校場裡。

朱大鵬最近一段時間正閉門造車弄火繩槍，累得暈頭轉向，一見到武庫撥發的實物，立刻喜出望外，迫不及待地指揮著親兵們把盞口銃擦拭乾淨，再拿武庫發放的火藥試射一輪。然而炮聲過後，他臉上的笑容卻瞬間就被凍成了冰。

這哪裡是火炮啊？連自己上一世玩過的沖天炮都不如。沖天炮點著了引線放出去，隔著五十米遠還能在人腦袋上砸個大包呢，這東西轟出去，在木頭靶子上連個淺坑都沒砸出來。

「換火藥！到我房間裡第二個櫃子裡去拿！」沒等親兵們試射第二輪，朱大鵬就咬著牙命令道。

誰料親兵們聽到後，卻沒有立刻行動，直到朱大鵬把眼睛豎起來，才互相看了看，由親兵隊長徐洪三代表大夥出言提醒道：「都督，您還沒給李參軍畫押簽收呢！」

「啊？」朱大鵬這才意識到司庫參軍李慕白還一直站在裝火藥的板車旁。自己太急於檢測大炮的效果，居然把簽收的事都給忘掉了，趕緊將手上的火藥沫子胡亂擦了擦，向對方賠罪，「哎呀！看我這個急性子。失禮，失禮，讓參軍大人久等了！」

「朱都督不必客氣！」李慕白側開半步，然後躬低身子，以下級拜見上級的禮節回應。「下官反正也沒什麼事情，剛好在旁邊看個新鮮！」

「你以前沒看過火炮發射？」儘管心裡巴不得此人立刻滾蛋，朱大鵬還是耐著性子道。

無他，這姓李的是趙君用的遠方親戚，不但管著火藥和火炮，還替趙君用管著各種武器的入庫和發放。左軍如果想儘快裝備齊整，跟此人搞好關係一環必不可少。

「沒有！」司庫參軍李慕白回道：「下官今天送了六家，除了前軍的毛都督拉著下官仔細詢問了一番這火銃的用法之外，其餘幾家都督和將軍看都沒看，就下令把東西收了起來！」

「哦！」朱大鵬聞聽，輕輕點頭。顯然紅巾軍將領們看不上火器，這玩意兒到目前為止，也的確沒有讓人重視的價值。

裝填麻煩，威力極差，更談不上什麼準頭，一排排擺上幾千門，同時發射，也許還能嚇死不少人。單獨拿一門出來，連流民家裡頭的燒火棍都不如，至少後者還有個長度優勢呢，著急了可以掄起來朝敵人腦門上招呼。

這銅火炮就一尺長的炮身，粗細卻超過半尺，嚇唬完了人之後，只能掄起來當板磚用，還太沉重了些，遠沒板磚用起來順手。

李慕白今天的談性非常濃，一改他先前見了朱大鵬就公事公辦模樣，見後者只是「哦」了一聲就不再言語，便堆起滿臉笑容，試探著詢問：

「聽說都督大人也在造火藥？」

「瞎鼓搗了些，但沒弄到足夠的硝石和硫磺，所以只鼓搗出了兩三斤！」

朱大鵬製造火藥，是為了避免徐州紅巾軍像自己上輩子所瞭解的那樣稀裡糊塗就不見了蹤影，所以也沒什麼保密意識，順口回道。

李慕白卻得寸進尺，立刻要求留下來觀摩左軍的下一輪火炮試射。

「那下官能不能看看將軍大人的火藥裝到這盞口銃中，會是什麼效果？」

「嗯……」朱大鵬眉頭緊皺，低聲沉吟。

姓李的傢伙跟趙君用穿一條腿褲子，這一點他早就親自領教過了，如果被此人發現自己新配的火藥威力與武庫下發的東西大相徑庭，少不得會報告給趙君用，然後新配方就成了整個徐州軍的共用配方，再也不是左軍的秘密武器了。

然而想到自己動用了蘇先生、孫三十一等所有地頭蛇，都只弄到了幾斤硝石，朱大鵬又忍不住連聲苦笑。

沒原料，光知道秘方有什麼用？還不如痛快地交出去，看看姓趙的有沒辦法買回足夠的硝石來，至少那樣，徐州軍再對上蒙元朝廷的大軍不至於被迅速剿滅，甚至在歷史書上連個痕跡都沒能留下。

想到這兒，朱大鵬把心一橫，不顧身後親兵們的一連串咳嗽，笑著點頭，「行，你留下吧。不過一會兒躲遠點，那東西我也是才第二次用，非常沒把握！」

說罷，轉頭命令親兵隊長徐洪三去自己在校場旁邊的房間裡取火藥。

那徐洪三雖然一百二十個不願意，但主將有令，只好狠狠地瞪了李慕白無數眼，咬著牙去執行命令了。

須臾之後，火藥取來，只是小小的一包，頂多也就七八兩重，卻由徐洪三、王大胖和左軍自己的司庫參軍于常林三人共同護衛而來。後兩人見到了李慕白之後，也不拜見上官，一左一右像門板一樣將此人夾在正中。

朱大鵬能猜出手下們的小心思，也不戳破，笑了笑，吩咐道：「保護著李參軍走遠一點！再遠一點，再遠點兒，對，二十步外，至少二十步外，就那，能看清楚就行了，千萬別靠得太近！」

說罷，又估算了一下盞口銃的容量。想了想，對徐洪三吩咐：「等會兒別壓得太緊，火藥的數量別放太多，導火線留長一點兒，然後點了就跑，別站在原地等動靜！」

接連吩咐兩遍，他才算放了心，自己先拔腿走到趙君用的心腹李慕白身邊，跟對方一起觀摩新火藥的試射效果。

二十步距離，換算成他上一世的計量單位，差不多就是三十米左右，已經看不太清楚徐洪三的具體操作細節了，可朱大鵬還是有點兒緊張，手指不停地開開合合。

「有必要這麼緊張嘛，你好歹也是殺過人的！」

對他如此戒備的模樣，李慕白心裡頭十分不屑。不就是半斤火藥麼？又不是什麼佛家的掌心雷，躲二十步遠還嫌不夠，你還以為能把天轟個窟窿呢！

他正不屑地想著，忽然看見徐洪三撒開雙腿掉頭就跑。

「嗤！」李慕白不屑地聳聳肩，撇嘴冷笑，還沒等他把肩膀放下來，耳畔便猛的響起了一聲驚雷，「轟隆！」天崩地裂，兩條腿一軟，將他直接摜了出去，摔了個七暈八素！

「李參軍小心！」朱大鵬也被火炮的動靜給嚇了一跳，不過他的靈魂畢竟經歷過上世紀爆竹海的洗禮，幾秒鐘後就恢復了正常，彎下腰伸手去扶司倉參軍。卻見李慕白雙目和牙關緊閉，臉色灰白，早就嚇得昏了過去，兩腿間的長袍上，濕淋淋冒出大股大股的白色霧氣。

「李參軍，李參軍，趕緊醒醒，弟兄們在旁邊看著你呢！」見李慕白被嚇得如此狼狽，朱大鵬又是好氣又是好笑。趕緊蹲下去，伸手去掐這廝的人中。

他以前從來沒有過急救經驗，殺豬的手指頭又遠沒上一輩子靈活，因此在李慕白的嘴唇上掐了又掐，直到將這廝的嘴巴都捏成了一朵菊花，才聽到低低的抽泣聲：「嗚嗚，嗚嗚，死了，死了，這次真的死了！閻王老爺，小民沒有幹過壞事啊！小民才當上幾天的官，還沒來得及撈呢！求求閻王老爺……」

「沒死！離死遠著呢！你趕緊睜開眼看看！」朱大鵬又好氣又好笑，在李慕白臉上拍打了幾下道。

這大元朝的讀書人怎麼都這樣？蘇先生如此，姓李的也如此，好像當官的唯一目的就是為了貪污似的。

李慕白聽聲音有點兒熟悉，偷偷地將眼睛張開一條縫隙，隨即又緊緊地閉了起來，嘴裡拼命說道：

「我，我這是在哪？彌勒尊者饒命！小的也是奉命行事，小的再也不敢了！求您將小的放了去投胎吧！小的下輩子一定好好做人，再也不敢……」

「放了你？」

朱大鵬微微一愣，旋即明白，原來姓李的以為自己死了，靈魂被彌勒佛拘出了軀殼之外，所以才苦苦哀求自己放行！

沒等他開口解釋，李慕白已經放聲大哭起來，邊哭邊打著滾說道：

「小的……小的真的沒想過對付您老啊！趙君用那廝硬逼著小的挪用你的軍械，小的不敢不從啊。彌勒尊者，您就發發慈悲，放小的投胎去吧！」

十一月底的天氣已經很冷了，這廝居然也不嫌涼，在尿窩裡滾來滾去，轉眼就徹底變成了一頭泥母豬。

朱大鵬被氣得哭笑不得，拿大腳丫子朝李慕白身上猛踹，罵道：

「放你個屁！疼不疼？人死了就感覺不到疼，你要是不知道疼，我就接著踹！你們幾個也別看著，一起來替李參軍醒醒神！」

「遵命！」親兵們王大胖和于常林兩個早就看李慕白不順眼了，大聲答應著撲了上去，拳打腳踢，揍得此人大聲求饒。

「哎呀！饒命，饒命！別打了，別打了，沒死沒死，還活著呢！疼死我了。都督大人，求您放了小的這一回！」

「知道疼啦？」朱大鵬衝著王、于二人擺擺手，示意他們停止對李慕白的懲罰，然後看著那廝的臉，冷笑著問。

「知道了，知道了，謝都督大人不殺！」李慕白的鼻子也被打歪了，臉上青一塊紫一塊，雙手抱著腦袋，哭泣著回道。

「那我的軍械……」朱大鵬看了他一眼，繼續冷笑著問。

「有，有，小的回去之後，就給您老先調撥一千根長矛過來！」李慕白知道自己今天如果不給個交代，肯定難以蒙混過關。趕緊點頭答應。

許諾之後，他又再度雙手抱住身上要害，哭喪著臉道：

「小的真是奉命行事啊。趙長史說，你的左軍組建時間最晚，所以軍械調撥不急於一時！」

對這種早就心知肚明的貓膩，朱大鵬才沒興趣刨根究底，將李慕白從地上拉起來，半威脅半恐嚇地道：

「俗話說縣官不如現管。你發出多少兵器，那趙長史還能天天點數不成？況且真的把老子逼急了，把官司打到大總管面前，你說人家趙長史會承認是他指使你對左軍另眼相看呢，還是會拒不認帳，借你的人頭一用呢？」

跟讀書人說話就是省事，特別是李慕白這種膽小如鼠又心懷鬼胎的讀書人。那廝聽在耳裡，不由得激靈靈打了個冷戰，再顧不上替自己狡辯，先做了個長揖，然後道：

「下官知錯了，還請都督大人大發慈悲！以後只要趙長史不明令禁止給左軍下發兵器鎧甲，下官那裡絕不會剋扣分毫！」

「你知道輕重就好！」朱大鵬拋下魂不守舍的李慕白，轉身去查看火炮發射現場。

還沒等他走到地方，親兵隊長徐洪三已經雙手捧著塊煙薰火燎的銅殼子快步走了上來。

「都督請看！」

「這是什麼東西？」朱大鵬停住腳步，凝神細看。

第七章

圍城之戰

裴七十二哀嚎道：「小沛城裡城外十萬軍民，
全被蒙古人殺光了，一個沒留，全殺了啊！
兀剌不花那老狐狸，說既往不咎，把城門騙開後，
拔刀亂砍，我哥連還手都沒來得及，就被他給剁碎了。

只見徐洪三手裡的東西上面裂著四五個三寸長的口子，四處透風，活脫一根烤過了頭的西式肉腸！

「盞口銃爛了！」徐洪三苦著臉回道。

不用他說，朱大鵬也知道這東西是盞口銃留下的屍體，沒想到居然被黑火藥直接炸開了膛！看來這黑火藥也不是像看得那樣不中用。比起什麼三硝基甲苯來，肯定差了點，但比起大元朝生產的偽劣產品，還是強出了不知多少條街！

萬幸的是，這門原始的火炮是純銅打造，雖然被炸開了膛，卻沒出現太多破片，也未波及到周圍的其他人。只是這樣一來，朱大鵬的火器部隊計畫又要無限期推遲了。

鐵棍上鑽孔的事，徐州城最有名的鐵匠黃老歪，帶著三個徒弟已經忙活了快兩個月，到目前為止只弄出了一根成品，長短還不到一米，粗細卻比得上他自己的鐵匠胳膊。

至於槍管的內徑，少說也有四釐米粗細。朱大鵬拎在手裡試了試，即便不裝槍托、照門等輔助部件，光槍管的重量恐怕不在十五斤之下，雙手平端起來根本穩不住，更甭說指望這東西向敵人瞄準了！

火槍造不出來，剛剛拿到手的火炮又被炸成了爛香腸，光有黑火藥一樣，能

起到什麼作用？

正當他望著盞口銃的屍骸欲哭無淚的時候，趙君用帳下的司倉參軍李慕白又斜著身體湊了過來，用一隻手捂住自己的嘴巴，低聲道：

「請教左都督，今天的事，如果長史那邊問起來……」

都什麼時候了？居然還想著拍趙君用的馬屁！朱大鵬聞聽，立刻氣不打一處來，大聲喝道：「想怎麼說你就怎麼說！趕緊滾，老子今天不想再揍你！」

「是，是！下官這就走，這就走！」

李慕白被罵了個滿臉通紅，做了揖讓，轉身離開。才走出不到五步遠，耳畔忽然又傳來一陣悶雷聲。

「轟！轟！轟轟轟！」

緊跟著，豎在徐州城西門敵樓中央的牛皮戰鼓也被人用力敲響，「咚咚，咚咚，咚咚，咚咚咚……」

「壞了，緊急軍情！」朱大鵬頭皮瞬間一緊，再顧不上想什麼火槍火炮，一把揪住親兵隊長徐洪三的絆甲絲條，大聲命令，「去找孫三十一和吳二十二，讓他們兩個集結所有親兵和戰兵，帶著武器到州衙門口的空地上待命！」

隨即，又迅速將頭轉向自己的司倉于常林，急匆匆地吩咐：「你去找蘇長史，命令他集結所有輔兵，護著附近的流民和百姓速速退回城內，什麼都不要收拾，鼓敲得這麼急，八成是朝廷的兵馬打過來了！」

「是！」「是！」徐洪三和于常林兩人答應著，撒腿就跑。

朱大鵬再度轉頭，一把扯起又嚇得癱在地上的李慕白，「跟我一起進城，然後你回倉庫，隨時準備給弟兄們分發兵器，蒙古人都打到家門口了，還不把兵器全發下去，你留著給誰啊！」

「小的不是留，小的必須……」李慕白辯解著，被朱大鵬揪住手腕，倒拖著朝城裡跑。

這個時代的徐州，雖然也稱得上是個歷史名城，但規模卻比朱大鵬穿越前的二十一世紀小了不止一點半點。頂多用了七八分鐘，他就拖著李慕白跑到州衙門口，把後者的手腕一鬆，分開人群，朝正堂衝去。

與此同時，毛貴、趙君用、彭大、潘癩子和張氏三兄弟也趕到了，一個個跑得滿頭大汗，上氣不接下氣，看著大堂上正襟危坐的芝麻李，滿臉惶恐。

那芝麻李倒比其他所有人都能沉得住氣，看看手下的核心將領差不多都到齊了，鬆開緊握著的拳頭，板著臉道：

「實在對不住大夥，本以為還能在徐州城過個安穩年，結果韃子朝廷卻不想讓咱們遂了心，派了個叫兀剌不花的傢伙前來剿滅咱們，前鋒五百騎兵已經到了北門之外，後續可能還有上萬大軍要陸續趕過來。」

「上萬人，這麼多？」

「怎麼會是北邊？裴家哥倆不是才占了小沛麼？怎麼連個信都沒報，就讓韃子從他們眼皮底下殺過來了？」

「兀剌不花是誰？他很厲害麼？」

登時，眾人七嘴八舌地吵成了一片。誰都無法相信，蒙元朝廷的人馬居然這麼快就殺到了自己的眼皮底下。

芝麻李被大夥吵得頭疼，用力拍了下桌案，耐著性子解釋道：

「兀剌不花是朝廷的什麼御史大夫，但也不完全是文官，你們應該知道，蒙古人裡頭肯用心讀書的很少，他能做了御史大夫，差不多就等於文武……」

「切！老子還以為是什麼名將呢，原來是個不中用的酸秀才！」沒等芝麻李介紹完，潘癩子便搓著手掌大聲打斷道。

「是啊！讀書人能有什麼真本事？對不住，老趙，我們不是說你！」其他幾位將領也立刻來了精神，一個個躍躍欲試。

「據斥候探到的消息，他前天下午抵達的小沛！」芝麻李用力敲了下桌案，大聲道。

「前天下午才到小沛，那裴家哥倆呢，四萬多弟兄總不會眨眼間就被……」

張小二性子最急，再度插嘴。話才說一半，他卻突然愣了愣，張開的嘴巴再也無法合上！

其他將領，包括朱大鵬這個融合了兩個靈魂的傢伙在內，也終於明白了芝麻李想提醒什麼，個個大驚失色。

前天下午前鋒抵達了小沛，今天上午卻又到了徐州，而小沛和徐州之間，卻有一百六十多里的路要趕；也就是說，距離大夥最近的一支義軍，由小沛裴五十六和裴七十二兩兄弟帶領的四萬多弟兄，連一晚上都沒堅持住，就被兀剌不花的兵馬給全殲了，甚至連求援的信使都沒來得及向外派！

這是何等懸殊的戰鬥力差距！就算裴家兄弟兩個帶的是四萬隻羊，那兀剌不花也得派人抓上小半夜才能抓得光吧?!然而，此人今天上午就趕到徐州城外！連打仗帶行軍只用了一天兩夜時間！

當即，就有人大聲嚷嚷道，要趕緊去關閉北門，以免朝廷的騎兵趁虛而入。也有人大聲提議，從現在開始堅壁清野，把朝廷的人馬活活餓死在城外曠野中。還有人乾脆說，花重金招募一夥死士繞著黃河岸邊，一把火將浮橋燒個乾淨，壓根兒不管這個季節，黃河已經到了枯水期，再過十幾天，河面上就能凍出半尺厚的冰殼子來！

這些不算最離奇，最離奇的是，有人小聲嘀咕，問能不能派人去接洽招安？據說朝廷對接受招安的義軍首領都很寬容，至今還沒殺掉其中任何一個。

「北門我已經派人去駐守了，大夥放心，五百騎兵，諒他們還不敢直接衝進城裡來！」

芝麻李越聽越失望，揮了下手，大聲打斷，然後又看了提議招安的那幾個弟兄，苦笑著搖搖頭，道：

「裴七十二此刻在後堂包紮傷口，咱們派出去的斥候在韃子的手裡把他給搶了回來，要不然，我到現在為止恐怕還以為韃子的兵馬要開了春才會到呢！」

眾將聞聽，又吵成了一鍋粥：

「裴七十二在後堂？他什麼時候到的，我們怎麼不知道?!」

「咱們的斥候呢？居然跟韃子的斥候交過手了，傷亡如何？」

「趕緊把裴七十二抬出來，咱們需要瞭解敵情！」

芝麻李嘆了口氣，只好命人去後堂請裴七十二。

不多時，親兵們用擔架抬著一個渾身是血的年輕人走了進來，往大堂中央的空地上一放，大聲報道：「稟大總管，裴將軍抬過來了！已經用過了藥，郎中說，性命暫時沒大妨礙！」

「裴兄弟，裴兄弟，你能聽見我說話麼？」芝麻李走到裴七十二的擔架前，低聲問道。

「大總管，報仇，報仇啊！」裴七十二先是沒有任何回應，隨即突然伸出血淋淋的手，一把拉住芝麻李的披風哀嚎道：

「小沛城裡城外十萬軍民，全都被蒙古人給殺光了。大都督，一個沒留，全殺了啊！我哥覺得韃子兵太厲害，就想先假裝投降騙過他們，然後尋找機會再舉義旗。沒想到，兀剌不花那老狐狸先是說既往不咎，把城門騙開之後，立刻拔刀亂砍，我哥連還手都沒來得及，就被他給剁碎了。

「我是因為不同意投降，偷偷藏在城裡沒出去，後來見韃子開始屠城，才搶了匹馬，帶著百十名弟兄殺了出來，一路上被韃子追殺。大總管，給小沛的十萬冤魂報仇啊！」他邊撞頭，邊大聲哭訴道。

空曠的大堂裡，只有他的哭喊聲在四下回蕩。先前提議接受招安的人再也說不出一個字，雙手捂著臉，緩緩地跪在了地上。再看趙君用、毛貴等核心將領，一個個恨得兩眼通紅，雙手握成拳頭，關節處咯咯作響。

小沛義軍是否想假裝接受招安，裴七十二說的未必是實話，但小沛全城軍民被屠殺殆盡，卻是血淋淋的事實。而徐州軍的大部分將領籍貫都在蕭縣一帶，距離小沛不過是百十里路，算得上半個同鄉。甚至有些流民出身的將領還有親戚住在小沛那邊，一夜間就陰陽永隔。

「嗚嗚！」幾名有親人在小沛的將領，忍了半晌沒能忍住，最終還是哭出了聲音。

眾人本想說幾句安慰的話，張開嘴，卻也是淚流滿臉。

看看眼前義憤填膺的弟兄，再想想小沛那十萬軍民中還有許多是老弱婦孺，芝麻李也再無法保持冷靜。走到牆邊的兵器架上抽出一把鋼刀，朝著大堂中的紅漆柱子一刀砍下，「從現在起，誰再敢提一個降字，就如此柱！」

「噹啷！」合抱粗的木頭柱子，被砍進去了半尺多身，鋼刀也被卡在了裡邊，上下顫動。

「死戰，死戰！」屋子的眾將都紅著眼睛，揮舞胳膊，喊得聲嘶力竭。

芝麻李扭頭在屋子裡掃視了一圈，鬆開被震麻了的手掌，大步走回帥案之後，「來人，把裴兄弟抬下去休息。把今天當值斥候隊長小徐給我傳上來，當眾彙報軍情！」

「是！」親兵們答應一聲，快步上前抬走嚎啕不止的裴七十二，然後帶上斥候隊長徐成一。

後者年齡雖然才二十出頭，頭腦卻非常機敏，看看軍中的幾位主要將領都已經到場了，不用眾人發問，就主動彙報道：

「啟稟諸位將軍，小的今天奉大總管命令，帶領麾下一百名斥候巡視城北五十里內範圍，才過黃河上的浮橋不到十里路，就看到韃子的騎兵在追殺裴將軍。小隊立刻撥了二十人回來向大總管示警，自己則帶著另外八十名弟兄上前迎敵。本以為可以憑著人多打韃子個措手不及，誰料……」

他眼睛發紅，聲音哽咽，「八十多名弟兄，被韃子一個照面就給殺散了，然後韃子還分出一半人來，追殺小的派出的那些報信弟兄。小的……見勢頭不妙，挾了裴將軍一道繞路逃命，仗著對附近地形的熟悉，才活著把他帶到了城門口，小的手下那些斥候活著回來的不到十個人啊！」

他說完話，雙手掩面，肩膀不斷抽動著。

芝麻李已經聽他彙報過了一次，此刻第二次聽來，依舊悲憤莫名，抬起手來在自家臉上胡亂抹了一把，然後好言安慰道：「你先別忙著哭，先把打探到的情況和看到的情況彙報給大夥聽！」

「是！」徐成一放下捂著臉的手，紅著眼睛繼續道：「據裴將軍說，韃子總計只有一萬五千多人，其中騎兵和斥候加起來是七百左右，都是蒙古人。還有從北邊一個叫什麼金帳汗國專門請來的羅剎鬼兵，都是黃頭髮綠眼睛，身材特別高大，喜歡生吃人肉，人數有三千多，全是步兵，馬匹只用來馱兵器和鎧甲。剩下的，就是輔兵了，都是高麗人，每人只發了一把短刀，韃子也不怎麼信任他們，但這些傢伙殺起人來卻不是一般的狠！」

眾將領無論膽子大小，都忍不住倒吸了口冷氣。誰也沒想到，蒙元朝廷這次為了鎮壓義軍，弄了一群鬼怪來助陣，怪不得裴老大連仗都沒敢打就想投降。**好好的大活人，怎麼可能是妖魔鬼怪的對手？**

雖然早就預料到蒙元朝廷不會放任義軍慢吞吞地發展壯大下去，朱大鵬聽了也是驚詫莫名，「金帳汗國？都這個時候了，金帳汗國居然還存在？那黃頭髮綠眼睛的羅剎鬼兵？個子還特別大，豈不是俄羅斯人？他們怎麼千里迢迢跑到徐州來了？還有高麗人？怎麼什麼壞事都有高麗人攙和？

正詫異間，耳畔又傳來芝麻李的聲音：

「什麼鬼魅魍魎，大白天的，哪裡來的鬼？況且即便他們真的是鬼，咱們死了，也一樣是惡鬼。鬼和鬼，誰還會怕得誰來？」

「哈哈哈哈……」

眾將被他逗得含淚大笑，笑過後，心裡的畏懼之意也隨之降低了不少，隨即揉乾眼睛，七嘴八舌議論起該如何對敵來。

有人建議趁著敵軍立足未穩，立刻殺出去，將那五百先鋒給一股腦全殲了；也有人建議，小心慎重，緊閉四門，堅壁清野。反正已經入冬了，馬上就會落雪，朝廷的兵馬在城外沒地方避風，早晚得活活凍跑。還有一些人則建議先請光明使出來，給城牆四周貼滿符紙，以免那些鬼兵趁著夜間陰氣盛，直接爬進城裡來。

說來說去，除了毛貴、趙君用等少數人之外，其他大部分將領竟然都認可據城死守，將敵軍生生耗走這個提議。

朱大鵬聽了，知道眾人心裡還是忌憚元軍是鬼怪所變，於是清清嗓子，大聲道：「那金帳汗國的事，末將恰巧知道一點，哪裡是什麼鬼怪，不過是生得怪異了些的西域異族罷了！其實跟咱們一樣，一張嘴巴吃飯，兩條腿走路，拿刀子扎下去，照樣得前後兩個窟窿。」

「哦？你居然知道？能不能跟大夥仔細說說！」芝麻李正愁沒法振作士氣，立刻把目光看向朱大鵬，帶著幾分鼓勵的口吻。

「此事說來話長！」朱大鵬拼命搜刮著肚子中那點兒可憐的歷史知識，道：「蒙古人的祖宗發跡的時候，曾經分成兩個部分。一部分向南攻打咱們的祖先大宋，另外一部分則向西殺了過去。結果向南的這支，花了將近一百年，才終於將咱們的祖先打敗。

「向西的那支，據說只有兩萬多人，卻只用了不到十年時間，就把沿途的上百個國家全給滅了。這黃頭髮綠眼睛的傢伙，當年也是被蒙古人滅掉的一波，只不過他們現在忘記了祖宗是誰，才死心塌地的替蒙古人賣命！」

這番話裡邊，至少有一大半是他上輩子泡論壇看到的東西，未必完全符合史實，邏輯上也有偷換概念之嫌，但聽在大字不識幾個的流民耳朵裡，卻無異於醍醐灌頂。

將領們聽了，對敵軍的畏懼心理立刻呈直線下降狀態，紛紛議論道：「唉！我還以為是多厲害的英雄呢，原來被人家兩萬兵馬就給滅了國！」

「十年都沒堅持住，白瞎了那麼大的個子！」

「不是十年，你們沒聽朱兄弟說麼，一百多個國家總計才堅持了十年不到，平均一個月滅一國，奶奶的，就是一群豬也不至於如此吧！」

「估計是他們國家太小，每個就相當於咱們這邊一個村子般！」

「胡說，天底下哪有那麼小的國家！」

「怎麼沒有，高麗人的國家跟雞蛋一樣大，卻總覺得自己是大元朝的子民，天天拿個根棒子咋咋呼呼！」

……

芝麻李耐著性子聽了一會，見將領們雖然把話題越扯越遠，但聲調已經漸漸恢復了正常，向朱大鵬點了點頭，然後拍了下桌案，大聲命令：

「好了，廢話就別多說了。降，老子肯定是不會降的！即便戰死，老子也要做個千秋雄鬼。但這仗該怎麼打，我想先聽聽大夥的意思，然後咱們一起拿出個具體章程來！」

「是！」

眾人的議論聲立刻戛然而止，互相看了看，大眼瞪起了小眼。既然決定打了，現在就把隊伍拉出去，然後大夥一擁而上便是，怎麼還有怎麼打的問題？大夥兵書沒念過一本，大字也不識幾個，有誰能弄得了這些？

芝麻李見此，只能主動點將，「老趙，你讀書最多，你先來說說吧！」

「遵命！」趙君用把胸口一挺，回答得格外響亮。

「末將剛才已經聽到了，敵軍只有一萬五千人，即便個個都是精銳，兵力上也跟我軍相差了七八倍，所以末將以為，出城野戰乃是上上之策！」

「哄！」底下立刻又炸開了鍋，各級將領擦拳磨掌躍躍欲試，一改先前的畏縮模樣！

「是啊，鬼兵再厲害，咱們十個打他一個，總也打得過了。」

「趙軍師說得對，咱們剛才都糊塗了，沒想到在人頭數上占盡了上風！」

「野戰，野戰，讓韃子嘗嘗咱徐州爺們的厲害！」

「野戰，野戰，殺光他們，給小沛的老少爺們報仇！」

……

聽到四周激昂的附和聲，趙君用滿意地將手向下壓了壓，說道：

「兵力上優勢只是其一，其二，敵軍遠道而來，兩夜一天走了一百六十餘里路，雖然有馬匹幫助馱運行李，但想必現在也是人困馬乏，而咱們這兩三個月卻一直蹲在城裡養精蓄銳！」

「軍師說得對！」

「軍師高明！」

四下裡讚頌聲宛若潮湧，震得窗紗嗡嗡作響。

見大夥如此支持自己，趙君用心中更為得意，又將手四下壓了壓，繼續說道：「第三麼，就涉及到咱們徐州軍的日後發展了。如果手握十萬大軍卻被一萬多韃子兵馬堵在城裡龜縮不出，今後咱們還有什麼面目在其他紅巾兄弟面前抬頭？只要滅了這夥韃子，咱們就可順勢殺過黃河去，一舉收復沛縣、濟州，然後順著運河一路北上，直搗大都！」

「戰，戰！殺光韃子！」

「直搗大都，抓了皇帝來給老子洗馬桶！」

「戰，將韃子趕回漠北去！」

眾將被他勾畫出的美好藍圖煽動得熱血沸騰，個個扯開嗓子，振臂高呼。

唯獨朱大鵬情緒絲毫不受周圍熱烈的氣氛所影響，既沒有和大夥一道振臂高呼，也沒有附和趙君用的任何一條分析。形單影隻，就像一群醉鬼裡站著一個滴酒未沾的人般。

他在上輩子掌握的歷史知識非常可憐，在這點可憐的歷史知識裡頭，紅巾軍是否北伐過，北伐最後打到了什麼位置，都是一片模糊。但是，他卻清楚地知道，打入大都城，給了蒙元王朝最後一擊的，肯定不是芝麻李。

既然如此，那趙君用剛才的描述，**註定是一張畫餅**，非但無法實現，並且很可能將在座的豪傑們活活「餓死」在取餅的路上！

此刻他與周圍環境如此格格不入，想不引起別人的關注都難。很快，就有數道目光先後掃了過來。

其中最為嚴厲的一道必然屬於趙君用，後者邁動雙腿，三步兩步邁到了他的面前，眉毛豎了豎，譏諷道：「朱都督好像不太贊同本長史剛才所言啊，莫非你還有不同見解麼？或者說，你到現在還惦記著接受朝廷的招安，用大夥的人頭給自己換個官做？」

最後一句話就居心太惡毒了，不由得朱大鵬不開口反擊：

「長史大人這是哪裡的話來？末將如果想接受招安的話，剛才又何必揭開那些鬼兵的真實面目！再者說了，眼下咱們徐州軍中，蒙元朝廷絕對不會放過的人，恐怕除了咱們李總管之外就是末將了，趙長史這樣的人都不願接受招安，朱某怎麼可能搶在趙長史的前面！」

「你——！」

趙君用的臉騰地一下紅到了耳朵根，他的名頭居然沒有朱八十一響亮，這個事實早已成為他心中一塊隱疾，每次想起來，都憤恨得咬牙切齒，所針對左軍的種種傾軋，大多數也是出於這個原因。

但隱疾之所以被稱為隱疾，就是永遠都不得見光，朱大鵬今天卻當著所有人的面，把他心中的暗瘡給掀了開來，讓他怎能不惱羞成怒！

「我怎麼了，莫非朱某剛才說錯了？那朱某道歉！」

朱大鵬三個多月來一直儘量避免跟趙君用直接起衝突，並非怕了此人，而是因為心裡頭始終覺得自己是個外來戶，不想在徐州軍這個土著小團體裡惹起無謂的爭端。

此外，他也不想給芝麻李添麻煩，畢竟後者在明知道他那彌勒教堂主身分經不起推敲的情況下，依然給予了他無條件的信任。這份相待之恩，已經值得他傾盡自己所有去償還了。但是既然今天被趙君用逼得無路可退了，朱大鵬也就不願繼續忍讓。

他將二十一世紀練出來的打嘴功力瞬間開到最大值：

「朱某當著大夥的面兒向趙長史道歉，剛才的話說過了，趙長史其實是打心眼裡頭願意接受招安，只是在大夥面前拉不下這張老臉來，這樣更正，長史大人看看是否合適！」

「你——！」趙君用自問口齒也夠便給，然而幾曾接觸到如此迅猛的「火力」，又張了幾下嘴巴都說不出反駁的話，猛的將手朝腰間一探，就準備拔刀跟朱八十一拼命。

這個時候，就顯出朱八十一這個殺豬屠夫的身體素質來了，只迅速後退了小半步，就躲出趙君用的攻擊範圍，隨即將身體朝先前被芝麻李劈開數寸的柱子後一躲，探出半個頭來，繼續說道：

「怎麼？趙長史要殺我滅口麼？那你還是最好再等一會兒，這裡是咱們徐州軍的議事大堂，不是你趙長史的私人地盤！」

「夠了！」眼見趙君用就要被朱大鵬給活活氣吐血，先前一直冷眼旁觀的芝麻李狠狠拍了下桌案，厲聲喝止：「你們兩個鬧夠沒有？還不都給我停下！大敵當前，自己窩裡鬥算什麼本事！」

「是！」趙君用和朱大鵬雙雙答應一聲，先後歸隊。

芝麻李氣得牙根癢癢，將目光專門看向趙君用，大聲呵斥道：

「身為長史，連一點容忍之量都沒有，你讓弟兄們如何可能服你！刀還拿在手裡幹什麼？還不趕緊給我收起來，否則休怪我今天拿你樹規矩！」

「大總管！」趙君用還是第一次在這麼多人面前被芝麻李呵斥，立刻委屈得眼圈都紅了，恨恨地將佩刀插回刀鞘，喘息著爭辯道：「是他不懂裝懂，先挑起事端的，否則末將哪有功夫刻意針對他！」

「那你也不該拔刀相對，這裡是議事大堂，又不是外邊的東西兩市！」芝麻李又狠狠瞪了他一眼，厲聲數落。

數落過後，又念著對方的臉面和多年來的交情，不願意讓此人過於下不來臺，將目光再度轉向朱大鵬，沉聲道：

「如果你覺得趙長史剛才的話有欠妥當之處，直接說出來便是，何必做如此狀，難道我們這些人不配和你做兄弟麼？」

「沒有！末將真的沒有！」朱大鵬聞聽，覺得心裡好生委屈。

如果不是敬重這些熱血男兒，他早就拍屁股走人了，何必站在西門大校場裡天天喝一肚子西北風！

然而，還沒等想出合適的話來替自己辯解，前軍都督毛貴卻突然看了他一眼，非常誠懇地說道：

「朱兄弟，雖然你最近做事一直很努力，也的確對大夥都很熱心，但你自己難道一點兒都沒察覺麼，你太傲氣了，跟我們說話時，總像站在山頂上朝下看。除了大總管之外，你幾乎瞧不起我們任何人！你總把自己擺在局外人的位置上，好像壓根不想跟我們發生任何關聯一般！我這話說得直，你別不愛聽，但是你可以問問，大夥是不是都有這種感覺！」

「沒有，真的沒有，你胡說，你信口胡說！」甭看朱大鵬對付趙君用能火力全開，碰上毛貴這種實心眼的漢子，卻立刻方寸大亂。

捫心自問，他三個月來苦心積慮，竭盡全力地想把徐州軍往生路上帶，讓芝麻李、毛貴這些熱血漢子避免歷史上籍籍無名的命運，避免成為沙灘上的前浪，但是為什麼大夥都覺得他自命清高，為什麼大夥都覺得他看不起徐州城裡的任何人？

「豈止是瞧不上我等，就連大總管恐怕也沒被他放在眼裡！」趙君用終於找到了盟友，狠狠瞪了朱大鵬一眼，落井下石。

再看朱大鵬，一時間竟然被委屈得兩眼通紅，原本可以活活將趙君用氣死的嘴巴除了反覆強調「我沒有」這三個字之外，再說不出任何詞來。

「好了，此事到此為止！」

芝麻李又拍了下桌案，制止了趙君用的借題發揮。「沒有就沒有罷，況且，即便有了也很正常！誰年輕時不是這種鳥樣子，比起我當年那不知道天高地厚的德行來，朱兄弟已經穩重多了！」

「呵呵呵！就是，就是，我們這麼大的時候，天天覺得自己能上天摘星星！」彭大、潘癩子等人趕緊插科打諢，誰都不想讓矛盾繼續激化下去。

芝麻李卻比在場任何人都磊落，先給替朱大鵬找足了臺階下。然後又清清嗓子，繼續道：「你如果覺得趙長史的話裡有紕漏，就趕緊說出來。事關幾萬人的命，千萬不要有所避諱，知道麼？」

「是！」朱大鵬感激地看了芝麻李一眼，小聲答應，「末將剛才的確覺得趙長史的話裡有很多不妥當的地方，怎麼說呢，就是太空洞，只顧著高屋建甌了，卻忘了打地基！」

「哈哈哈哈……」

眾人聞聽，又是一陣不管不顧的大笑，都覺得這朱八十一是傲氣也好，是不會做人也罷，至少這小子有傲氣的本錢。就像這種蓋房子不打地基的比方，大夥可能一輩子都說不出來！

「趙長史勿怪，小子說的也是一家之言，未必見得完全正確！」眼看著趙君用又要在笑聲裡暴走，朱大鵬汲取先前教訓，低聲出言安撫。

「哼！」趙君用以一記冷哼作答，強行壓住心頭邪火，避免再當眾與此人衝突。

「小弟接下來的話有些刺耳，諸位兄長勿怪！」吃足了剛才差點犯眾怒的虧，朱大鵬又四下拱了拱手，提前打起了預防針。

然而，他接下來的話，卻又鋒芒畢露，絲毫不給眾人留任何臉面：

「咱們徐州軍全殲來犯的朝廷兵馬，威震天下，固然是朱某所盼，沿運河北伐直搗大都城，捉了狗皇帝來給大夥刷馬桶，聽起來也非常痛快。可要做到這些，首先咱們得擊敗城外來犯的韃子，如果做不到這一條，今天在這裡哪怕說出個花來，照樣是在做白日夢！」

「那倒也是！」有人覺得他說得在理，輕輕點頭。

但大多數將領心中先前被趙君用給鼓動起來的熱情還沒褪去，揮揮胳膊，豪氣萬丈地說道：「擊敗韃子有什麼難的？莫非帶著十倍的兵力還會打敗仗不成？你小子也太漲別人志氣了吧！」

「不是小子漲別人志氣，如果打仗，人多一方必定會勝，自古以來就沒什麼名將了，大夥都拼命招兵，到時候，站在那兒面對面數人頭就是！」

朱大鵬一個比喻，就將大夥的錯誤想法給放大了十倍。

「這話也對！」眾人無法反駁他，齜牙咧嘴，很不情願地承認。

「還有！俗話說，一過萬，成堆成片，命令如何往下傳達就是個麻煩。不信，大夥自己想想，平時練兵時，最多可以讓多少人聽見你在喊什麼？都說鳴鼓則進，鳴金則退，鼓敲一通是什麼意思，敲兩通是什麼意思，大夥提前約定過麼？底下的弟兄們又知道麼？如果換成令旗的話，大總管這邊怎麼揮令旗，什麼顏色的旗幟揮幾下表示什麼意思，大夥能看得懂麼？」

二十一世紀論壇上打嘴仗，最重要的一點是，我自己雖然不懂，卻可以把你問得瞠目結舌。按照上輩子的習慣，朱大鵬今天火力全開，登時令所有包括芝麻李、趙君用在內的所有將領全都變成了啞巴。

「還有，臨陣時誰衝在最前面？誰打第二波？誰側面接應？誰繞道敵軍背後去偷襲？都得有個說法吧？」朱大鵬索性一刀子捅到底，「還有各兵種的協調配合，長槍兵站在什麼位置，刀盾手站在什麼位置，弓箭手又站在什麼位置，也必須要有個安排。要知道兩軍交戰，只要對方陣形不亂，咱們即便人再多，能與對方接觸上的，也只有前面幾排，連兩個打一個都未必能做到，更甭說十來個人一擁而上了！」

「這……」

眾人越聽越驚詫，越聽心裡越發虛，額頭上的冷汗淋漓而下。

包括趙君用，雖然眼神依舊尖銳得能殺死人，內心深處卻不得不承認，姓朱的小子想的確實比自己深一些，說的這些東西也句句都敲在了重點上。

然而佩服歸佩服，他卻不能容忍被一個後生小子當眾拆了自己的臺，於是沒等朱大鵬把話說完，就撇撇嘴打斷道：

「這個，大夥的確都不知道，事先也沒做過相應訓練，既然朱兄弟你提出來了，能教教我等具體該怎麼做麼？」

「我也不清楚！」若論知識面的廣博程度，融合了二十一世紀靈魂的朱八十一絕對佔據了先天優勢。但一涉及到某個點的深入探討，他便立刻現出了原形。

想了片刻，無可奈何地承認道：「末將今天將這些疑問提出來，只是希望能起到拋磚引玉的作用，咱們群策群力，總能將具體細節補充完整！」

「切！我當你無所不能呢，原來也是個賣嘴的貨！」趙君用立刻找到了機會，嘲諷道。

「行了，老趙，朱兄弟現在能把問題提出來是件好事！」

唯恐二人再起衝突，芝麻李及時出言打斷：

「咱們現在就想想，看看能不能臨陣磨槍，那韃子的大隊人馬即便今天趕到，也像你說得那樣，早已筋疲力竭，不可能立刻就開始攻城，咱們就讓他們多活幾天，等把朱兄弟說的這些安排清楚了，再出城決一雌雄！」

後半句話，是對在場所有人說的，眾將聞聽，又齊聲稱是。然而答應得雖然痛快，具體商量事情時，他們卻變成了泥塑木雕，都指望同伴們替自己拿主意，希望坐享其成。

隨後的討論進行了整整一個上午，大部分時間裡，都是芝麻李、趙君用、朱大鵬三個人在說話，偶爾加上個毛貴，則是隻言片語，只能起到錦上添花作用，無法和其他三人步調一致。

但艱難歸艱難，徐州軍今後出戰的大致陣形和各軍位置以及號角和令旗所代表的涵義，倒也討論出來了一個基本雛形。

其他，各兵種配合暫時不用考慮，眼下徐州軍中最多的兵器是長槍和朴刀。弓箭不足三百，馬匹也只在百位數。複雜的陣形變化也不用考慮，十幾萬兵馬都沒經過嚴格訓練，能把隊伍站整齊了就已經非常不易。

此外，頂多再加一個各軍主將的認旗識別，眼下算得上核心的將領只有十幾位，把赤橙黃綠青藍紫七色按人頭分派一下，倒也沒多大麻煩。

在討論過程中，趙君用的貢獻，大夥有目共睹。此人雖然心胸有些狹窄，做事也有些眼高手低，但頭腦的靈活程度，卻絕對是一等一。朱大鵬提出來的那些問題，只要多花一點兒時間和精力，他總能找出解決方案來。

即便有些脫離實際，被朱大鵬再次挑出毛病後，也能儘快找到修正辦法。到後來，乾脆二人一個負責提出問題，一個負責尋找解決辦法，倒也配合得相得益彰。

時間在不知不覺中過得飛快，轉眼就到了下午未時，也就是朱大鵬在後世的兩點左右。

芝麻李看看手裡厚厚的一疊紙，伸了個懶腰，嘆道：

「唉，早知道這樣，真該把老趙和朱小舍早點弄到一起去，讓他們倆互相搭配著幹活，也不至於明天就要跟韃子開戰了，今天才發現這麼多事情都沒有幹！行了，就這樣吧，也不用弄得再細了，再細，我這個大總管都暈頭轉向了，更何況底下的弟兄們！」

「嗯，再細末將也無能為力了！」朱大鵬點頭。

趙君用也累得臉色煞白，靠在椅背上直喘粗氣。半晌，才抬起頭，有氣無力地看了朱大鵬一眼，道：「你小子是個有真本事的，老趙先前看錯你了！今天當著大夥的面兒給你賠罪，等打退了韃子，再擺酒認錯！」

「不敢，不敢！」經過了一上午的磨合，朱大鵬對趙君用的印象已經改善許多，此刻聽對方說得誠懇，連忙站起來，用力擺手。

見二人又客氣起來沒完的趨勢，芝麻李立即打斷道：「好了，這些廢話以後再說，都是自家兄弟，偶爾紅一次臉，誰都別往心裡頭去！」

隨即，他又將手裡的紙張拍了拍，衝著所有人說道：

「這東西，我今天下午就找人謄寫幾十份出來。你們這些傢伙，不管認不認字，都給我拿一份回去背熟了，誰也不准偷懶。不但這次殺韃子用得上，今後再跟韃子打仗也一樣缺不了！滾吧！現在都滾回各自的營房去激勵弟兄們。老子今天不管你們的飯，改天殺光了韃子，咱們再一起痛飲！」

「是！」眾將齊聲答應著，站起身，大步走出府衙。

因為勞累過度的緣故，朱大鵬和趙君用兩人走在最後。

芝麻李將大夥的討論結果交給了心腹請人去謄抄，自己也跟在後邊送了出來。還沒走到府衙門口，就聽見外邊傳來一陣紛亂的嚷嚷聲：

「這是誰的兵，好生齊整！」

「是左軍，沒看排頭兵舉的旗子麼，是朱八十一那小子手下的兒郎，這小子真的有一手！」

「壞了，光顧著討論戰事，把他們給忘了！」

朱大鵬先是愣了愣，迅速想起來，自己跑到府衙議事前，曾經吩咐徐洪三去召集親兵和戰兵，自己在裡邊跟趙君用等人討論了兩個半時辰，這些弟兄們也在府衙門外站了整整兩個半時辰！

懷著幾分愧疚，他加快腳步往外趕。

一出大門，就看見五百多名弟兄，行列分明地站在正對大門口的空地上，雖然其中大部分人手裡只有一根長矛，身上沒穿任何甲冑，卻個個抬頭挺胸，身體站得如標槍一樣筆直！

·第八章·

殺韃子

他們從參加義軍到現在還不到一百天，
其中還有不少人是被裹脅進來的。
但是，他們已經習慣了站著，再也不願意跪下去。
「殺韃子，殺韃子！」人們揮舞著手中的兵器叫喊著，
怒吼聲伴著料峭寒風，響徹整個原野。

連續三個多月，他手下的親兵隊和戰兵隊就練成了站軍姿和排隊這兩項。其他陣列、格鬥和小範圍相互配合之類，都還連門兒都沒有摸到，拉上戰場後未必見得了真章，但乍看上去，卻著實令人眼前一亮。

當即，剛剛從大堂裡議完了事的各級將領們就全走不動路了，一個個停在方陣之外，東瞅瞅，西看看，兩隻眼睛羨慕得直冒星星。

「這就是你用佛家，用秘法訓練出來的弟兄?!」前軍都督毛貴平素跟朱大鵬關係最近，回過頭，帶著滿臉的難以置信，大聲問道。

「肯定是了！朱兄弟這法子可是……」還沒等朱大鵬來得及回應，後軍都督潘癩子也跑過來，滿臉崇拜。

以前從西門校場外路過，他們兩個也曾經觀察過朱大鵬如何練兵，當時只覺得弟兄們手抓著根長木頭桿子，一板一眼地走路模樣很有趣，卻沒太關注，如今看來，那一板一眼之間卻是大有學問，至少眼前這六百兒郎放在戰場上打別人兩千都不會成太大問題。

「秘法？哪是什麼秘法，都是閉門造車想出來的，說穿了一錢不值！」

在朱大鵬眼裡，二十一世紀大學生軍訓內容絕對不是什麼不傳之秘，翻來覆去就那樣幾個花樣，大街上隨便拉一個人出來都能說個清清楚楚，跟佛家更是搭不上半點兒關係。

還沒等他把話說完，又湊過來了右軍都督彭大，搓著蒲扇般的手掌，連聲感慨道：「朱兄弟甭看平時不聲不響，這兵練得可真是……」

與毛貴、潘癩子兩人一樣，他從西門出入時，也曾經看到過左軍將士如何訓練，並且心裡對此充滿了好奇。

但是大夥都是好兄弟，朱大鵬沒主動說過要將此法公開傳授，他也拉不下臉來偷師，如今回頭再想想，其實早點厚起臉皮跟朱兄弟軟磨硬泡一番，也沒什麼大不了的，即便不可能得傳全套仙家秘法，對方手指頭縫隙裡多少漏一點兒出來，也夠自己受用小半輩子了！

「真的很簡單，無非吃飽喝足，然後往死了練罷了！」朱大鵬受不了彭大那崇拜的眼神，趕緊澄清道：「先挑人，身子骨太單薄的不能要；悟性太差，怎麼教都教不會的那種也不要；然後天天糙米管飽，隔三岔五的再給加頓肉菜！然後就沒完沒了的練，一項接一項過關……」

話音未落，芝麻李也從後邊追了上來，瞪著閃閃發亮的大眼道：「真的只需要吃飽喝足就行了？不需要什麼家傳秘法？我這幾個月來，下發給各軍的糧草可都是足額的，怎麼別人都沒練出如此雄兵來？」

「是啊，是啊，我們手下的弟兄跟這些弟兄一比，簡直都成廢物了！」其他各軍主將都圍上前，又是佩服，又是羡慕。

「五千人裡頭就挑出這些來，基本上是十裡挑一！」看到大夥餓狼一般的眼神，朱大鵬趕緊補充道：「他們從被挑出來的那天起，每天就只訓練站立和列隊走路，一天至少堅持五個時辰。飯管飽吃，每晚還要再加上一大勺子肉湯，具體訓練方法我已經命人記了下來，大總管如果感興趣，下午就可以派人去拿！」

「那得多少錢啊！」芝麻李先長長嘆了口氣，然後咬牙切齒，「你如果願意給我看，我就派人去拿，不白拿你的，我用五匹好馬加一把寶刀跟你換，下午就叫人給你帶過去！」

「寶刀就行了，馬我不要，養不起，也不會騎！」朱大鵬擺擺手，只接受了其中一部分回禮。

「那怎麼行，你的東西我怎麼能白拿！」芝麻李卻不願意白拿他的獨家秘笈，堅持道：「如果你不要馬，我給你弄五十口豬來吧，剛好你練兵時需要給弟兄們打牙祭！」

「那就多謝大總管！」朱大鵬知道芝麻李是個實在人，就不再推辭，轉念想起毛貴等人都說自己不合群，便又笑了笑道：「這份練兵秘笈，大總管也可以謄抄給其他弟兄，只要大夥想學，都沒關係，反正兵練好了，都是為了殺韃子！」

「那你豈不是太虧了？」非但芝麻李，一旁豎著耳朵兩眼放光的趙君用、毛貴等人，也都悚然動容。

要知道，這年頭可不像朱大鵬穿越前的那個世界，互聯網上什麼東西都可以共用，抄論文都可以抄得肆無忌憚。這年頭雖然經歷了蒙古人七十年蹂躪，老百姓骨子裡還是有很強的物權概念，不經擁有者允許，偷師是要被挖眼睛的。哪怕毛貴等人與朱大鵬是袍澤，只要朱大鵬不點頭，他的練兵秘方就是他自己的，其他人誰都沒臉去偷學。

「五十頭豬，可以賒欠，以後慢慢還！」

朱大鵬是個講究實際的人，聽出趙君用和毛貴等人心裡過意不去，立刻打蛇隨棍上，「包教包會，並且隨時可以派人親臨指導。」

「貪心！」眾將齊聲笑罵。

鬧過之後，卻又覺得跟朱大鵬之間的距離縮短了許多。至少彼此之間已經能開開玩笑，而不是像前幾個月那樣，天天都公事公辦。

「此外，我還有一份秘方獻給大總管，下午大總管派人取練兵之法時可以一併取來，眼下可惜得不到硝石，否則說不定能起到一舉鎖定戰局的效果！」

朱大鵬既然大方了一回，乾脆大方到底。

「什麼禮物？」聽他說得神秘，芝麻李的興趣立刻被勾了起來，皺著眉頭，以同樣低的聲音詢問。

「一份火藥配方，比原來朝廷用的那種至少威力大三倍！」朱大鵬又看了看四周，聲音壓得更低，唯恐被太多人聽到，走漏了消息，進而令蒙元官兵有所防備。

誰料芝麻李聞聽，卻遠不如剛才對練兵方案那樣感興趣，只是不想讓朱八十一冷了心，才強裝出一副驚喜的面孔回應：

「啊，那麼厲害。那你可得多做一些出來，秘方不要交給我了，你自己留著，需要什麼配料，立刻給我列單子，我派人到韃子的地盤上偷偷幫你弄！」

「那東西也就聽個響，威力大三倍有什麼用？」

除了趙君用之外，其他徐州軍將領也是笑著搖頭，都覺得朱兄弟這回有點兒故弄虛玄了。

「我們都是粗人，自己擺弄不了那玩意，不如朱兄弟你牽頭先造著，大夥需要時，再用豬肉，不，再用你需要的東西跟你換！」

「那好吧！眼下最迫切需要的是硫磺和硝石。特別是硝石，市面上根本買不到，我手裡只有三斤左右，早已用得一粒都不剩了！」

好心獻寶卻遇到了個不識貨的買主，朱大鵬有點兒受打擊，有氣無力地道。

「我立刻派人去給你買！」芝麻李還沉浸在得到練兵秘法的狂喜中，對幾包硝石和硫磺的小事兒不屑一顧。「每月各五百斤，不，一千斤夠了麼？趁著仗還沒打起來，我今天下午就派人出城去南邊！」

「夠了，謝大總管支持！」

朱大鵬無奈，只好先向芝麻李道謝，同時心中打定主意，一定要儘早把配製的火藥用到戰場上，用實戰結果來扭轉芝麻李等人的觀點，進而把徐州紅巾帶上一條歷史已經證明了的正確之路。

芝麻李猜不到他在想什麼，見年輕人臉上始終帶著遺憾，恍然大悟道：「你的弟兄們怎麼都沒披甲？是老趙沒發給你們麼？老趙，這你可做得有點兒過分了！左軍雖然組建得晚，你也不能一件甲冑都不發給他們！」

「末將最近事情多，忽略了，大都督勿怪。朱兄弟勿怪！」趙君用鬧了個大紅臉，訕笑著解釋。

「我不管，你今天下午，無論是從別人身上扒還是從庫裡挪，必須給朱兄弟手下這幾百精銳披上甲；如果你弄不到，我就直接從親兵身上扒給他們！」

芝麻李對趙君用剋扣左軍器械的事早就有所耳聞，今天又看了趙君用和朱大鵬兩人的爭吵，再跟眼前的景象一對照，還能感覺不出問題出在哪裡來?!立刻狠狠橫了趙君用一眼，極不高興地吩咐。

趙君用哪敢讓芝麻李的親兵沒鎧甲穿，連忙滿口答應。回頭再看朱大鵬，心中剛剛積累起來的一點兒好感，頓時又被怒火沖了個乾乾淨淨。

「我說你小子又獻秘笈又獻火藥的，想幹什麼呢！原來就是為了在大總管面前給我下蛆！等著，這回忙著跟韃子幹仗，老子讓你一回。等收拾掉了韃子，咱們老帳新帳一起算！」

心中恨歸恨，他卻不能連芝麻李的命令都不聽。當天下午，便從武庫裡挑了一批剛剛趕製出來沒多久的豬皮鎧甲，送到了左軍設在城內營房中。

朱大鵬透過上午在府衙大堂內的親自觀察，明顯感覺到徐州軍對戰爭的準備非常不充分，因此在領到鎧甲的第一時間，就將它們全都發到了弟兄們手中；再加上原先蘇先生扒門盜洞四處高價淘弄來的，一百親兵和五百戰兵基本上每人剛好能分上一套。

輔兵當中的百夫長和千夫長也能湊合著分上半套，不至於像原先一樣全靠朝衣服上釘紅布條來識別身分和官職高低了。

「親兵就住在我的府上，洪三，你去安排！戰兵由孫千總帶著，到城裡找空房子住！抓緊時間休息，補充體力！」

看大夥換上了新鎧甲之後，有了幾分精銳模樣。朱大鵬用力一揮手，大聲命令。

「是！」親兵隊長徐洪三和戰兵千夫長孫三十一兩人齊齊答應著，抱拳領命而去。

不待他們的背影走出門外，朱大鵬又看了眼伺候在身邊，滿臉緊張的吳二十二，命道：「你從輔兵當中挑五百身強力壯的出來，帶著他們去城裡找空房子休息，明天帶著他們上城牆協助防守！其他人交給周小鐵，我另有安排！」

「是！」吳二十二也學著孫三十一的樣子拱手，向外走了幾步，又突然將臉轉了過來，帶著幾分試探的口吻說道：「都督，那明天需要末將給您在府上備下馬車麼？」

「馬車？我要馬車幹什麼？」

朱大鵬被問得愣了下神，旋即意識到，吳二十二知道自己不會騎馬，所以想提前把馬車藏在府裡，萬一到時見勢不妙，好立刻保護著自己出城逃命。

朱大鵬氣得狠狠拍了下桌子，大聲呵斥：「別瞎耽誤功夫了！四下裡都是朝廷的地盤，跑，咱們能跑到哪去？況且明天這一仗，誰輸誰贏還不一定呢！趕緊去帶人下去休息，吃飽喝足了，養精蓄銳！」

「是！」見朱大鵬說得斬釘截鐵，吳二十二無奈地答應了一聲，拱了下手，快步走了出去。

他前腳剛離開，蘇先生立刻將頭湊上前來，壓低了聲音，道：「都督，其實吳隊長他也是一番好心，俗話說，留得青山在……」

「閉嘴！再亂我軍心，就推出去斬首！」朱大鵬一聽，氣得兩眼冒煙。又狠狠拍了下桌案，厲聲威脅。

蘇明哲生了一個兔子膽，見朱大鵬動了真氣，立刻嚇得不敢再多廢話了，然而一雙丹鳳眼卻四下看來看去，目光中沒有絲毫的自信。

朱大鵬四下掃視一圈，發現自己麾下的其他將領，或者滿臉凝重，或者面色灰白，鮮有人像平時那樣咋咋呼呼，很顯然大夥都聽說了元軍大兵壓境，並且屠了小沛的事。

「韃子的戰兵只有三千多一點，加上主將的親兵和斥候，也不過是四千來號人馬，其他的都是上不了戰場的輔兵！」

朱大鵬知道這群手下都給嚇破了膽子，非常耐心地解釋：

「我今天上午在府衙已經跟大總管商議出破敵之策，最遲後天中午，大夥就能看到真章！」

與官兵的交戰時間至少得推後到後天中午，這是他和芝麻李、趙君用、毛貴四個人根據敵我雙方的實際情況而得出的結論。

官兵遠道而來需要休息，不可能抵達後就立刻攻城，而徐州軍這邊，至少需要一整天時間來熟悉剛剛制定的出戰位置、次序，以及旗幟、信號等指揮規則。

解釋過後，見眾人依舊提不起什麼精神頭來，他想了想道：「我還有一個絕招，關鍵時刻用出來，肯定能打敵軍一個措手不及！」

「真的？」眾將領立刻喜上眉梢，七嘴八舌地追問。

在他們心裡一直弄不明白，**同樣一個朱八十一，前後差別怎麼如此之大，因此，一直把融合了兩個靈魂的朱大鵬當作是某個大仙的化身，說不定就能使出什麼仙家法寶來！**

「真的，但是需要你們一起動手幫忙！」事到如今，朱大鵬也只能死馬當作活馬醫了。他先抓起一支令箭，交給蘇先生，「你去把我自己配的那些火藥和武庫早晨撥下來的火藥，都給我運到府裡來！」

「是！」蘇先生將信將疑，接過令箭，小跑著去執行任務。

朱大鵬隨即抓起第二支令箭，直接扔給左軍的司倉參軍于常林，令道：「于參軍，你帶一百名輔兵去街上的雜貨鋪裡給我買竹桿子和麻繩，要碗口粗細的大毛竹，還要泥土，越乾越好！」

「諾！」于常林是個半吊子書生，走了蘇先生的關係才混到了左軍當中，因此非常注意表現。

「牛大，你和王胖子兩個，去從輔兵中挑兩百名手巧的來，到我府中候命。周小鐵，你帶著其他輔兵下去休息，這兩天給我約束緊了他們，不准他們擾民，其他人等會兒全留下待命！」

「是！」眾將見朱大鵬越安排越流暢，越安排越顯得信心十足，精神也多少振作了些，齊齊躬身領命。

大約在一炷香時間後，蘇先生等人陸續將火藥、毛竹等運了回來；牛大和王胖子兩個精挑細選的靈巧輔兵也被帶進了左都督府。

朱大鵬見了，也不耽誤時間，立刻帶領大夥一起動手，先把前院的長廊打掃乾淨了，地上鋪了一層裝糧食的草袋子，然後將自己手頭僅有的黑火藥和武庫裡撥下來的那數百斤，分頭倒在草袋子上面。

「看好了，我先做個示範，你們大夥跟著學！」

說罷，先用鋸子割了半尺長，一端帶著竹節毛竹，掏乾淨了竹筒中的雜物，側面打上小孔。接著，用竹片鏟了大約七八兩火藥倒進竹筒內，再接著，用紙包著火藥搓了根長長引線，一段搭在竹筒內的藥粉上，另外一端則穿過竹筒壁上的小孔，用麻繩綁在外面，隨即又在竹筒內的火藥表層塞了一團紙做間隔，最後用乾土將竹筒死死地封了起來。

要是讓二十一世紀的孩子看見，立刻能認出來朱大鵬做了個特大號爆竹，只不過爆竹的外殼由紙筒改成了竹筒，引線也比市面上常見的爆竹略長了一些罷了。

「就這樣，明天咱們出城作戰時，就帶上它！」

沒等眾人發問，朱大鵬將做好的成品朝面前一擺，說道：

「今天早晨，那個銅炮最後被炸成了什麼模樣，你們當中很多人應該都看到了，韃子的官兵再厲害，終究也是血肉之軀，不可能比銅炮還結實！」

那個盞口銃的遺骸，在朱大鵬拖著李慕白離開後，早就被在座將領們輪番觀賞了個夠，此刻聽自家都督說起來，立刻會心而笑，都想著都督果然不是一般人，辦法信手就能拈來。這火藥連銅銃都能炸得稀巴爛，點著了扔到韃子頭頂上，鐵打的腦袋也炸成西瓜了，害怕他是什麼妖怪？

當即，大夥一起動手，開始趕製爆竹。不到半個時辰，就將手頭的火藥用了個乾乾淨淨。

朱大鵬先命令自己麾下的司倉參軍余常林將土手榴彈的製造流程記錄下來，謄抄了數份，分頭送給徐州大總管芝麻李、長史趙君用、光明使唐子豪等，建議眾人也如此炮製各自手中的火藥，然後命令蘇長史帶著大夥先去休息。

待所有人都散去之後，他自己坐在一排排大號爆竹前搖頭苦笑，自語道：

「就靠你了！爆竹兄弟！炸不死人，至少能嚇韃子們一大跳也好！」

甭看當著眾位弟兄的面他顯得信心十足，骨子裡卻是一樣的忐忑不安。因為他比任何人都清楚徐州軍的真實情況，雖然總兵力高達十二萬，訓練程度卻低得可憐。

除了自己和毛貴，芝麻李、趙君用和其他將領，這三個月來把大部分錢糧都花在擴充隊伍上了，真的上了戰場，就是一群烏合之眾，未必能把己方的人數優勢發揮出來。

而眼前這堆自己突發奇想、帶領大夥臨時趕製出來的東西，除了親手製造的四枚之外，其他裡邊裝的全是垃圾火藥。沒經過任何實際測試，威力根本無法保證。

但有些話，他是不能如實說出來的，原本左軍裡這群由古代城管轉職來的軍官就是勇氣不足，機敏有餘。若是大戰當前，自己這個左軍都督先露出了怯意，根本不用等到戰場上見真章，估計今天夜裡就得有人偷偷溜出城外去逃之夭夭。

想到不能讓逃兵動搖了整個徐州軍的士氣，他又強忍著身體上的疲勞，點起二十名親兵，到城中四處巡視。一路上，逃兵倒是沒抓到半個，卻不斷有其他將領借著各種由頭跑過來，向他驗證鬼兵的傳聞。

每次，他都信誓旦旦地向對方保證，自己白天所言百分之百為真，那些金頭髮、綠眼睛的傢伙，真的不是妖怪，挨了刀子一樣得死。

但是到了後來，客人依舊絡繹不絕。朱大鵬被煩得實在沒辦法，乾脆讓蘇先生寫了幾張告示，在城中四下張貼，「鬼沒有影子！是人是怪，陽光下便見分曉！」

前來打聽消息的將士們當中有幾個識字的，把牆上的告示讀了讀，便鬆了一口氣，高高興興回去睡覺了。

這句話一傳十，十傳百，很快傳遍了整個徐州城。軍民百姓都悄悄打定主意，第二天早晨，一定要找機會到城頭上看看，那些傳說中鬼兵到底怕不怕太陽，有沒有影子！

第二天天才放亮，北門上當值的士兵果然看到城外有大隊的元軍開了過來。這夥兵馬並不急著對徐州城發起進攻，而是用刀子逼著沿途抓到的百姓，在距離城門兩三里遠的位置，背靠著黃河開始修建軍營，同時灑出斥候，四下警戒。

那些百姓理論上都屬於大元朝子民，沒想到朝廷的軍隊會胡亂抓人，事先根本沒刻意躲避。被兀剌不花麾下的高麗兵用棒子一逼，往往是全家老小都被抓了勞役。因此數量極為龐大，七手八腳就把一座碩大軍營給蓋了起來。

兀剌不花卻不肯放他們離開，隨即命令高麗兵押著百姓去四下裡砍柴，生火做飯。待所有騎兵和戰兵都被伺候得吃飽喝足了，馬匹也得到了充分休息。

到了正午時分。老賊看了看頭頂的太陽，忽然說出一連串蒙古話，隨即便有兩百多名騎兵衝進百姓的隊伍，不分青紅皂白，拉了同樣數量的男女出來。

「他們要幹什麼？」

朱大鵬早早就上了敵樓，一直陪在芝麻李身邊觀察敵軍動向。見蒙古騎兵忽然拉出數百普通百姓朝城門口押了過來，不禁愣了，問道。

「不知道。」

芝麻李也被兀剌不花的舉動弄得滿頭霧水。

「按道理，這些人都是從黃河北岸強徵到的，屬於朝廷的子民啊！跟咱們沒任何瓜葛……」

話剛說了一半，他突然頓了頓，眼睛瞬間瞪得滾圓。「不好，趕緊出城救人。毛貴，趕緊帶領你部弟兄出城救人！」

「是！」前軍都督毛貴也發覺情況不對，答應一聲，順著馬道就朝城牆下跑。才跑了幾步，城門外突然傳來一通鼓響，「咚咚咚，咚咚，咚咚咚」，緊跟著，那些蒙古騎兵舉起鋼刀，一刀就將各自馬前的百姓給砍成兩段！

「啊——！」朱大鵬在敵樓上看得清楚，身體猛的向前一撲。雙手按在城垛上，寒氣鑽心，才猛然意識到被殺的不是自己。

有股猩紅色的火焰瞬間從他的心臟處衝出來，直奔頂門。他只覺得這一刻，天是紅的，地是紅的，遠處的雲是紅的，雲下的樹、樹下的人，還有人身後那尚未來得及封凍的滾滾黃河，全都是殷紅一片！

無邊無際的紅色，像血一樣湧過來，又濃，又稠，堵在他的眼睛，鼻子，嘴巴，讓他無法叫喊，無法呼吸。

就在這紅色的世界裡，哀哭聲不絕於耳，那些無辜被殺者的父母、妻兒，彷彿無法相信正在眼前發生的事實般，半晌才終於衝出人群，踉踉蹌蹌地衝向血泊中的屍體。

而人群周圍的那些高麗人，則舉起削尖的棒子，雪亮的鋼刀，毫不猶豫地朝衝出來的百姓身體上戳，一戳下去，就噴起一股鮮紅色血霧。

「芝麻李聽著——！」

鮮紅色的世界裡，從殺人者的隊伍中策馬跑出一名身材矮胖的蒙古武士，用長矛挑著個不肯瞑目的頭顱，在距離城牆百餘米左右的距離上耀武揚威。

「我家大人說了，要你一個時辰之內出城投降，如果不從——」他獰笑了一聲，奮力將頭顱甩向敵樓，「就殺光城外你的這些族人，讓他們去地獄替你開道！」

「呼！」頭顱被甩出了四十多米，摔在地上，四分五裂。朱大鵬的身體哆嗦了一下，眼前的紅色迅速退去，重新呈現出雪亮的鋼刀和一張張哭不出聲音的面孔。

「一個時辰之內出城投降，如果不從就殺光城外你的這些族人！讓他們去地獄替你開道！」那名蒙古武士繼續在百米外策馬馳奔，來來回回，將威脅傳入城上每個人的耳朵。

族人？他們是我的族人？韃子說了，他們都是我的族人！朱大鵬終於明白了，為什麼毛貴覺得他傲慢，總是喜歡站在高處俯覽眾生。而受了他很多恩惠的蘇先生、孫三十一等人，平素對他也是敬畏有餘，未見得如何親密，原來大夥都能感覺到，**他跟他們並不是一夥，一直都不是！**

在二十一世紀，地球村的概念已經深入人心，所以在他眼裡，芝麻李等人和城外的蒙古人、高麗人，其實沒有任何區別！

自兩個靈魂融合以來，他雖然為了生存而努力掙扎，幫助了這裡很多人，做了很多事情，但是骨子裡，他一直把這個世界的人當作遊戲中的ＮＰＣ，根本沒想過自己屬於哪一方，根本沒有把其中任何一方當作同族！

然而，城外的**蒙古人卻用正在滴血的屠刀告訴他，他跟芝麻李，跟城下那些死不瞑目的屍體一樣，都是漢人，都是天生的奴隸**。

反抗，是死！不反抗，死不死全看主人的心情！

我是徐州軍的左軍都督，**我是起義者，我是漢人！**漢人當中地位最為低賤的流民！兩個靈魂融合以來，**從沒有任何一刻，朱大鵬對自己的身分認知如此**

的清晰。

有層看不見的膜，在他周圍瞬間化作齏粉。

他不是朱大鵬，不是那個上輩子打了一輩子遊戲，這輩子繼續遊戲人間的朱大鵬。他是朱八十一，朱老蔫兒，徐州城的殺豬漢朱老蔫，芝麻李帳下的左軍都督。他有個兄弟叫毛貴，有個兄弟叫潘癩子，有個兄弟叫趙君用，還有個兄弟叫蘇明哲，叫張小七……他們是兄弟！是同族！他們個性迥異，能力參差，姓氏不一樣，長得不一樣，高矮胖瘦也不盡相同，但在異族的屠刀下和眼睛裡，他們永遠都是同族，沒有任何差別。

不一起反抗，就要一起變成屍體！

他們是兄弟，是同族，無論任何時候，永遠都是！

生，肩膀挨著肩膀，死，手臂挨著手臂！

「放我下去，我要殺他，我要殺了他！」猛然間，朱八十一扭過頭，衝著芝麻李大喊大叫。

「冷靜！你這樣子殺不了任何人！」

雖然此刻的朱八十一看起來如此猙獰，但是芝麻李卻突然感覺到，小兄弟跟自己之間的關係又近了一些，近到已經難分彼此。

「你先歇著，讓我來！」用力按了按朱八十一的肩膀，他大聲命令。隨即把手探向身後親兵，「拿那張三石力的硬弓來！」

「是！」親兵們紅著眼睛，遞上一張巨大的步弓，和一支狼牙箭。

芝麻李把箭按在弓臂上，深吸了一口氣，瞬間將弓拉成了滿月。城下耀武揚威的那名蒙古武士敏銳地感覺到了危險臨近，把馬頭向後一撥，撒腿就逃。

「嗖！」一支狼牙箭從天空中飛下來，正中他的後頸。將他從馬背上推下來，死死地釘在了地上。

「出城！殺韃子！」芝麻李放下強弓，大聲令道！

「出城！殺韃子！」

「殺韃子，殺韃子！」

城頭上響起一陣山崩海嘯，所有親眼目睹了蒙古人暴行的弟兄們，都抄起兵器，緊緊地跟在了自家主將身後。

「殺韃子，殺韃子！」

徐州城北門大開，毛貴率領前軍兄弟，穿過吊橋，在正對城門口兩百步遠的地方匯成一個巨大的方陣。

「殺韃子，殺韃子！」

緊跟在前軍後邊是右軍，兩千餘名弟兄高手持簡陋的兵器，從吊橋上跑下來，義無反顧。

左軍、中軍、後軍，還有風字營、火字營、林字營、山字營，以及其他一些芝麻李和趙君用兩個根據《孫子兵法》中格言而命名的營頭，都高舉著戰旗，從城門口魚貫而出。密密麻麻，與先前殺出來的眾兄弟們站在了一起。

「殺韃子，殺韃子！」

他們當中大多數身上都沒有鎧甲可穿，手中的兵器也只是一根簡陋長矛，而他們，卻肩膀挨著肩膀，手臂貼著手臂，誰都不願落後半步。

他們已經被當作牛羊一樣屠戮了七十餘年。

他們從參加義軍到現在還不到一百天，其中還有不少人是被裹脅進來的。但是，**他們已經習慣了站著，再也不願意跪下去**。

「殺韃子，殺韃子！」「殺韃子，殺韃子！」人們揮舞著手中的兵器，擁擠著，叫喊著，怒吼聲伴著料峭寒風，響徹整個原野。

忽然間，遠處已經臨近結冰的黃河顫動了一下，騰起了驚濤駭浪。金黃色的波濤「轟」地一聲跳上半空，然後又咆哮著落下，且沉且浮，宛若一條剛剛被驚的巨龍，憤怒地舒展著沉重的身體。

這條龍在沉睡了近百年後，終於醒來了，捲起萬丈波濤，滌蕩世間所有腥膻。

「轟隆！轟隆！轟隆！」

聽到來自背後的洶湧水流聲，蒙元御史大夫、河南江北行省左丞兀剌不花眉頭皺了皺，心中忽然湧起一股不祥的預感。

事物反常必為妖！作為勳貴裡邊難得的儒家子弟，他雖然不大相信這些怪力亂神，但對黃河在十一月底卻突然水流量大增的事情卻多少有些忌憚。

然而，當他看到對面正靠著護城河整理隊形的義軍，臉上立刻湧起了一縷輕蔑的笑容，心中的不安也在一瞬間又消失了個無影無蹤。

怒不興兵，芝麻李顯然中了自己的激將法，沒等他麾下的蟻賊們做好準備就衝了出來！

而那些蟻賊們，居然連最基本的列陣都不會，人挨人，人擠人，亂得像晚秋的騾馬市場一般，根本沒有任何秩序可言！早知道這樣，自己再等上兩三個月，待春回大地後再來討伐這夥蟻賊也不為遲。

在長達三個多月的時間裡無法成軍，再多給芝麻李兩個月，結果也是一樣。雖然眼前那群螞蟻的隊伍裡，已經出現簡陋的令旗和其他一大堆亂七八糟的旗幟，旗幟下的蟻賊頭目們也在努力地約束部曲。但蟻賊就是蟻賊，你就是給他們一萬年時間，再給他們充足的軍糧和武器，他們照樣無法變成真正的將卒。

「擂鼓，準備接戰！」

沒興趣看芝麻李如何整頓隊伍，兀剌不花從身側的親兵背上抽出一根橙黃色的令旗，用力揮了幾下，然後大聲命令。

「咚咚咚，咚咚咚，咚咚咚咚！」雷鳴般的鼓聲，立刻自中軍位置響起。

正在懶洋洋整理鎧甲的羅剎兵們，立刻像吃了曼陀羅花一樣跳了起來，快速與距離自己最近的同夥彙聚成排，然後一排接一排從剛剛建立起的兵營中走了出來，在正對著義軍正中央五百步左右的位置，遙遙地列出了一個整齊的橫長形大陣。

「嗯！」兀剌不花滿意地點點頭，將橙黃色令旗丟給另外一名親兵。隨即再度抽出一綠、一藍兩面旗幟，先後舉過頭頂輕輕搖晃。

「轟！」所有蒙古武士全部跳上了馬背，風一般朝方形大陣左側衝去。借著方陣東南角位置向後拉出一道弧線，轉眼間，就將長方形大陣變成了一把銳利的彎刀。

那些看到藍色令旗的高麗僕從，則一分為二，半數裝備著朴刀的傢伙，快步走到「彎刀」西側，彙聚成一個厚重的底座。另外一半手裡僅有木棒的，則排著隊逼向正在低聲哭泣的百姓，將他們像趕羊一般，朝軍營後方的黃河趕去。逼他們緊貼著堤壩站成十數個人疙瘩，然後畫地為牢，不准他們再做絲毫移動。

前後不過是半炷香時間，蒙元兵馬已經完成了全部戰前準備工作。反觀護城河畔，徐州軍依舊忙碌地整理隊形。所有排兵布陣規則幾乎都是昨天上午才臨時想出來的，到了下午，也只頒發到了千夫長一級的將領手裡。

而更低的百夫長、十夫長，則根本沒得到過任何通知和訓練。完全靠著各自頂頭上司的吼聲來指揮手下士卒，步調根本無法保持一致。

更令大夥尷尬的是，在昨天的議事中，高級將領們一致認為只需要戰兵出馬即可，各自麾下的輔兵留在城牆內側隨時候命即可。然而他們卻誰也沒有過問其他人到底能拿出多少戰兵。眼下沿著護城河開始列陣，才猛然發現彼此手中的兵力差別已經懸殊到了一個驚人的地步。

人數最多的如後軍都督潘癩子，麾下幾乎沒有戰兵和輔兵之分，把額定的五千士卒全都當作主力給拉了出來。

人數稍少些的如右軍都督彭大，麾下戰兵數量也高到了兩千四百多名的地步，密密麻麻地擠成了個多邊形，四周參差不齊。

其他各位將領麾下的戰兵，包括芝麻李自己的中軍在內，或是兩千左右，或是三千出頭，彼此之間差距也非常巨大。但是只要不跟左軍站在一起，他們之間的人數差距就不那麼令人感到震驚了。

朱八十一所統率的左軍，居然還是昨天上午那六百來人，沒有因為即將開始的惡戰多出一個！

「把陣形再拉開些，靠著運河一字排開吧，各營之間留出半丈寬的通道不用緊挨著，免得影響兵馬調動！」

望著對面已經嚴陣以待的官軍，芝麻李覺得臉上有些發燙，皺了下眉頭，很無奈地說道。

眼下的徐州軍可做不到像對面蒙元兵馬那樣，完全跟著令旗和戰鼓來移動，立刻有數名大嗓門的傳令兵跳上戰馬，從中軍位置向左右兩個方向奔去，一邊跑，一邊扯開嗓子不斷地重複：

「一字排開，大總管有令，各營沿著運河一字排開，彼此之間留出半丈寬的通道，以供兵馬調動！」

「呼啦啦！」原本就不太整齊的隊伍立刻變得更加混亂，好半天才在千夫長和各營主將的約束下，重新把隊形整理清楚，彼此間慢慢拉出一個明顯的距離。

「嗯！」看著徐州軍在距離自己數里遠的位置忙碌，兀剌不花既沒有命令大軍立刻壓上去趁火打劫，也沒有派出弓箭手進行騷擾，而是饒有興趣地分辨起觀察起對面各營的臨場表現來，不斷地搖頭或者點頭。

「大帥，要不要末將帶些人過去，教教他們怎麼打仗？」一名世襲的騎兵百戶等得百無聊賴，湊到兀剌不花的身邊提議。

「沒必要！」兀剌不花手捋鬍鬚，搖頭回道：「芝麻李的帥旗背對著吊橋，一旦發現勢頭不妙，隨時都可能逃回城內！那樣的話，爾等可能就要強行攻城了，不如多給他點時間，讓他多一點信心，然後再打他個措手不及！」

「大帥英明！」騎兵百戶佩服得五體投地，手按胸口，在馬背上恭敬施禮。

「不過你也別閒著，去，替我向芝麻李傳個話！讓他不要著急，慢慢弄，什麼時候把隊伍理順了，什麼時候我再開過去割他的腦袋！」

「諾！」世襲百戶也吞莫哥答應了一聲，撥轉馬頭，興高采烈地去了。

看了看麾下百戶那驕傲自信的背影，兀剌不花又點點頭，然後將目光轉向身邊的隨行幕僚，笑著吩咐，「諸君，跟著我去軍陣背後吧，走得近些，一會兒也能看個熱鬧！這一仗，不存在任何懸念！」

「大帥親自出馬，當然所向披靡！」眾蒙漢幕僚們，多少都略通一點兵法。

從徐州紅巾的臨陣表現當中，就看出這是一群嚴重缺乏訓練的蟻民。所以個個都認為徐州已經唾手可得，齊齊彎下腰去，大聲稱頌。

「嗯！」兀剌不花笑著點下頭，抖動韁繩，帶頭朝自家軍陣背後靠了過去。他是成吉思汗帳下四狗之一，神箭手者別的嫡系後代。骨子裡傳承著對戰爭的狂熱，雖然讀了幾大車儒家典籍，每當帶兵出戰，依舊興奮得不能自已。

眾幕僚也在兀剌不花的親兵保護下，騎著戰馬迅速向自家軍陣靠近，然後憑藉多年追隨鞍前馬後養成的默契，與兀剌不花一道，在距離軍陣八十步左右的位置停了下來。

這個距離，如果換算成朱大鵬原來所在的時空，就是一百二十米，既不會影響前方將士們的行動，又能及時將命令發出去，調整戰鬥方案。

緊跟著，有親兵從軍營內推過來幾輛特製的高車，略微調整了一下角度，熟練地將高車拼合在一起，組成一個五米見方，一丈多高的帥臺。兀剌不花跳下坐騎，由親兵攙扶著，從特製的臺階走了上去，親手將赤紅色的主將旗幟插在高臺正中央的圓孔上。

「必勝！必勝！必勝！」

親兵們看到帥旗豎起，立刻扯開嗓子大聲吶喊。

頃刻間，所有蒙元士兵都喊了起來：

「必勝！必勝！必勝！」

「必勝！必勝！必勝！」

一個個張牙舞爪，信心十足。

奉命替兀剌不花傳話的蒙古百戶也吞莫哥，此刻也帶著十名大嗓門手下來到了義軍陣前。

汲取了先前那個挑釁者被芝麻李給釘死在地上的教訓，這回，他隔著大約一百五十步遠就自覺地帶住了馬頭，然後扯開嗓子，反覆叫囂道：

「芝麻李聽著，我家大帥說了，讓你不用著急。慢慢整隊，什麼時候把隊伍整理完成了，什麼時候再上前送死不遲！」

「芝麻李聽著，我家大帥說了，讓你不用著急。慢慢整隊，什麼時候把隊伍整理完成了，什麼時候再上前送死不遲！」十名大嗓門蒙古騎兵跟在也吞莫哥身後，齊齊扯開嗓子，用非常流利的漢語大聲重複著。

「必勝！必勝！必勝！」

「必勝！必勝！必勝！」

眾蒙元士兵聽了，吶喊聲立刻愈發狂熱，彷彿對面站的全是牛羊般，馬上就可以肆意宰割。

徐州軍的將士們聽了，士氣難免會有些受到打擊。對面的羅剎鬼兵他們已經看清楚了，在陽光下的確都有影子，但鬼兵們的身材和軍容，卻令他們自慚形穢，同樣是人，對方身高都在九尺開外，而他們這邊即便是最為強壯的，如後軍都督彭大和左軍都督朱八十一，也不過是八尺半左右的個頭，比對方最低的士兵還要低上半個腦袋。

再往彼此身上看，鬼兵們每個人身上都披著半身鑌鐵甲，也不知是何等巧匠所打造，整個前胸部分居然是完整的一塊，在陽光下熠熠生輝，與護肩、護襠和護腿串連在一起，將身上所有的要害部位遮擋了個嚴嚴實實。就連碩大的腳掌上，都穿了包了鐵的靴子，看上去又厚又重，隨便就能將地面踩出個土坑來。

那些沒有鎧甲遮擋的部分，如小臂、小腿等，則完全露在了空氣中。十一月底的天，居然也不覺得冷，一寸多長的金色體毛根根倒豎，就像一隻隻穿著鎧甲的刺蝟。

而徐州軍這邊，大多數人卻只穿了件厚布坎肩。就算是主將的親兵和極少數精銳，頂多穿了件豬皮甲，對流矢也許還能有一定防護力，遇到羅剎鬼兵手裡的短刃，肯定就像紙糊的一般。

第九章

浪花淘盡英雄

從黃河上吹過來的風越來越大，越來越冷，
將血霧在半空中凝結成霜，紛紛揚揚地四下飄灑。
明亮的冬日下，天地宛若變成了一塊瑪瑙，
一邊是灰色，一邊是藍色，還有一邊是耀眼的黃。
那是黃河，滔滔滾滾，浪花淘盡英雄。

「毛貴，給我出去殺一殺敵軍的威風！」

芝麻李敏銳地感覺到了己方的士氣在快速下降，連忙抽出一面臨時趕製的紅色令旗，親手交到前軍都督毛貴手裡，令道：

「殺了那個人，讓兀刺不花看看我江淮男兒！」

「諾！」

前軍都督毛貴躬身領命，拖著紅纓槍大步出列，一邊朝正在叫囂的蒙古百戶走，一邊笑著喊道：「兀那賣嘴的慫貨，不要再嚷嚷了。有本事放馬過來，讓毛爺取你首級！」

「你……」

也吞莫哥正喊的得意，沒想到芝麻李隨便派了個連馬都沒有的人向自己挑戰，愣了下，怒火從心頭勃然而起，怒喝：「找死，那老子就成全你！」說罷，也不向自家主帥請示，雙腿一磕馬鐙，逕自便朝毛貴衝了過去。

「該死！」兀刺不花將兩軍陣前的情景看了個清清楚楚，忍不住又皺起眉頭。芝麻李明顯是想用陣斬敵方大將的方式激勵士氣，也吞莫哥居然敢不向自己請示就擅自應戰。然而此刻鳴金把也吞莫哥叫回來，肯定對士氣會產生不利影響。因此，他稍作遲疑之後，就果斷地命令：

「擂鼓，給也吞莫哥助威！」

「轟隆隆，轟隆隆！」雷鳴般的戰鼓聲再度響了起來。

一眾蒙元將士停止叫囂，齊齊將目光看向也吞莫哥。

兩將單挑，這個場景只有茶館中的平話先生嘴裡才有，如果換到其他正規的戰場上，大夥可沒機會開這種眼界。

數千雙充滿期盼的眼睛中，一身精鋼荷葉甲的也吞莫哥高舉百煉長刀，像個地獄裡爬出來的猛鬼般，他穿了半件披甲，手持木柄紅纓槍的蟻賊撲去。人和馬動作嫻熟和諧，每一個動作都透出力量與美感。

再看與也吞莫哥對陣的那個蟻賊，明顯已經未戰先怯，手中的紅纓槍晃來晃去，根本端不成一條直線。

前後只是一眨眼的功夫，也吞莫哥已經衝到了對手面前，嘴裡發出一聲暴喝「嘿！」，百煉長刀借著馬速凌空劈落，在陽光下劈出一條閃電。

「好！」一眾蒙元將士齊聲喝彩，抬起眼睛，準備看人頭帶著血水飛上半空的美景。

然而令他們失望的是，半空中卻遲遲不見任何血跡，反而是也吞莫哥自己像喝醉了一般，在馬背上搖搖晃晃，任由坐騎把自己帶出了幾十步遠，依舊沒有拉住轡繩。

「啊！」喝彩聲變成驚呼，眾蒙元將士拼命眨巴著眼睛刨根究底。

只見那名早就應該身首異處的蟻賊笑呵呵地抖了抖紅色的槍纓，大步從後邊追上去，伸手輕輕一推。

「噗通！」也吞莫哥的屍體像朽木一樣掉下了馬背，嘴裡冒出了大股大股的鮮血。

那蟻賊則一把拉住無主的戰馬，飛身跳了上去，手搭槍桿，遙遙地朝蒙元將士施禮，口稱：「謝御史大人派人送馬！毛貴這廂有禮了！」

「謝御史大人派人上門送馬！」徐州軍將士哈哈大笑著，將毛貴的話一遍遍重複，剛剛被打落下去的士氣瞬間漲到了極點。

「報仇！」也吞莫哥所帶的那十名負責喊話的蒙古騎兵從震驚中緩過神來，同時催動坐騎衝過去，就想倚多為勝。

芝麻李帥旗下也立刻撲出去十名身手最靈活的斥候，半路攔住他們，與他們在沙場中捉對廝殺。

勝負幾乎是在幾個彈指間就見出了分曉。

那十名大嗓門蒙古騎兵輕敵大意在先，士氣又因為也吞莫哥的死受到了極大打擊，居然在第一次對衝當中，就被芝麻李麾下的斥候砍死四個，而斥候們這邊卻只有兩人落馬，一人肩膀上飄起了耀眼的紅。

「跟我來！」前軍都督毛貴一抖韁繩，帶著剩下的八名斥候，再度撲向戰場中央的六名蒙古騎兵。

那剩下的六名大嗓門騎兵已經被殺得膽喪，見對手當中居然又多出了一個殺星，嚇得大叫一聲，撥馬就逃。

「嗯哼！」蒙元主帥兀剌不花皺了下眉頭，大聲喊道：

「傳令，殺無赦！」

「嗚——！」憤怒的號角聲在帥臺上響起，蒙古騎兵隊伍中間立刻撲出了三十多名壯漢。迎住逃回本陣來的大嗓門騎兵，不由分說就是兜頭一刀。

「饒——啊——！」慘叫聲戛然而止，六顆血淋淋的人頭被砍下，由長矛挑著，在元軍自己陣前來回展示。

眾蒙元將士看了，一個個不寒而慄，誰也不想在接下來的戰鬥中畏縮不前，最後屈辱地死在軍法之下。

那些帥臺上的蒙漢幕僚們，則一個個把馬屁拍得「啪啪」作響：

「正所謂慈不掌兵，大帥如此行事，有古之孫、吳遺風。」

「正是，正是，七禁五十四斬，豈能因人而異，殺得好，殺得好，如此膽小無能之輩，軍中留他們不得！」

「哼！」兀剌不花眉頭皺得像個老樹皮一般，鐵青著臉繼續冷哼。

雖然早就料到也吞莫哥可能會因為輕敵大意而送命，卻沒想到此人把命送得如此痛快，居然一個照面都沒過就變成了一具屍體。讓他更沒想到的是，那十個大嗓門的傢伙居然敢臨陣脫逃了！

這對士氣的打擊也太沉重了，沉重到足以令此戰的勝利失去顏色。

不想再給蟻賊們更多耀武揚威機會，兀剌不花狠狠咬了下牙，把一支暗紅色的令旗抄在了手裡。

「欺人太甚！安德魯，帶你的人前壓，殺了那個人，給也吞莫哥報仇！」

「安德魯，帶你的人前壓，殺了那個人，給也吞莫哥報仇！」立刻有親兵將令旗接了過去，策馬送到羅剎千戶安德魯面前。

「諾！」早就按捺不及的羅剎領軍千戶安德魯答應一聲，立刻高高地舉起了手中短刃和精鋼盾牌，喝道：

「高加索一千人隊，跟我上！」

「高加索千人隊，高加索千人隊！」近千名羅剎鬼兵用生硬的漢語重複著，跟在安德魯身後，一步步向前推去。

總計只有四排縱深，氣勢卻好像數萬大軍一般，浩浩蕩蕩。

他們手中的短刃是高價從黑海另一側訂造的，雖然只有半米長，卻接近一手掌寬窄，雙側開刃，銳利無比。他們手中的盾牌，也是由同一個地點訂製，半寸厚的精鋼為面，內部還襯著一層厚厚的棗木，即便是破甲錐都很難射穿，更甭提對面農民軍手中的簡陋長矛。再加上包裹住全部要害的精鋼甲，每個人幾乎都是一座移動堡壘，沿途遇到任何阻礙都有信心碾成齏粉，根本不必在乎彼此間人數的差距。

見敵軍的先鋒已經像輛戰車一樣朝自己碾壓過來，芝麻李知道見真章的時候到了，命令親兵去叫回毛貴，隨即一抖戰馬韁繩，就準備親自帶著中軍迎戰。

然而徐州軍長史趙君用卻側身擋在了他的馬頭前，擺擺手，大聲說道：「這只是試探，大總管不能親自出馬，且讓……」

「大總管，我來！」山字營主將張小二早就等得不耐煩了，拍馬從陣地的左前方跑回來，主動請纓。「讓我去滅了他們，替弟兄們扒些鎧甲回來！」

「好！你小心些！我派人隨時接應你！」芝麻李想了想，輕輕點頭。

「弟兄們，跟我去扒鎧甲啊。都是鑌鐵的，誰扒到手歸誰！」張小二撥馬跑回自家隊伍前，高舉著手臂大聲動員。

「哈哈哈哈……」眾人剛剛目睹了毛貴一招刺死敵軍大將的精彩表演，士氣正處於爆棚狀態，齊聲哄笑著，跟在山字營統領張小二的身後，亂哄哄朝羅刹兵迎了過去。

他們這個營，被算作戰兵的，有三千餘名，人數已經超過了敵軍的三倍，因此個個信心十足，腳步邁得飛快。短短十幾個彈指之後，就與敵軍迎面撞在了一起。

「轟！」半空中陽光忽然暗了暗，血霧拔地而起，扶搖直上，數十顆繫著紅色絲帶的人頭被血霧氣托上了半空，一個個雙眼圓睜，死不瞑目。

山字營的隊伍立刻凹下了一大塊，衝在前面的弟兄迅速往後退，在後面的弟兄卻收勢不及，端著長矛繼續往前湧，自己人擠自己人，簇擁成亂哄哄的一大團。

而已經衝進陣中的羅刹士兵，則用精鋼盾牌抵住距離自己最近的紅巾軍將士胸口，精鋼短刀貼著盾牌的下邊緣迅速前捅。

「啊——！」

「娘——！」

慘叫聲不絕於耳，下一個瞬間，紅巾軍將士就又倒下了整整一層。對面的羅剎兵邁動包著鐵靴子的大腳，從屍體中踏過去，繼續揮動利刃。

血，像瀑布一般，倒著噴向半空。一層又是一層，層層疊疊，無止無休。

芝麻李在兩軍接觸的瞬間就察覺到勢頭不妙，立刻揮動令旗，將右軍和中軍的林字營，雙雙派了出去。五千餘名將士早就被自家袍澤的鮮血刺激得兩眼通紅，毫不猶豫地跟在彭大和張小五身後撲向敵軍。

八對一，已經接近於敵我雙方的總兵力對比，然而，結果依然超出了所有人的期待，那一千名羅剎鬼兵就像刀槍不入的妖怪一般，在紅巾軍隊伍中橫衝直撞。每碾到哪個方向，就將那個位置的紅巾軍將士碾倒一整排，行進當中，竟然沒有絲毫停滯。

「左軍留在原地，前軍、後軍一起上去，淹死他們！」

芝麻李看得雙目俱裂，啞著嗓子，又投入了最為依仗的兩個營。

「是！」前軍都督毛貴和後軍都督潘癩子答應一聲，立刻帶領麾下戰兵撲上。

又是七千餘人，紅巾軍投入戰鬥的總兵力，已經超過了敵軍的十五倍，如此懸殊的兵力對比，終於扼制住了對手的攻勢。那群羅剎鬼兵左衝右突，好長時間不能再向前推進半步。

忽然，他們仰頭發出一陣咆哮，然後迅速聚集成一個團，互相掩護著，緩緩向後退去。

「給弟兄們報仇，別放跑了他們！」林字營統領張小五紅著眼睛，大聲嘶吼。剛才就在他眼前，自家哥哥被羅剎兵砍去了半邊腦袋。最先出擊的山字營也幾乎全軍覆沒，這個仇，他必須報！

「殺光他們，殺光他們！」林字營、前軍、後軍和右軍的弟兄也呼和酣戰，誰也不肯放獵物離開。

遠處觀戰的兀剌不花看到此景，嘴角微微露出一絲冷笑，抽出一根黑色的令旗，迅速搖擺。

「嗚嗚，嗚嗚，嗚嗚——！」淒厲的號角聲從他背後響起，將新的命令送遍整個戰場。

聽到號角聲，正在全軍後撤的那夥羅剎兵，居然立刻停住了腳步，盾牌挨著盾牌，組成了一個巨大的鐵球，任周圍的紅巾軍將士如何攻打都巍然不動。

而另外兩支羅剎兵千人隊，和完全由蒙古人組成的騎兵則緩緩壓了上來，不疾不徐，彷彿戰場中那一萬三千多名紅巾軍勇士都是待割的莊稼。

緊跟著，手持朴刀的高麗人也開始快速移動，一邊跑著，一邊將用刀身在自己胸口處猛拍，「啪啪，啪啪，啪啪！屠城，屠城，屠城。必勝，必勝，必勝！」，一個個口吐白沫，如瘋似癲。

「左軍、火字營留守待命，其他各營，跟我一起上！」

聽到高麗人那瘋子般的叫囂聲，芝麻李再也無法保持冷靜。把手中鋼刀向前一指，帶頭撲向迎面壓過來的敵軍。

趙君用拉了一把馬韁繩沒拉住，也只好揮動長史旗，指揮著風字營、日字營、月字營和水字營緊緊跟上，萬餘條頭裹紅巾的漢子，拿著短刀、長矛，追隨著他的將旗，義無反顧。

就在此刻，沙場中央的戰鬥也到了白熱化狀態。一萬三千多名紅巾義軍，圍著七百多名羅剎鬼兵組成的圓陣，從各個方向發起了一波又一波決死衝擊。

然而，雙方無論在訓練程度和武器裝備方面，差距之大到了令人難以想像的地步。儘管弟兄們很勇敢，儘管他們一個個都把生死置之於度外，但是，他們手中的長矛捅在對方盾牌上只能留下一個淺淺的白印，而羅剎兵的短刃只要揮起，就是一片血光。

戰場上，幾乎有一半紅巾軍都被由羅剎兵組成的鋼鐵圓陣吸引了過去，再也無暇他顧。另外一半人，則由芝麻李、趙君用、張小七等人帶著，從左右兩側越過這個巨大的戰團，正面迎向了兀刺不花派過來的主力。

眼看著敵我雙方之間的距離越來越近，近到已經只有短短二十步，與先前膠著在一起的那個戰團成為彼此不相干的兩個戰場。

忽然間，兀刺不花的帥臺上又傳來一陣低沉的號角：

「嗚嗚，嗚嗚，嗚嗚嗚嗚——」

緊跟著，角聲驟然停滯，走在最前方三排羅剎兵猛的從背後拔出一根短標槍，奮力擲向了正前方。

嘶嘶的毒蛇吐信聲被寒風托著，送進在場每個人的耳朵，整個天空瞬間變得陰暗無比，**七百多根標槍，帶著風，帶著寒氣，把死亡的陰影送到了正在蜂湧而前的紅巾軍將士的頭頂**。

風字營統領張小七被三根標槍同時射中，從馬背上栽下來，氣絕身亡。與他並肩前進的風字營副統領徐十二，被一根標槍射在了胸口上，雙手握著精鐵打製的槍桿，用力向外拔。

「呵呵，呵呵，呵呵……」

他嘴裡發出難聽的聲音，像是哭，又像是在笑。忽然間，有口鮮紅色的血從他嘴裡噴了出來，整個人頓時軟了下去，跌落塵埃。

「風」猩紅色的將旗迎風招展，指引著弟兄們繼續前進。手擎將旗的親兵被一根標槍透胸而過，卻踉蹌著不肯倒地，鮮血順著身上的傷口瀑布般向下淌。

「殺韃子，給張統領報仇！」風字營千戶魏子喜愣了愣，從張小七的親兵手中奪過將旗，奮力揮動。

被打散了的紅巾軍將士重新聚集起來，高舉著短刀長矛，踏過同伴們的屍體，繼續向羅剎兵衝過去。

刀山火海，義無反顧。

前三排羅剎鬼兵的腳步再度停住，又投出一排標槍，天空再度變得無比灰暗，數以百計的紅巾將士被標槍射中，不甘心地將手伸向空中，試圖抓住人世間最後一縷光明。

天空中的太陽卻突然暗了下去，沒有任何溫度，呼嘯的北風從戰場上掃過，吹起重重血霧。血霧中，一個接一個紅巾將士倒下，前仆後繼。

雙方將士終於絞殺在了一起。

有名羅剎鬼兵的鎧甲被長矛捅中，一滑而過。紅巾義士微微一愣，電光石火間，羅剎鬼兵從盾牌後探出刀刃，一刀捅穿了他的肚子。

轉眼間，與羅剎兵放對廝殺的紅巾軍就被屠戮了個乾乾淨淨。羅剎人用刀刃拍打著盾牌繼續向前，宛若一道移動的鐵牆。

一排紅巾將士撞上去，粉身碎骨。

又一排紅巾軍將士撞上去，鮮血將盾牌染成粉紅色，在陽光下妖異無比。

然後是第三排，第四排，宛若飛蛾撲火。

「嗚嗚，嗚嗚，嗚嗚嗚——」催命般的號角聲再度響起，第四、第五、第六排羅剎鬼兵迅速跟上前補位。

猛然間，號角聲又是一停，天空第三次變得無比灰暗，七百多根標槍分成前後兩波，飛掠過二十步的距離上，射在了紅巾軍將士毫無盔甲遮擋的身體上，將前行的隊列砸成了數段。

血，像火焰一樣跳起來，在戰場上來回滾動，滾到哪裡，就將死亡的陰影帶到哪裡，帶走一個個鮮活的靈魂，留下一具具冰冷的屍體。

羅剎鬼兵踏著短標槍落地的軌跡衝進了紅巾軍隊伍中，展開了又一輪血腥屠殺。

他們手中的刀都是精鋼打造，每一輪揮動都能放倒一整排的紅巾軍。他們手中的盾牌沉重無比，不但可以擋住紅巾軍將士的攻擊，還可以當作兵器使用。每一次前推，都能將對面的紅巾軍兒郎推得踉踉蹌蹌，腳步難穩，陣形也亂得百孔千瘡。

那些紅巾軍將士，則在芝麻李、趙君用等人的帶領下殊死抵抗，刺不穿盾牌則刺鎧甲，刺不穿鎧甲，則刺羅剎兵的小腿和手臂，寧可用五倍的代價，也換敵軍躺在地上。

雙方在極近的距離上揮舞著兵器，試圖奪走對手的性命。每一眨眼，都有無數靈魂悲鳴著飛上半空。

兀剌不花冷笑著揮動令旗，號角嗚咽，宛若鬼哭。

最後三排羅剎兵大步向前，獰笑著從背後解下一把角弓，將狼牙箭搭在弓臂上，以四十五度角拋射。羽箭黑壓壓地飛上天空，又猛然撲下來，奪走無數條生命，然後又是一波黑壓壓的羽箭遮天蔽日。

天越來越暗，從黃河上吹過來的風越來越大，越來越冷，將血霧在半空中凝結成霜，紛紛揚揚地四下飄灑。

粉紅色的冰晶迅速將半邊天空也染成了同樣的顏色，明亮的冬日下，**天地宛若變成了一塊瑪瑙，一邊是灰色，一邊是藍色，另外一邊則是紅色，還有一邊是耀眼的黃。**

那是黃河，滔滔滾滾，浪花淘盡英雄。

望著眼前蒸騰翻滾的紅色血霧，朱八十一的眼睛不知不覺間湧滿了淚水。

不知道是因為麾下戰兵數量最少的緣故，還是芝麻李想為徐州紅巾多留一點火種，他奉命駐守在原地。同時，也成了所有核心將領中，唯一一個可以觀看到戰場全貌的人。

他看到羅剎兵舉著短刃和盾牌像割草一樣，將紅巾軍將士成排地格殺；他看到高麗人從側面殺入戰場，手中朴刀亂揮，將護在芝麻李側翼的趙君用等人逼得節節後退，狼狽不堪；他看到紅巾軍將士在遭受了重大傷亡的情況下，兀自死戰不退，用生命捍衛來之不易的自由；他看到芝麻李從肩窩裡拔下標槍，反手丟向羅剎人脖頸，然後重新舉起刀，呼喝酣戰，手下無一合之將。

一陣風吹過，血霧遮擋住他的視線，當戰場的景色漸漸清晰，他已經找不到芝麻李的身影。但是在人群中，**徐州軍的帥旗卻依舊高高地飄揚，旗桿筆直，就像芝麻李不肯曲下的雙腿。**

又一陣血霧滾過，紅巾軍戰旗再度被吞沒。當視野重新恢復清晰的時候，他看到兀剌不花在不停地揮舞令旗，將一個又一個等同於謀殺的指令，毫不間斷地送到戰場上的蒙元將領手裡。

他看到那些騎兵將領從傳令兵手裡接過令旗，催動馬隊，殺向了已經被芝麻李等人拋在身後的戰團。

「不好！」看著蒙元一方的騎兵越衝越快，朱八十一驚呼失聲。

然而，他已經來不及做任何事情，那夥騎兵就像猛獸一邊撲到了林字營統領張小五面前，瞬間，將此人連同他的將旗一道淹沒在耀眼的刀光裡。

戰團被切去了厚厚的一角，血流成河，已經被磨得只剩下五百多人的羅剎高加索千人隊，再度被釋放了出來。**他們就像出了籠的魔鬼，陣列由圓形再度變成了長長的錐形，跟在蒙古騎兵身後縱橫穿插，所過之處屍橫遍野。**

林子營的主將和幾名千夫長先後戰死，士卒轉眼傷亡過半，僥倖沒有死在羅剎人屠刀下的弟兄們再也堅持不住，轉過身，退潮般從陣前敗了下來。重新加起速度的蒙古騎兵，則像野狼一樣，從背後撲向毛貴帶領的前軍。

已經在跟羅剎人交戰中傷亡超過了三成的前軍，在巨大的壓力下也迅速崩潰，除了少數百十個人還跟在毛貴身邊死戰不退之外，其他弟兄丟下了戰旗和兵器，四散奔逃。

戰場上的局勢急轉直下，雪崩從一個點開始，迅速波及成面，然後繼續向隊伍內部延伸。

敗了，敗了，羅剎鬼太厲害了。兀剌不花老奸巨猾。

很快，恐懼和絕望就蔓延到全體徐州軍將士心中，很多跟敵人尚未發生接觸的士卒，也被最早退下來的那批嚇破了膽子的傢伙推搡著，丟下來之不易的兵器，扯下頭上的紅巾，加入逃命隊伍，踉踉蹌蹌，就像一群失去靈魂的牛羊。而蒙元騎兵和步兵則像趕羊一般驅趕著他們，從背後壓向芝麻李。將芝麻李壓得進退失據，無法力挽狂瀾。

數支標槍再度從半空中飛來，將舉著帥旗的親兵推下馬背。人群猛的向前一擠，又向後倉惶撤退，帥旗轉眼間就被無數雙大腳踩進了血染的泥漿中，再也看不出原來的模樣。

「不能退，不能退，你們身後就是徐州啊！」朱八十一揮舞著鋼刀，發了瘋般大喊大叫。但是，他的聲音卻被撲面而來的哭嚎聲吞沒。

敗兵宛若螞蟻，成群結隊地從他身邊跑過，跑上吊橋，跑進四敞打開的北門，在門洞裡擠成一團，自相踐踏，死無全屍。

「不能退，回去，回去！」他舉刀砍翻兩名逃兵，逼著其他逃兵重新返回戰場。

但是，被嚇破了膽子的逃兵當中，沒有人再認他這個左軍都督，也沒有再認他這個佛子，**在血淋淋的死亡面前，一切傳說都蒼白無力**。

又一名潰兵從他身邊跑過，朱八十一揮刀去砍。後者毫不猶豫地舉刀招架，兩口鋼刀在半空中相遇，斷為四截。朱八十一愣了愣，迅速從腰間拔出殺豬刀。那些潰兵則趁機逃遠，不肯做絲毫的耽擱。

「嗚嗚，嗚嗚，嗚嗚……」催命般的號角聲再度響起，放倒了芝麻李的帥旗之後，蒙元一方的隊伍再變，不再是齊齊整整的軍陣，而是分成十餘人或者二十餘人的小隊，在高麗僕從的帶領下，撲向那些仍在頑抗的紅巾軍勇士，將他們一個接一個殺死。然後追向那些逃命者，驅趕著他們，不准他們停下腳步來思考，不給他們重新鼓起勇氣的機會。

「都督，咱們也趕緊撤吧！趁著羅剎鬼還沒殺過來！」左軍千夫長孫三十一嚇得兩股戰戰搖搖，抱住已經進入瘋狂狀態的朱八十一，大聲祈求。

留守在原地的其他各營已經被潰兵衝亂了套，將士們各不相顧，爭先恐後奔向吊橋，奔向北門。狹窄的吊橋和北門根本無法接納如此龐大的人流，很多將士跑著跑著，就被自己人擠進了護城河中，一轉眼就徹底失去了蹤影。

「都督，咱們也趕緊撤吧！咱們從東門繞回去，小的在您家中藏了幾輛馬車，咱們收拾收拾，立刻出城！」百夫長牛大也湊上前，哆哆嗦嗦地說道。

「跑，往哪跑？四處都是大元朝的地盤，你還能跑到天上去？」朱八十一忽然回過神來，面容猙獰得就像一頭惡鬼。抬起腳，他先將牛大踹翻在地上，然後劈手從親兵手裡奪過自己的將旗，喝令道：

「左軍——，跟我上！」

軍陣當中，回應者寥寥無幾。大夥能堅持到現在不沒趁亂逃走，已經給他這個大都督爭足了面子，再也無法付出更多。

「你們——」朱八十一愣了下，臉上露出白癡般的笑容。他把他們當成了自己人，可是他們卻依舊願意去做奴隸。他們已經被奴役了七十多年，早已沒有當初十萬人蹈海的勇氣。

好吧，是他自作多情了，殉國的血性？那些有血性者早就死絕了，根本活不到現在。

想到這兒，他猛的把將旗舉起來，狠狠塞進了面如土色的蘇明哲手裡，毅然道：「姓蘇的，我不要求你跟我一起去死，我要你帶著這群孬種去西門。然後拿了府上的東西一起逃命！不要去擠北門，去那邊，你們只會死得更快！」

說罷，他又將目光轉向所有人，衝著大夥大笑著揮手：「再見了，我祝你們個個都長命百歲！」

他扭過頭，努力控制著自己的眼淚不要再淌出來。拎著殺豬刀，逆著逃命的人流，直奔兀剌不花的帥旗衝去。

他還有一口氣，有四個用標準黑火藥製作的竹殼手榴彈，他還有機會一命換一命，送那個屠夫上西天。

所有看到他的潰兵都主動繞道而走，誰也沒勇氣阻擋他的腳步。

身後不知道是哪個啞著嗓子喊了幾聲，也不知道喊的是什麼內容，然後，又響起了稀稀落落的腳步聲。

朱八十一知道有人跟上來了，他不知道是多少，他不願意停下來等他們，**這一刻，他的所有勇氣都集中在兩條腿上，不能停下來，也不敢回頭！**

殺戮還在繼續，除非有奇蹟出現，此戰的結果已經無法更改。

除了芝麻李、趙君用和毛貴三人還各自帶著數百親信且戰且退之外，其餘各營已經徹底被打散了架，兵找不到將，將顧不上兵。

能擠上吊橋的，就順著吊橋往城門洞處擠，擠不上吊橋的，就直接跳進冰冷的護城河。那些連跳河都來不及的，則沿著河岸向東西兩個方向逃命，徐州城有四個大門，只要逃到東西兩個城門口，他們就還有回家收拾細軟的機會。

而兀剌不花麾下的蒙元官兵，則從背後追上至少五倍於己的紅巾軍將士，將他們一個挨一個戳死在地上，簡單得如在割草。

一個十人隊可以追殺一百名紅巾軍，一個百人隊可以在戰場上橫掃千軍，哪怕只有兩三名羅剎兵，也照樣可以追著數以十計的紅巾軍猛砍，絲毫不必擔心後者敢於回頭反擊。

就連盔甲兵器和紅巾軍差不多檔次的高麗棒子，都像喝了曼陀羅汁一樣，興奮地追著紅巾軍背影，一個個志得意滿，殺氣騰騰。

一名興奮過度的高麗僕從，舉著滴血的朴刀撲向朱八十一。他腰間已經掛了三顆不肯瞑目的頭顱，馬上就要收穫第四顆，不過，這第四顆人頭卻不肯低下脖子讓他砍，忽然側開了一步，然後手臂橫著就掃了過來。

「噗！」那名高麗僕從聽到一記熟悉的聲響，然後雙手捂住自己喉嚨，詫異地睜圓了眼睛，到死，也不敢相信眼前這個看上去失魂落魄的傢伙居然會反抗，居然還有如此俐落的身手。

朱八十一抬起手背在自己臉上抹了抹，繼續撒腿向前猛跑，距離兀剌不花的指揮台至少還有五六百米遠，他必須在有人注意到自己之前加快速度。

幾名騎著高頭大馬的蒙古騎兵從他身邊只有十米遠的飛馳而過，卻沒有停下來追殺他的興趣。戰場上跑丟了方向的紅巾軍士卒太多了，這個只穿了件皮甲的傢伙，一看就不是什麼大官，不值得騎兵浪費時間。

又一股高麗僕兵迎面撲來，朱八十一側身繞了個圈子，避免與對方正面相撞。這些高麗兵和先前那幾個蒙古兵同樣不識貨，對近在咫尺卻跑得頗快的「大魚」視而不見。

朱八十一繼續在混亂的戰場上逆著人流前行，就像一隻孤獨的飛鷹。又有兩波官兵被他避了過去，距離兀剌不花的帥臺已經不到四百米，他感覺到自己的心臟怦怦怦狂跳，呼吸沉重得像是在拉風箱。

眼前的潰兵越來越少，敵軍也越來越少，視野越來越清晰。兩名渾身是血的羅剎兵看到了他，愣了愣，獰笑著撲了過來。

這兩個人剛剛解決了一小隊死戰不退的紅巾軍，累得滿頭大汗，腳步也遠遠落在了同夥的後邊，正愁追潰兵追起來太累，如今居然有傻子自己送腦袋上門，教他們如何不喜出望外！

朱八十一繞了幾步沒能擺脫，最終被二人擋住了去路，一伸左手，他從腰間扯出一個竹筒，試圖速戰速決，然後將竹筒舉起來之後，才猛然發現自己居然事先忘記了點燃引火用的艾絨。

現掏火摺子去點引線肯定來不及了，朱八十一想都不想，劈手將竹筒砸向已經近在咫尺的羅剎兵，然後右手舉起殺豬刀，朝著此人的心臟狠狠刺了過去。

「啪！」竹筒被羅剎兵用短刀砍成了兩半，黑火藥失去約束，從半空紛紛揚揚落下來，灑了此人滿頭都是，沒等他來得及用手去擦，殺豬刀已經刺到了胸口。

「噹！」地一聲，濺出連串的火星。

羅剎兵被胸口處傳來的巨大力道推得接連後退，然後揮動鐵盾，拍向朱八十一的腦袋。朱八十一躲閃不及，只好奮力向前一撲，連人帶刀撲進了羅剎兵懷裡。

鐵盾砸空，羅剎兵右手利刃抬起，從斜下方刺向朱八十一小腹，朱八十一左手下壓，握住了他的手腕，右手的殺豬刀再度舉起，扎向羅剎兵的咽喉。

羅剎兵訓練有素，立刻丟了盾牌，用左臂架住朱八十一的右胳膊，殺豬刀刺不下去，短刃也挑不起來，二人糾纏在一起，眼睛瞪著眼睛，鼻孔間的白煙清晰而見。

另外一名羅剎兵看到有便宜可占，立刻繞到了朱八十一身後，準備給他致命一擊。

電光石火間，朱八十一感覺到了危險臨近，嘴巴大吼一聲，雙臂雙腿腰肢同時發力，像推牲口一樣，將對面羅剎兵推出了五米多遠，仰面朝天躺在地上。

背後的羅剎兵一刀刺空，搶步上前再刺，忽然有一雙套著華麗鎧甲的手臂從側面探了過來，死死地抱住了他的腰桿。

兩度攻擊均已失敗告終，這個羅剎兵惱怒異常，刀尖立刻調轉方向，朝抱著自己的那個紅巾軍大將猛砍，一刀，然後又是一刀。

「啊——」那名身穿鍍銅鎧甲的紅巾軍大將疼得厲聲慘叫，卻寧死不肯鬆手。

朱八十一恰巧回過頭來，看到剛才被自己踹了一腳的孫三十一像蔓藤一樣掛在羅剎兵腰間，血從後背的傷口上如噴泉般往外噴。

「啊——！」他張口發出一聲大叫，不再管被自己撞翻在地的另外一名羅剎兵，跳起來，雙腿凌空朝被孫三十一抱住的這個撲了過去，整個人像炮彈般，狠狠地砸在了此人的前胸上。

「砰！」殺豬漢的塊頭遠遠超過平素連肉都捨不得吃的孫三十一。強大的衝擊力令羅剎兵身體向後一仰，重重地摔在了血泊中。

朱八十一也站立不穩，身體踉蹌了幾步，膝蓋一彎，恰巧跪在了羅剎兵胸口上。

這是他平素殺豬的最基本動作，從十二歲被酒鬼師父逼著拿刀，一直學到了酒鬼師父死，期間不知道斷送了多少牲畜的性命，每一個動作都早已演化成了本能。

只見他瞪著通紅的眼睛，膝蓋死死壓住羅剎兵的胸口。刀尖貼著鎖骨向頸窩一捅，「噗」，透過皮膚、肌肉，毫無阻礙地直達心臟，然後行雲流水般拔出來，帶出一股半丈高的血泉。

被血泉淋了滿頭的朱八十一隨即跳起，拎著殺豬刀撲向剛剛爬起來的另外一名羅剎兵。那名羅剎兵被他渾身上下冒出的殺氣嚇得兩腿發軟，鋼刀和鐵盾亂揮，死死護住身上的裸露部位。

有根簡陋的長矛貼著地面掃過來，將此絆了個踉蹌，正跪在朱八十一面前。朱八十一想都不想，憑著多年養成的本能又是一刀。「噗」，殺豬刀順著頸窩位置捅穿了心臟，與上一刀毫釐不差。

「三十一，三十一！」蘇先生丟下長矛，從血泊中扶起奄奄一息的千夫長孫三十一。

孫三十一的瞳孔已經發散，看著朱八十一，艱難地擠出一個笑臉，含恨而逝。

「長史——，長史——！」

徐洪三帶領著百餘名漢子混亂不堪的戰場上鑽了過來，一半為親兵，另外一半則出自最早接受訓練的那批軍官，個個渾身是血。

看到蘇先生懷裡的孫三十一，愣了愣，默默地低下了頭。

「你們——？」

朱八十一沒想到真的有這麼多人會跟自己一起去死，並且其中還包括膽小如鼠的蘇先生。

蘇先生訕訕咧了下嘴，沒有說一個字，放下孫三十一的屍體，從腰間解下一根冒著煙的艾絨，雙手捧給了朱八十一。

朱八十一立刻明白了對方的意思，伸左手接過艾絨。然後迅速將右手的殺豬刀別到腰上，順勢扯下第二枚竹筒，喊道：

「跟我來，咱們去炸韃子！」

「炸韃子，炸韃子！」

蘇先生和徐洪三、牛大、王胖子等人，或者平端長矛，或者舉著一個竹筒，寸步不落。

此去必死無疑！但大夥至少像個人一樣活過！

這一小股直立而行的人，立刻吸引了周圍無數道目光，十來名高麗僕從匆匆忙忙跑上前阻攔，被大夥伸出長矛一通亂捅，全都給捅成了篩子。

一個羅剎兵牌子頭帶著另外兩名羅剎兵也衝了過來，揮舞著短刀擋住大夥的去路。蘇先生揮了下手，牛大立刻帶著五名弟兄纏住了他們。其他弟兄們則繼續跟在朱八十一身後，任背後傳來的慘叫聲如何淒厲，腳步都不做絲毫停留。

他們沒有時間停留，也不敢跟任何攔路者做過多的糾纏。**百餘人的小隊，不過是洪流中的一個小水泡，隨便一個大浪拍過來，就會令他們消失得無影無蹤。**

又有幾名羅剎兵撲上前攔路，王胖子帶頭撲了出去。

又有一小隊高麗兵從斜刺裡衝了過來，讀書人劉子雲帶領幾名弟兄迎了過去，手持鋼刀，**就像一群不屈的刑天！**

頭斷，還有手做眼；手斷，還有心未死，志未喪。即便身體被鋼刀砍成了碎片，每一塊骨頭都被野火燒成了灰，依舊有靈魂持干戈而舞。

生，為男兒。

死，亦為鬼雄。

隨著距離越來越近，元軍主帥兀剌不花也終於注意到了這一夥逆流而上的人，愣了愣，臉上露出了一抹讚賞的笑容。

居然有人試圖用行刺自己的辦法來力挽狂瀾，不得不承認，能想出這個主意的蟻賊是個奇才，是個腦袋被驢踢過一百次的奇才。

且不說只要帥臺上吹響號角，立刻就能調回足夠的騎兵，將他們活活踏成齏粉，就是將帥臺附近的百餘名親衛分一半過去，也能將他們頃刻間剁成一堆肉泥。

從行省衙門出來，沿途消滅了數十萬紅巾軍，還是第一次遇到如此有意思的事情。兀剌不花非常不願意立刻就將那夥異想天開的傢伙剷除，慢慢在帥臺上踱了幾步，他臉上的表情就像正在玩弄老鼠的貓：

「帖木兒，看到那夥蟻賊沒有？紅巾軍當中，居然也有如此勇士！」

「末將這就過去，將他人頭給大帥提過來！」親兵百戶帖木兒不屑地撇了撇嘴，大聲請纓。

「不急，讓他們再高興一會兒！」兀剌不花笑著搖搖頭，拒絕了帖木兒的請求。然後繼續站在帥臺邊上，用看折子戲一般的目光，欣賞那些那夥異想天開的蟻賊繼續向自己靠近。

他看到不斷有人從蟻賊的隊伍跑出來，以性命為代價，擋住自己麾下那些自發上前攔住蟻賊們去路的將士。

他看到蟻賊的頭領像瘋了一般，根本不管那些替他開路的嘍囉，只顧仰著頭朝自己這邊猛跑。

他看到那支蟻賊的隊伍越來越單薄，越來越單薄，轉眼之間，就只剩下了不到五十人……

已經沒啥看頭了！兀剌不花意興闌珊地咂了下嘴巴，衝著親兵百戶帖木兒輕輕揮手，下令道：

「帶五十個弟兄去，儘量抓活的，帶頭的那個小傢伙，非常有意思！」

「是！」帖木兒心照不宣地點點頭，臉上露出了淫賤的笑容。

左丞大人喜歡年輕的帥哥，這是人盡皆知的事，待會兒動手的時候，儘量別朝臉上招呼，否則掃了左丞大人的興，就罪該萬死了！

帖木兒心中默默地謀劃著，他點起五十名身穿鐵甲的親衛，快步殺向那夥不知死活的蟻賊。五十對五十，這已經看在對手敢拼死一搏的分上，給足了他們尊重，只要雙方發生接觸，勝負在一眨眼之間就能分出結果。

對面的蟻賊也迅速發現了他們，這回，帶頭的粗壯漢子沒有像前幾次那樣，採用分兵迎戰的方式給他自己製造繼續前進的機會，而是大喝一聲，主動撲了過來！

第十章

帝國壓頂

蒙元王朝皇帝孛兒只斤・妥歡帖睦爾氣得飛起一腳，
把擺在身前的御案踹翻在地上。
隨後又從身邊抄起一把平素做木匠活用的鐵錘，
「喀嚓」將自己剛剛做好的自鳴宮漏砸了個粉身碎骨！

「小子，好膽色，就是長得難看了些！」

帖木兒愣了愣，立刻將麾下親兵調整成密集的三角陣迎頭頂了上去。連列陣都不懂的小傢伙，真是自己找死！可惜了，這麼膽大的一個後生。

他看到對手的面孔很年輕，身子骨很結實，腳步也很堅定。但這些都不重要，最吸引他注意力的，是對手的目光，居然清澈得像雨後的天空一樣，不帶任何雜質。

忽然，他看到對手眼裡露出一抹笑意，隨後，就看到此人用左手的艾絨，壓到右手竹筒上面的紙線上，再接著，他看到此人忽然停住了腳步，將手中的竹筒徑直向自己的懷中丟了過來。

「不好！」

武將直覺告訴帖木兒，那個竹筒裡包含著巨大的危險，他迅速收住腳步，抬起刀，格向竹筒。

還沒等刀刃和竹筒發生接觸，「轟隆！」半空中忽然響起一道炸雷，剎那間，天崩地裂！

「轟隆！」「轟隆！」「轟隆！」徐洪三等人丟出的竹筒，也在兀刺不花的親兵頭頂先後炸響。

有的威力甚是可觀，直接將臨近的幾名親兵炸翻在地，有的卻只是裂成了兩半，將附近的親兵炸得滿臉是血；有將近三分之一的竹筒根本就沒有炸開，被火藥的力量推著，像個二踢腳般，在親兵們的臉孔附近亂竄。

每一道火焰從竹筒尾部噴出來，都燎出一股濃郁的焦臭味道。

蘇先生年齡最大，動作也最慢，別人丟出去的竹筒都炸完了，他的才落到地上，濃煙立刻夾著泥土扶搖而上，將附近的所有人都吞沒在煙霧當中。

「別戀戰！去炸兀剌不花！」

朱八十一對竹筒手雷的效果本沒抱太大指望，從腰間迅速抽出最後兩枚，用導火線捆在一起，高舉著直撲帥臺。其他左軍勇士也快步跟上，右手舉著竹筒，左手舉著早已點燃的艾絨，捨死忘生。

站在帥臺上看熱鬧的兀剌不花和他麾下的幕僚們根本不知道發生了什麼事情，只聽到「轟隆隆」一串炸雷，火光伴著濃煙四處亂滾，然後目光裡就再也找不到帖木兒等人的身影。

待濃煙稍稍散去，本該被抓了當玩物的蟻賊頭目，居然已經衝到距離帥臺不到二十步遠的地方，而帖木兒和他帶過去捉拿蟻賊的親兵，則躺在地上，一個個被燒得像糊鍋巴般，生死不明！

「妖法！」有幾個膽子特別小的，立刻扯開嗓子大聲尖叫，同時邁動雙腿，奔到高臺邊緣，毫不猶豫地就往下跳。

紅巾軍信大光明教，剛才那巨響和火光不是傳說中的掌心雷又是什麼？連帖木兒那樣像牛一般健壯的傢伙挨上一下都生死不知。大夥都是文官，萬一被掌心雷凌空打個正著，豈不是連骨頭渣子找不到！

在未知的事物面前，人會本能地選擇盲從，蒙古貴族平素又向來信奉喇嘛教和薩滿教，對怪力亂神更有一種發自靈魂的恐懼，當即就有十幾名文職和幕僚跟著從高臺上跳了下去，也不管一丈多的高度跳下去後，大腿是否還屬於自己。

畢竟是文武雙全的統帥，兀刺不花的反應遠比幕僚們鎮定。聽到身邊的聲音不對，立刻抽出寶刀，先砍到了兩名大喊大叫的幕僚，然後舉起血淋淋的刀刃，指向快速朝自己奔來的眾蟻賊，喝道：

「布洛林，帶著你的人攔住他們！巴圖，吹角，讓騎兵立刻回來支援這裡！」

「是！」被點了名的羅剎百夫長布洛林用顫抖的聲音回應著，帶領剩下的五十多名親兵，在帥臺前組成一個更為密集的小方陣。

不能讓蟻賊中的巫師接近帥臺，只要能攔住他小半炷香時間，正在追殺其他蟻賊的騎兵們就能殺回來。正在追殺芝麻李的那支千人隊也可以迅速撤回，保護大帥的安全。

如果是對付冷兵器，布洛林的這個選擇絕對是正確無比。然而朱八十一所拿的，卻是最原始的手雷，看到兀剌不花的親信正在吹響號角調兵回援，他心中大急，將兩隻竹筒上的引線同時點燃了，在手中停留了三五秒中，奮力朝方陣正中央扔了過去。

「轟隆！」一斤半黑火藥，凌空爆炸的威力，絲毫不亞於電影中的火箭筒。

「轟隆，轟隆，轟隆！」

悶雷般的爆炸聲連串響起，左軍的勇士們也將點燃了引線的手雷拋到了方陣當中，將對手炸得血肉橫飛。

那五十多名手持盾牌鋼刀，站隊唯恐不密的親兵，剎那間至少被放翻了一小半。距離爆炸點稍微遠一點的則搖搖晃晃，像醉鬼一樣步履蹣跚了！

「扔，把竹筒全點了，扔到臺子上去！」

朱八十一眼前被看到的情景嚇了一大跳，但此刻心裡想的都是如何跟敵方主帥拼命，哪裡還顧得上考慮其他？只稍微緩了一下神，就將艾絨指向了帥臺上被震得站立不穩的一眾蒙元高官，也不管哪個是兀剌不花！

哪裡用得著他來命令，早已炸紅了眼睛的徐洪三等人，都將手中點燃引線的竹筒奮力拋上了帥臺，然後將腰間剩餘的所有竹筒也一併抽了出來，混亂捆了捆，點燃引線，接二連三拋了上去。

這些人是存著必死之心而來，因此在出發追隨朱八十一之前，把看得到的竹筒都搶過來綁在了腰間，每個人攜帶的唯恐不多，此刻沒完沒了地朝帥臺上扔。即便是蒙元官府配製的偽劣產品，數量達到了一定程度，威力也十分駭人。轉眼間，整個帥臺就徹底被滾滾濃煙包圍，爆炸聲不絕於耳，火光也從木製的臺子邊緣迅速湧起，將生死未明的兀剌不花等高官全都給罩在了裡邊。

「大帥遇險，大帥遇險！」

最先聽到號角聲的騎兵們放棄追殺對手，策馬就往回衝，還沒等他們跑完一半的路程，只見整個帥臺已經變成了一支巨大的火炬。兀剌不花的羊毛大纛被火苗舔了舔，猛然跳了起來，凌空化成猩紅色的一團。

「轟隆！」隨著最後一聲巨響，帥臺灰飛煙滅。

「大帥死了，大帥被妖法劈死了！」

有人在戰場上大聲哭喊，調轉身形，沒命般朝帥臺靠攏。

「大帥死了，妖法！紅巾軍會妖法！」

正在耀武揚威的高麗兵們反應最為迅速，回頭看了看熊熊燃燒的帥臺，齊齊地發出一聲哀嚎，丟下武器，撒腿就逃。

「胡說，大帥早就撤下去了。跟我來，救大帥！」

蒙古千戶蠻杜爾策動坐騎，先砍翻了十幾名亂跑亂撞的高麗兵，然後用刀尖朝帥臺方向一指，大聲喝令。

兀剌不花活著沒活著他不知道，可是如果不能將害死兀剌不花的妖人抓住的話，按照軍法，他們這些將領即便逃回去也難免一死！

「殺妖人，救大帥！」一干百戶和牌子頭們心領神會，齊齊舉起刀，繼續策馬朝帥臺狂奔。

那個謀殺了大帥的人一定還在帥臺附近，誰都沒看清楚他如何跑過去的，但是無論如何都不能再讓他趁亂逃走。

「轟隆！」

還沒等他們跑出五十步遠，身背後又響起了劇烈的悶雷聲。

帶隊的蒙古千戶驚詫地回頭，只見有個身穿道袍，頭頂火焰狀金冠的妖人，一手舉著火把，另外一隻手拿著個青白色的竹筒子，正在朝羅剎兵裡丟。此人身後，則是數以千計的蟻賊，個個都高舉火把，人手一個青白色竹筒。

「轟隆！」

「轟隆！」

竹筒落地就是一連串巨響，火光夾著濃煙亂竄，將小腿裸露在外的羅剎兵燒得抱頭鼠竄，鬼哭狼嚎。

「唯光明故，可滌蕩世間眾惡。唯光明故，可知過去未來。唯光明故，諸邪辟易，唯光明故，無懼，無憂，無病，無逝，靈魂永生！」

火光和硝煙當中，光明使唐子豪滿臉慈悲，一手舉著火把，一手舉著裝滿了黑火藥的竹筒，帶領著千餘名信徒邊走邊扔，將沿途所遇到的羅剎鬼兵全都超度到了光明神國。

「殺韃子！」擺脫了追兵的壓力，芝麻李帶領親信，掉頭殺回了戰場。

前軍都督毛貴也敏銳地察覺到了身後的變化，收攏手下殘兵，咬著牙，衝進向芝麻李靠攏。

「殺韃子！」

風字營千夫長魏子喜從屍體堆中爬出來，撲向距離自己最近的一名高麗僕從。那名高麗人嚇得撒腿就跑，根本不管魏子喜此刻空著雙手，而他自己卻拿著明晃晃的朴刀。

「殺韃子！」

「殺韃子！」

趙君用殺了回來！

彭大殺了回來！

那些還沒來得及逃遠的，還有已經受傷倒地的，只要還走得動路，也都紛紛舉起兵器，衝向倉惶撤退的蒙元將士！

前一刻，他們還是一群失去勇氣，任人屠戮的羔羊，這一刻，他們卻又全都變回了獅子。

被高麗僕從逼著站在黃河畔坐以待斃的百姓們，看到戰場上的情景，也都熱血沸騰，彎腰撿起石頭，土塊，抓在手裡，衝向忐忑不安的高麗人，將後者打得抱頭鼠竄！

徐州城四門洞開，戰兵，輔兵，還有無數普通百姓，拎著菜刀、木棒、竹桿，爭先恐後湧向戰場。轉眼間，就將剩餘的蒙古兵和羅剎鬼們吞沒在一片洪流當中。

「他叔，聽說了嗎？兀剌不花帶領二十萬精銳去打芝麻李，結果給芝麻李給揍了個全軍覆沒！」

傍晚時分，賣炊餅的張老漢放下擔子，衝著路邊賣羊雜湯的王老漢低聲說道，皺紋縱橫的老臉上，這一刻寫滿了暢快。

「怎麼沒聽說！」賣羊雜湯的王老漢警惕地四下看了看，然後壓低了聲音，神秘地回道：「這幾天城裡頭到處都在嚷嚷這件事。大夥都說，那兀剌不花走一路屠一路，不知道殺了多少無辜，這回也是報應來了！」

「怎麼不是呢！聽說那逃回來的高麗人哭訴，那兀剌不花原本都贏定了，半空中突然打下個劈雷，將兀剌不花和身邊的親兵全給劈了個粉身碎骨！」賣炊餅的張老漢點了點頭，彷彿自己親眼目睹了一般，笑得好生滿足。

「不是一道，是五道。第一道先劈了兀剌不花老賊，後面四道，東南西北，將二十萬大軍殺了個乾乾淨淨！」

賣羊雜湯的王老漢認真地糾正，順手拿出一個大木碗，用抹布隨便擦了擦，從鍋裡舀了一大碗羊雜湯，又朝裡邊多放了幾段肥腸，然後將碗朝桌子邊上推了推，故作大方地說道：

「來，喝碗羊雜湯暖暖身子。這頓，老哥我請！」

「那怎麼好意思！」賣炊餅的張老漢咽著吐沫擺手，最終還是抗拒不了肥腸的誘惑，斜著身體坐到滿是油污的桌案邊，順手拿出兩個餅子，一個自己用手撕著朝碗裡泡，另外一個推給王老漢：

「這個，算我請客。咱們哥倆，今天為了……」

不敢明說，將目光東南方向斜了斜，點頭微笑。

「芝麻炊餅啊，好東西！」

王老漢也不客氣，自己端了碗清得可見底兒的羊湯，一邊就著炊餅往肚子裡倒，一邊含糊不清地說道：

「我跟你說啊，你這炊餅啊，以後可要出大名了，知道那芝麻李怎麼起的事麼，就是每人發一個炊餅，然後帶大夥一起上！」

「可惜咱們這邊沒有那等英雄人物，否則，老漢我把這筐子炊餅全捨了，又值幾個錢啊！」

「可不是麼？咱真定府要是有誰敢學一學芝麻李，老漢我天天羊雜湯讓他可著勁兒喝！」

兩個黃土埋了半截的老漢，你一句，我一句，邊吃邊聊，越說聲越高，熱辣辣的話語吹破十二月的寒風，在空中飄蕩。

「話說玉皇麾下托塔天尊李靖，兄弟九人駐守通天河，妖魔鬼怪到此一概止步。到底是哪九位仙爺？各位看官莫急，且聽俺慢慢道來！除了李靖李元帥之外，這排在頭一位的，名字叫做雲裡金剛彭大，手持一把開山巨斧，重一萬四千多斤……」

大都城的茶館裡，說平話的先生一拍驚堂木，兩眼緊閉，如醉如癡。

「得了吧，老九，一場通天河大戰，你從早晨說到現在，我這廂茶水都灌下去四壺了，你那邊正主還沒出場呢！別灌了，別灌了，趕緊換一段過癮的！」有名老茶客聽得著急，從口袋裡掏出幾枚至大通寶，「噹啷」一聲扔進說書人身邊的小竹筐裡。

「好咧！」說書人趕緊把眼皮睜開，雙目中精光四射，抬手之間，兩枚元武宗在位時鑄造的至大通寶已經不見了蹤影。隨即又是一拍醒木，接著道：「這其他幾位將軍的來歷，咱們且不細表，今天單說這第八位將軍，四翼大鵬雷震子。」

「好！」

才報了個名字，周圍喝茶的小販、轎夫還有一些落魄讀書人，已經大聲喝起了彩來，一個個拍打桌椅，興高采烈。

被大夥喚作老九的說書先生四下拱手，清了清嗓子，繼續講述：

「話說那雷震子，乃天地雷電所孕，生後無人照管。恰恰周文王姬路過，撿來認為第八十一子，送與雲中子老仙代為撫養。因為他相貌奇特，與文王的命格相沖，文王不敢讓他隨了父姓，就取了大周國的諧音，改姓朱……」

「好！」周圍又響起一片喝彩，眾茶客拍案大笑，笑得滿臉是淚，茶水把青衫濺濕了一大片，也顧不上去擦。

托塔天尊李靖指的是誰，大夥都心照不宣；四翼大鵬指的是哪個，更是呼之欲出。

大都城乃天子腳下，朝廷的眼線多，有些「謠言」不敢胡亂傳，但聽個說書肯定不犯法，而說書先生和茶館老闆只怕客人不夠多，在自己這邊坐的時間不夠長，當然大夥喜歡什麼就說什麼。

這種掛羊頭賣狗肉的事，肯定瞞不住朝廷在民間的眼線。很快，有關秘奏就通過特殊途徑送進了皇宮裡頭。

蒙古帝國第十五任天可汗，蒙元王朝第十一任皇帝孛兒只斤•妥歡帖睦爾看過，氣得飛起一腳，把擺在身前的御案踹翻在地上。隨後又從身邊抄起一把平素做木匠活用的鐵錘，「喀嚓」將自己剛剛做好的自鳴宮漏砸了個粉身碎骨！

正在延春堂裡伺候皇帝起居的太監宮女們，被嚇得面如土色，趴到地上，連大氣都不敢多出一聲。

誰都知道眼前這位皇帝陛下脾氣上來時，「天威」浩蕩得厲害，這個節骨眼上往跟前湊，腦袋肯定會像那個宮漏一樣被錘子砸個稀巴爛，哪有機會把勸解的話說出來！

大明殿門口當值的怯薛們，也都是聰明人，趕緊偷偷分了一個口齒伶俐的，跑到西側的明仁殿去搬救兵。

明仁殿的第二皇后奇氏，乃為妥歡帖睦爾在幼年被驅逐到平壤時的高麗侍女，與妥歡帖睦爾算得上共患難過，聽到怯薛的描述之後，立刻扔下手上的波斯貓，由隨身太監朴不花攙扶著，大步流星朝延春閣走來。

蒙元王朝皇宮雖然建得頗為花心思，但論規模，比大唐和大宋的皇宮小了不少，跟後世大明朝的皇宮更是差了不止一點半點，因此這位奇皇后並沒花太長時間，就已經來到了延春閣門口。

她先吩咐朴不花撩開厚厚的毛絨外簾，趴在門縫上朝裡頭偷看了幾眼，然後親手將門推開，笑道：「大汗這又生誰的氣呢？把好不容易才做出來的流水宮漏也給砸爛了。看看，這滿地都是水，大冬天的，也不怕寒了腿！」

哄完了妥歡帖睦爾，扭過頭，又對趴在地上的太監宮女們大聲呵斥道：

「一群沒眼色的東西，還不趕緊動手收拾乾淨了！難道還要等著大汗專門給爾等下一道聖旨麼？」

「是！」一干快要被嚇昏過去的太監宮女們趕緊答應著，從地上跳起來，七手八腳地去收拾殘局。

奇氏轉過身，搶過妥歡帖睦爾手中的錘子，像哄孩子般哄道：

「大汗如果看這東西不順眼，叫底下人抬出去燒了便是，何必親自動手去砸！來，臣妾替你，接下來該砸哪兒，大汗只要吩咐一聲，臣妾立刻去砸它個稀巴爛！」

說著話，將鐵錘高高地舉過了頭頂，做橫眉怒目狀。

妥歡帖睦爾累出一身汗，肚子裡的火氣早就消了大半，此刻見到奇氏動作頑皮，忍不住「噗哧」一下笑了出來。

笑過之後，心中剩下的怒火也熄了，嘆息道：「已經爛到這種程度了，何須你來動手砸。算了吧，來人，把宮漏抬出去燒了吧！」

說到這兒，他心裡又突然湧起一股悲涼，擺擺手，對著剛剛跑進來的怯薛們吩咐：「不用了，留下它。朕明天找東西修修吧，唉！說不定還能讓它好起來！」

「諾！」眾怯薛們聽得滿頭霧水，只好答應一聲，又倒著退出了門外。

「唉！」望著被自己砸得破爛不堪的宮漏，妥歡帖睦爾繼續長吁短嘆。

這大元帝國，眼下不就是一架爛宮漏麼？先被權臣燕帖木兒胡亂給砸了一通，又被權臣伯顏給胡亂砸了第二通。等自己終於長大了，聯合脫脫驅逐了伯顏，整個帝國已經爛得到處都是窟窿，想修都不知道該從哪裡先下手了。

妥歡帖睦爾自問不是個昏庸的皇帝，至少比起他的父親忽都篤可汗和叔叔札牙篤可汗來，要機敏勤政得多。

前兩位可汗實際上都是權臣燕帖木兒的傀儡，非但皇帝當得稀裡糊塗，死也死得稀裡糊塗。而他，至少熬死燕帖木兒，並且設計驅逐了伯顏，將橫貫東西的天下第一帝國重新抓回了天可汗手中。

只是，抓回來之後，才知道這個帝國已經被燕帖木兒和伯顏給糟蹋成了甚麼模樣，朝廷治下，餓殍遍地，盜匪橫行，當文官的只管變著法子撈錢，名目之多，冠絕古今，讓他這個當皇帝的都嘆為觀止！

而那些當武將的，則吃空餉吃到帳下親兵都沒剩下幾個，遇到上頭查驗時，居然要把家中的奴才和婢女套上鎧甲去濫竽充數。

至於西域諸汗國就更不說了，當年若非自己的祖父曲律可汗狠狠去打了一通，早就紛紛自立門戶了。即便如此，現在朝廷想要從各汗國手裡調點兵馬來平叛，都難比登天。除了金帳汗國像羊拉屎般給擠出了萬把人之外，其他各汗都將自己的聖旨當成了耳旁風。

可就這萬把精銳，還被河南江北行省的右丞兀刺不花一仗就給葬送了大半。上至兀刺不花和他身邊的文武幕僚，下到百夫長，牌子頭，居然被一群蟻賊給殺了個乾乾淨淨。

僥倖逃回來幾個高麗人，全都是嚇破了膽子的，只會說「打雷、天罰」什麼的，問及具體過程，則一個字都說不清，害得戰鬥都過去快兩個月了，朝廷這邊連兀刺不花到底怎麼打輸的都沒弄明白，更甭說根據徐州那邊的敵情重新調兵遣將前去平叛了。

天罰之說，妥歡帖睦爾是打死也不會相信的。若論侍奉神佛之虔誠，誰還能比得過皇家？每年光是花在辦法事上頭的錢就數以億計。即便前幾年兩浙災荒，黃河接連決口，國庫裡拿不出錢來賑災，辦佛事的錢皇家都沒消減過。

吃了皇家的好處，卻幫著外人把皇家的御史大夫用天雷給劈了，這佛陀不就跟皇家養的那些貪官一個德行了麼?!

「罪過，罪過！嗡班則爾薩埰吽！」妥歡帖睦爾被自己心中突然冒出來的古怪想法嚇了一跳，趕緊雙手合十，朝著西方念誦經文。

佛肯定是公正的，否則也不會保佑自己以孤兒之身登上帝位。自己禮佛肯定是虔誠的，否則也不會感動佛陀，讓自己先熬死了燕鐵木兒，又聯合伯顏一手養大的侄兒脫脫，解決掉了伯顏這個大權臣。

既然佛陀和自己都沒出問題，那問題肯定出在別人身上，那個所謂的晴天霹靂，十有七八是紅巾賊們杜撰出來，然後故意四處傳播，藉以蠱惑無知百姓。

可那到底是什麼東西呢？

據中書右丞相脫脫的推斷，那扭轉戰局走向的驚天一擊，應該來自一門射程非常遠的盞口銃。可盞口銃那東西，妥歡帖睦爾自己平素也沒少擺弄。

以他的製器本領，用了最好的銅料鑄出來的盞口銃不過是五尺長短，裝滿了火藥之後，可以把三斤重的鐵蛋射出兩百步遠。蟻賊們當中即便也有能工巧匠，造出同樣的盞口銃來架在城牆上，居高臨下的發射，距離能增加一倍也頂天了。

而徐州城下還有一道頗為寬闊的護城河，兩軍在城外野戰必然要先擺開陣形。兀剌不花即便再蠢，也不會把他的帥臺就搭在護城河邊上，讓芝麻李一抬手就能打到他的鼻梁！

更何況，盞口銃的準頭怎麼可能精確到那種地步，第一次發射就能直接將數百步遠的帥臺給轟塌？那還是盞口銃麼，還不如說是掌心雷呢？至少後者還讓人多少可以想像。

妥歡帖睦爾苦思冥想也弄不明白，兀剌不花到底死在什麼東西手裡，心情不由得又開始煩躁，伸手就朝先前放鐵錘的地方摸去。

奇氏皇后一看，趕緊把自己的手遞了過去，勸慰道：

「大汗今天這是怎麼了？老是唉聲嘆氣的。您自己光犯愁有什麼用啊？俗話說，君王有事，臣子當分其憂。您派人把脫脫丞相叫來，聽聽他的說法，不比一個人在這裡生悶氣強麼？」

「我不是生悶氣，我是不明白……」妥歡帖睦爾猛的將奇氏的手推到一邊，大聲回應。

猛然間，他又覺得自己這樣做，有點兒對不住奇氏自幼相伴之情，長吐了一口氣，放緩了語調解釋道：

「已經這麼晚了，怎麼好再宣丞相入宮！況且能替朕拿主意的時候，他早自作主張了，到現在還沒替朕拿出個章程來，就說明他自己暫時也沒想好！」

「噢！」奇氏愣了愣，笑著點頭。

從丈夫的話語中，她能聽出他對中書右丞相脫脫有嚴重的不滿。這也難怪，除了脫脫，還有誰家兄弟兩個同時入朝掌握大權的？假以時日，豈不又是另外一個燕鐵木兒？

想到燕鐵木兒連續弄死了兩個皇帝、數位皇后的壯舉，奇氏就對自家丈夫的擔憂感同身受。略微沉吟了一會兒，道：

「如果大汗不想這麼晚了還去打擾脫脫的話，何不把遇到的事情跟臣妾說說，臣妾雖然愚鈍，但有個人聽您說話，總比您一個人悶著強！」

「嗯！」妥歡帖睦爾抬起頭，看見奇氏溫柔的面孔。

後宮干政，同樣是導致大元朝糜爛至此的重要原因之一，但奇氏應該和以前那些干政的女人不一樣吧！奇氏畢竟是高麗人，不像其他蒙古女人那樣，幾乎每個身後都站著一個龐大的家族。

「也好，你來聽聽外面那些沒用的東西都做了哪些混帳事情！」

想到奇氏的高麗人身分，妥歡帖睦爾心情安定了不少，嘆了口氣，將兩個月前那場稀裡糊塗的戰敗緩緩道來。末了，還不忘記加上當下民間廣為流傳的那些荒誕之言。

「原來是一些無知草民趁機發國難財啊！」

奇氏心裡對戰場爭雄沒有任何概念，對如何收拾那些升斗小民，卻能提出一個非常清晰的思路，「大汗明天下一道聖旨，嚴禁民間再說那個什麼『武王伐紂平話』不就行了麼？凡是有再借機宣洩對朝廷不滿者，全都殺頭抄家，把這本平話的最早著述者也派人抓了，男的砍頭，女的拉去做營妓。看看誰還敢繼續瞎嚼舌頭根子！」

她生得柔柔弱弱，說話時的語氣也斯斯文文，只是**嘴巴裡吐出來的字，卻個個都帶著血光**。

妥歡帖睦爾先被嚇了一跳，隨即忍不住搖頭苦笑，「怎麼抓，眼下大都城裡說平話為生的，十個裡頭有九個在說這本『武王伐紂』，又都沒落下什麼字據，總不能全部抓起來殺光了。況且那最先著書的傢伙早已死了幾十年了，墳頭埋在什麼地方都不知道，朕怎麼可能把他挖出來再殺一次！」

「早死了幾十年的傢伙，書中就提到過芝麻李等人？」奇氏也是大吃一驚，忽閃著一雙嫵媚的丹鳳眼追問。

「怎麼可能，是最近有人又偷偷重新改過了的！」

妥歡帖睦爾嘆了口氣，臉上的表情非常無奈。莫說找不到那個偷偷改編平話給朝廷添堵的傢伙，即便將他找出來殺掉，又能怎麼樣呢？一本明眼人一看就知道為胡編亂造的東西，卻在兩個月內傳遍了大江南北。這件事本身就說明了在老百姓眼裡，大元朝廷已經成了什麼模樣！

「有人改過，那肯定是乏麻李的人！」

到底是跟妥歡帖睦爾一道經歷過風浪的女人，奇氏眼珠一轉，就想到問題的關鍵所在。

「肯定是！把平話改成這樣，能從中撈到最大好處的，就是乏麻李這個反賊！大汗派人暗中去摸，順藤摸瓜，保證最後能摸到徐州反賊那邊！」

妥歡帖睦爾凛然變色。「對啊，朕怎麼先前沒想到這一點，光為民間那些愚夫愚婦生氣了，卻沒想到是有反賊從中推波助瀾！」

「大汗光明磊落，不屑耍弄這些上不得檯面的陰謀詭計，所以才一時沒能想到！」奇氏先拍了一句丈夫的馬屁，然後帶著幾分得意說道：

「乏麻李之所以這樣做，無非是想借此打擊朝廷兵馬的士氣，拖延您下一次派人征剿他的時間，大汗您絕不能讓他遂了意！」

「朕當然不能讓他遂意！」想明白其中關竅所在的妥歡帖睦爾狠狠捶了一下柱子，信誓旦旦地說道。

然而，看到自己迅速紅起來的拳頭，他的嘴巴裡又開始發苦。

打仗是需要兵馬錢糧的，後者還好辦，自己多印幾疊寶鈔，逼著中書省的富戶們拿實物來兌換就行了；但兵馬呢，河南江北行省的人馬，眼下正被平章鞏卜班帶著跟劉福通激戰呢，根本拿不出更多兵來，否則兩個月前朝廷也不會讓兀剌不花統率羅剎兵出征徐州了。

如今羅剎兵剛戰死了一半，剩下的另外一半士氣低落，短時間內肯定不能再往徐州附近派，除此之外，最便捷的方式，就是從中書省調兵了。

中書省的兵馬如果有必勝的把握也好，要是也像兩個月前一樣全軍覆沒於徐州城下，萬一芝麻李趁勢發起北伐，沿著運河一路向北推進，途中幾乎無任何阻擋！

不能動，中書省的兵馬絕對不能動！妥歡帖睦爾將拳頭又握了起來，指關節處咯咯作響。

「看你，想事情就想事情，何必跟自己為難？」

奇氏心疼地將妥歡帖睦爾的手拉到自己嘴邊，對著紅腫處輕輕吹氣。

「即便讓芝麻李多得意幾天又能怎麼樣？他不過是借了劉福通的勢。等大反賊劉福通被剿滅了，回過頭來再派兵對付他們這些疥癬之癢，也不過是舉一下手的事情！」

這話聽起來著實讓人心裡頭舒服，但妥歡帖睦爾卻依舊愁眉不展，「如果幾個月前，的確像你說得這樣，那芝麻李不過是借了反賊劉福通的勢，趁火打劫而已。但眼下……唉！」

說著話，便又是一聲長嘆，心裡頭彷彿壓了一座山般沉重。

奇氏聽了，少不得又要出言開解：「眼下又怎麼了，前後不過幾個月時間，一群剛剛放下鋤頭的農夫，還能脫胎換骨不成?!」

「芝麻李未必能脫胎換骨，但是別人卻說不準！」

反正已經跟奇氏說了這麼多，妥歡帖睦爾索性說得再詳細些，也許奇氏能站在旁觀者角度一語點醒夢中人呢！總好過自己對著空蕩蕩的延春閣發愁。

「哪個這麼有本事，三兩個月內就能變成另外一個人？」奇氏果然聰明，立刻就從丈夫的嘆息聲中發現了癥結所在。

「是那個叫朱八十一的！」妥歡帖睦爾走到桌案後，抓起毛筆，用嘴舔了舔，在紙上寫下一個人的名字。

「就是平話裡那個文王第八十一子，綽號四翼大鵬的！據先前派往徐州的細作彙報，此人是瞬間頓悟，與先前判若兩人。」

平心而論，拋開暗中詛咒朝廷這層，眼下民間所流傳的《武王伐紂平話》，的確是一本非常耐看的話本，雖然裡邊所描述的東西荒誕不經，但是勝在新穎有趣。脫歡貼木兒只是隨便看了幾眼怯薛們回憶出來的秘奏，就被裡邊的內容給吸引住了，因此對「四翼大鵬」這個綽號印象極為深刻。

奇皇后沒有機會接觸這些民間喜聞樂見的東西，但是看到妥歡帖睦爾寫得鄭重，便湊上前，將紙張抄在手裡，笑道：

「臣妾聽聞，大聖壽萬安寺的白塔可鎮壓天下妖邪，不妨就將這個人的名字刻在石頭上，然後放進白塔底部，再命高僧天天於塔前念『金剛伏魔咒』，即便他真有什麼妖邪附體，幾萬遍金剛伏魔咒聽下來，也早就化成一堆污水了！」

「胡鬧！」妥歡帖睦爾笑著罵了一句，卻沒有命奇氏將寫著「反賊」名字的紙張放下，也沒禁止她去白塔寺去給高僧們添亂。

「那個人到底是不是妖邪？朕不清楚。可圍繞著他發生的一些事情，卻著實充滿了蹊蹺！」

「怎麼個蹊蹺法?!」

奇氏將寫著朱八十一字樣的紙，交給隨身太監朴不花，示意後者拿在手裡將墨跡風乾，然後再度眨巴著嫵媚的丹鳳眼問道。

「這裡都是關於他的事情！」脫歡帖木兒從桌案上抓起一摞奏章，挨個翻給奇氏看，「按照河南江北行省最早發給朕的說法，此人乃是殺豬的屠戶，早就加入了彌勒邪教，並且成為一堂之主。趁著芝麻李攻打徐州的時候，在城內暴起發難，裡應外合，因此被乏麻李封為左軍都督，坐上了蟻賊中的第九把交椅！」

「蟻賊就是蟻賊，得了座大城，卻弄得跟山寨一般，還排座次分交椅，哼！」奇氏笑著撇了下嘴，低聲奚落。

「朕原來也沒把他們當一回事，自打朕即位以來，哪一年沒蟻賊做亂?!那芝麻李又不是頭一個！」妥歡帖睦爾滿臉悻然。

「可兀剌不花這廝把朕專門從金帳汗國雇來的精銳，一仗就給葬送掉了大半，那些僥倖逃回來的高麗人，又說不清楚兀剌不花到底為何吃了敗仗，而蟻賊那邊卻發了告示，宣稱那一仗並沒有什麼法師出馬，完全是徐州軍憑著自己的實力打贏的，上賴大總管芝麻李指揮若定，下賴眾將士萬眾一心。至於傳言中的晴空霹靂，不過是芝麻李帳下左軍都督朱八十一率領死士衝到兀剌不花的帥臺前，近距離擊發射了數門盞口銃而已，更是與神蹟一點關係都沒有！」

奇氏一聽，倒吸了口冷氣，一邊偷偷派人撒布《武王伐紂》這種荒誕不經的東西，蠱惑人心，一邊卻又自己說自己這邊沒任何怪力亂神，取勝完全憑的是真本事！這**徐州蟻賊**，**到底弄的是什麼玄虛**?!他們到底是想要老百姓相信他們是神明派下來解救蒼生的使徒，還是僅僅想著擾亂一下朝廷視聽？那個給芝麻李出這種主意的人，心思也太為叵測！

正百思不解間，又聽妥歡帖睦爾說道：

「當朕是那自幼養在深宮中，什麼都不知道的糊塗帝王呢，那盞口銃重十四斤，扛在肩膀上再衝到兀剌不花的帥臺前發射，虧他們想得出來！那東西又不能當大錘砸人，扛著十四斤重物，怎麼可能還有力氣跑到兀剌不花的帥臺前？即便他們有的是力氣，那兀剌不花又不是傻的，就任由他們扛著盞口銃往自己身邊衝？」

「賊人肯定是在故意擾亂視聽！」奇氏立刻猜出丈夫真正想說的內容，點點頭，小聲附和。

「朕當然知道他們是在故意擾亂視聽，問題是，他們到底想掩飾什麼？」妥歡帖睦爾眉頭緊皺，同樣是百思不得其解。

「大汗沒讓丞相派細作去徐州打探一下麼？」奇氏很認真地給妥歡帖睦爾出起了主意，「那徐州緊鄰著運河，每天無數船隻從城外經過，芝麻李除非是傻子，否則必然要從過往船隻和商販手中抽分子錢養他的賊兵，只要把細作混進商隊裡頭……」

「怎麼沒派？自打聽說兀剌不花全軍覆沒，光是中書省這邊，就派了不止一百名細作過去！」

她不提則已，一提起來，妥歡帖睦爾更是滿肚子鬱悶無處可發，「結果那芝麻李卻突然學精明了，對進城的人等嚴加盤問，前後一百多名細作，被他抓住砍了七十有餘。剩下的，要麼躲在外邊不敢回來向脫脫覆命，要麼……」

他咧了一下嘴，滿臉無奈道：「要麼，乾脆直接投降了芝麻李，帶著芝麻李的人，四處抓捕起以前的同行來！連跟河南行省那邊一直有著書信往來的鹽商張家都被他們給賣了，從家主張金貴往下三百多口男女，一個都沒留下！」

當皇帝當到他這個份上，的確也夠鬱悶的了。文官貪財，武將怕死，就連專門培養的細作投降起蟻賊來都毫不遲疑。再這樣下去，滿朝文武，他還有還有哪個敢用？哪個又能保證戰場上遇到挫折之後，不會立刻改換門庭？

「可惡！」奇氏伸出手，無比溫柔地替妥歡帖睦爾按摩後背，「那些細作的家人呢，脫脫就又大發慈悲了麼？」

「脫脫已經把他們都殺了！」妥歡帖睦爾想都不想，順口答應，彷彿只是宰了幾百隻雞鴨一般。「連同掌管他們的千戶也一道殺了！」

「該殺，一群背主的奴才，活該抄家滅族！」奇氏櫻桃小口輕張，替自家丈夫在一旁張目。

「可光是殺了他們有什麼用？」妥歡帖睦爾又嘆了口氣，愁眉不展，「徐州那邊，還是任何有用的消息都探聽不到，朕見到過的蟻賊多了，之前沒有任何一個會像芝麻李這樣，將自己捂得像口倒扣著的水缸一般嚴實！」

「他一個販芝麻的，未必有此等見識，想來是有人替他出的主意！」奇氏想了想，道。

「肯定是！」妥歡帖睦爾點頭。問題是，知道芝麻李身邊出現了「高人」又能怎麼樣？細作派不進去，自然就找不出「高人」是誰。脫脫這邊肯定也拿不出相應的對付辦法。

一時間，夫妻兩個都犯了愁，枯坐在冷冰冰的延春閣中，誰也不知道到底該怎麼辦。

這皇帝還不如不當呢！不當皇帝，也不用為整個帝國操心，當皇帝當得比個莊主都不如，啥事都得親自動手，著實令人意興闌珊。

「臣妾有個主意，不知道妥當不妥當？」奇氏想替丈夫分憂，冥思苦想了一會兒，低聲問道。

「說罷，反正今天這裡就咱們夫妻倆！」妥歡帖睦爾笑了笑，寵溺地回應。

妻子從來沒過問過朝政，怎麼可能搶在右丞相脫脫之前拿出什麼好主意來！所謂主意，不過是女人家心思，變著法子想哄自己開心而已。

誰料奇氏不開口則已，一開口就再度令他刮目相看。

「臣妾又想起當年咱們夫妻兩個如何對付伯顏的事情來了！當初不也是摸不清伯顏的底細麼？然後咱夫妻倆就裝得像一對傻子般，今天摸，明天摸，後天繼續變著法子摸……」

妥歡帖睦爾聞聽，心中登時一暖，當年為了不做傀儡，夫妻兩個可是把腦袋都別在了褲帶之上。萬一被伯顏感覺到夫妻兩個是在試探他的底細，恐怕即便自己這個皇帝不會立刻變成短命鬼，沒有任何根底的奇氏恐怕也逃不了一杯毒酒。

所幸的是，伯顏只覺得兩個傻瓜有趣，卻沒想到兩個傻瓜在故意針對他。直到脫脫也站到了皇家這邊才如夢初醒。結果，當然是權臣被逐，皇帝陛下一鳴驚人的結局！

「那芝麻李不是剛打了勝仗麼？」見丈夫終於展顏而笑，奇氏雀躍著說道：「大汗您不妨從臨近各行州府調些沒用的雜兵去，一場一場跟他耗，一場一場探他的底細。一場不成，兩場不成，三場、四場，只要不斷有潰兵從戰場上逃回，連續七八場戰鬥下來，自然就能探出他的深淺了！」

「嗯！」妥歡帖睦爾又倒吸了口冷氣。

這辦法看似笨，卻著實能解決自己的燃眉之急。大元朝再羸弱，眼下也不會因為一萬多兵馬的損失就傷筋動骨。自己和脫脫兩個之所以遲遲不想再派第二支軍隊過去，就是因為摸不清楚徐州軍的底細，怕再像先前那樣，白白葬送掉一支精銳，而奇氏這一招，醜陋雖然醜陋了些，卻令所有麻煩都迎刃而解。

此外，多派幾波雜魚過去，萬一其中一支能創造奇蹟，就是自己這個當皇帝的知人善任。即便都打輸了，也能起到疲兵作用，讓芝麻李得不到任何喘息時間。待到通過雜魚們的犧牲，弄清楚了兀剌不花戰敗的真實原因後。再派一名宿將親領精銳之師攻到徐州城下，屆時再想取眾賊性命，還不是易如反掌的事情麼?!

妥歡帖睦爾幼年曾經親眼看到自己的母親被權臣燕鐵木兒派人毒死，少年時又日日提防著在權臣伯顏謀害自己，因此性格非常陰柔，與奇氏兩個談談說說間，就將幾萬人的生死定了下來。

這種故意派人去送命的事，當然不能拿到朝堂上公開討論，因此第二天，妥歡帖睦爾又命人把右相脫脫給宣進了宮中。在大明殿內，將自己的奇思妙想仔細跟對方陳述了一遍。

那中書右丞脫脫雖然號稱儒門子弟，卻非常推崇「慈不掌兵」的道理，聽完了妥歡帖睦爾的聖諭，想都不想，便大聲回道：

「陛下此法甚得兵家之妙，臣先前之所以遲遲未敢有所動作，就是怕貿然派了兵馬去，萬一有個折損，非但漲了蟻賊的志氣，還會在朝中引起沒必要的非議。這回，即便漲也就漲了，只要陛下和臣都知道這是驕兵兼疲兵之計，諒朝廷中其他人也翻不出什麼大浪來！」

妥歡帖睦爾聞聽，立即明白脫脫是在借機提醒自己，不要過後不認帳，反而借著「喪師辱國」的由頭再次削他的丞相之權，便笑了笑，大氣地回應：「愛卿儘管放手去做，切莫有什麼後顧之憂，朕與你是總角相交，還能信不過你麼！」

「能得陛下如此信賴，臣豈敢不鞠躬盡瘁！」中書右丞脫脫將手按在胸口上，先俯身施了個蒙古人的傳統禮，然後說道：「臣聞兩淮的鹽丁素有善戰之名，曾殺得蟊賊們見運鹽大旗便望風而走。他們又是南方人，習慣了徐州一帶陰濕的天氣，不如就近調過去征討……」

「甚善！」沒等右丞脫脫把話說完，妥歡帖睦爾便大笑著鼓掌。

那兩淮鹽丁就在前年差不多時候，還因為官府拖欠了他們熬鹽的柴草錢，聚集起來鬧過一次事，雖然被及時鎮壓了下去，卻始終是個隱患，調他們去跟芝麻李拼個你死我活，**一石兩鳥**，實是高明至極！

脫脫陪著妥歡帖睦爾笑了幾聲，然後想了想，繼續啟奏：

「至於領兵的主將麼，禮部侍郎逯魯曾任山北道廉訪使，不但知兵，而且善於料民，派他統率鹽丁征繳芝麻李，獲勝之後，剛好留在徐州安撫地方！」

「逯魯曾？」妥歡帖睦爾想了想，臉上露出了幾分猶豫。

逯魯曾是天曆二年（一三二九年）的進士，漢人，文章做得花團錦簇，平日處事也素有剛正之名，但是這個人是個對朝廷忠心耿耿的文官，也不知道什麼時候得罪了脫脫，後者竟然讓他去送死?!

「逯魯曾才華橫溢，朝中漢官多唯他馬首是瞻！」脫脫接下來的一句話，就讓妥歡帖睦爾立刻下定了決心。

漢官是朝廷養來安撫天下讀書人的，豈能讓他們抱起團？既然那逯魯曾自己找死，好吧，乾脆朕就成全了他。

想到這兒，妥歡帖睦爾點點頭，冷笑道：「朕記得上一任淮南宣慰使好像死在反賊彭和尚手中了，就讓逯魯曾兼了它吧！你替朕擬個旨，讓逯卿即刻起身赴任！」

「臣，遵旨！」脫脫立刻又一躬身，大聲回應。

「你啊，何必如此拘禮！」妥歡帖睦爾笑著搖頭，嗔怪自己的右丞脫脫總是一本正經，「令弟也先帖木兒回來沒有？朕也有好些日子沒見到他了，改天讓他進宮來，陪朕一起做做木工！」

「臣替舍弟謝陛下厚恩！」脫脫再次躬身下去，感謝皇帝陛下的厚待。

也先帖木兒是他的親弟弟，現任御史大夫之職，上任之後辣手肅貪，令朝野風氣為之一振。但是因為手段過於激烈的緣故，他的做法也引起了一些文臣的反對。其中屢屢跟他唱反調的，就有先前被脫脫舉薦去當替死鬼的逯魯曾。

很顯然，妥歡帖睦爾心裡頭明白脫脫是在借機剷除異己，但是念在兄弟二人都勞苦功高的分上，故意裝了糊塗，所以脫脫主動向皇帝承認自己兄弟領了這份恩情，以後一定忠心耿耿，死而後已。

「什麼厚恩不厚恩的，朕和令弟也是從小一起長大的玩伴，至今宮中還留著他當年親手給朕做的木雕呢！」彷佛真的很重視彼此之間的友情般，妥歡帖睦爾擺擺手，笑著道。

君臣二人又聊了幾句朝政方面的事，然後脫脫施禮告辭。

請續看《燕歌行》2 刺客出擊

燕歌行 卷1 帝國壓頂

作者：酒徒
發行人：陳曉林
出版所：風雲時代出版股份有限公司
地址：10576台北市民生東路五段178號7樓之3
電話：(02) 2756-0949
傳真：(02) 2765-3799
執行主編：朱墨菲
美術設計：許惠芳
行銷企劃：林安莉
業務總監：張瑋鳳

初版日期：2020年4月
版權授權：蔡雷平
ISBN ：978-986-352-804-3
風雲書網：http://www.eastbooks.com.tw
官方部落格：http://eastbooks.pixnet.net/blog
Facebook：http://www.facebook.com/h7560949
E-mail：h7560949@ms15.hinet.net
劃撥帳號：12043291
戶名：風雲時代出版股份有限公司

風雲發行所：33373桃園市龜山區公西村2鄰復興街304巷96號
電話：(03) 318-1378
傳真：(03) 318-1378
法律顧問：永然法律事務所 李永然律師
北辰著作權事務所 蕭雄淋律師

行政院新聞局局版台業字第3595號 營利事業統一編號22759935

定價：270元

國家圖書館出版品預行編目資料

燕歌行 ／ 酒徒 著. -- 初版 -- 臺北市：風雲時代，
2020.02- 冊；公分

ISBN 978-986-352-804-3（第1冊；平裝）

857.7 109000129